3
錬金王
Illust. ゆーにっと
解雇された宮廷錬金術師は辺境で大農園を作り上げる
〜祖国を追い出されたけど、最強領地でスローライフを謳歌する〜

メルシア
ティーゼ
レギナ

キーガス
イサギ
テーブルには小麦、ジャガイモを利用した
料理が並べられており、
飲み物にはカッフェ、デザートには
カカレートなどが並んでいる。
これらは間違いなく
農園による最大の功績と言っていいだろう。

「イサギさんがそこまでおっしゃるのであればどうぞ……」
ティーゼは顔を真っ赤に染めながら自らの羽根をいくつか抜いて渡してくれた。

解雇された宮廷錬金術師は辺境で大農園を作り上げる

～祖国を追い出されたけど、最強領地でスローライフを謳歌する～

3

錬金王

Illust. ゆーにっと

目次

1話　錬金術師は赤牛族の集落を訪れる……4
2話　錬金術師はカッフェを作り上げる……18
3話　錬金術師は赤牛族の集落に農園を作る……30
4話　錬金術師はサンドワームに襲われる……37
5話　錬金術師は討伐を決意する……45
6話　錬金術師は砂漠大岩へ突入する……51
7話　錬金術師はキングデザートワームと戦う……59
8話　錬金術師は武器を作成する……67
9話　錬金術師はキングデザートワームを討伐する……73
10話　錬金術師のいない帝国6……84
11話　錬金術師は獣王都に帰還する……87
12話　錬金術師は帝国の意図を悟る……97
13話　錬金術師は力になる……103
14話　錬金術師はリミッター解除する……110
15話　錬金術師はプルメニア村へ戻る……119
16話　錬金術師は戦う覚悟を決める……127
17話　錬金術師は覚悟を問う……136
18話　錬金術師は任される……146
19話　錬金術師は防衛拠点を作り上げる……157
20話　錬金術師は強化食材を作り上げる……167

21話　錬金術師は砦に工房を作る……180
22話　錬金術師は魔法剣を作る……186
23話　錬金術師は小休止を挟む……193
24話　錬金術師は密かに実験をする……205
25話　錬金術師は魔物と出陣する……214
26話　錬金術師のいない帝国7……222
27話　錬金術師は戦場に種を植える……228
28話　錬金術師は武装ゴーレムを繰り出す……235
29話　錬金術師は前で支援する……240
30話　錬金術師のいない帝国8……254
31話　錬金術師は魔力大砲を防ぐ……259
32話　錬金術師は砦に撤退する……266
33話　錬金術師は再び掘削する……274
34話　錬金術師は魔力大砲を破壊する……288
35話　錬金術師のいない帝国9……295
36話　錬金術師は籠城する……299
37話　錬金術師は呆気にとられる……316
38話　錬金術師はかつての仲間と攻勢に出る……327
39話　錬金術師は元上司と決闘をする……336
40話　錬金術師は辺境で日常を享受する……343
あとがき……354

1話　錬金術師は赤牛族の集落を訪れる

ラオス砂漠の上空。ティーゼが運んでくれているバスケットの中で揺られ続けること一時間。

俺、メルシア、レギナ、ティーゼは赤牛族と出会った集落を越え、さらに南西に向かっていく。

すると、集落らしきものが俯瞰《ふかん》して見えた。

こちらは彩鳥族《さいちょうぞく》の集落と違って、平地に民家を建てているようだ。

壁は石灰岩の切り石を重ね、漆喰《しっくい》を使って白く塗り固めている。屋根は灰色の平らな石をバランスを取りながら円錐《えんすい》状に積み上げている。接合材らしいものを使っていない実にシンプルな造りだ。

「家同士の屋根がくっついていますね？」

可愛《かわい》らしいとんがり帽子のような民家だが、きちんと見れば隣の家と屋根が繋《つな》がっているのがわかる。

「家を連続させることで屋根を大きくして貴重な雨水を少しでも多く溜めるためだろうね」

それに漆喰壁は雨水を濾過《ろか》するだけでなく、直射日光を反射し、内側にある熱を外に逃がさない性質も持っている。

入手しやすい材料で建てているのではなく、砂漠の厳しい気候を意識して造られた家だった。

「脳筋っぽい感じだけど、意外とちゃんと考えて生活しているのね」

あまりに率直なレギナの呟《つぶや》きに苦笑してしまう。

「何も考えずに生活していると、あっという間に干上がっちゃうだろうしね」

屈強な獣人をもってしても耐えることが難しい環境だ。本当に何も考えずに生活していたら間違いなく滅びているだろう。

「このまま入り口まで行くか？」

「近づきすぎると何をされるかわかりません。このまま集落の上で飛んでいれば、向こうから出てくるでしょう」

「あっ、赤牛族たちが続々と出てきました」

ティーゼの言った通り、集落の上空を派手に旋回《せんかい》していれば、キーガスをはじめとする赤牛族の戦士たちが続々と出てきた。

そのタイミングで集落からほどよい距離のところまで離れて、俺たちは地上に降りる。

「俺たちの集落の上を飛び回って何のつもりだ？」

こちらまでやってきたキーガスが剣呑《けんのん》な雰囲気を漂わせながら言う。

この間と同じ大きなトマホークを持っており、後ろにはオアシスで出会った仲間たちもいた。

突然、集落の真上にやってきて挑発するように旋回していたのだ。

キーガスたちが警戒するのも無理はない。

「あんたに話があってやってきたのよ！」

勇ましく第一声をあげたのはレギナだ。

「話だぁ？」

「彩鳥族の集落で作物を育てることができたのよ！　そういうわけでオアシスであたしたちを侮辱したことを謝罪しなさい！」

レギナの直球な要求にキーガスも呆《あき》れたような顔になる。

「はぁ？　いきなりやってきて何を言ってやがる？」

「あんたが出来ないって言っていたことができたのよ。だから、あたしたちは謝罪を要求するわ！」

まあ、いきなり農業に成功したのであなたたちも一緒に農業をやりませんか？　などという胡散《うさん》臭く思える提案よりは取っかかりがあるかもしれない。前に出会った時にバカにされたのは確かなのだし。

「そんなの信じるわけねえだろ」

ぷいっと顔を背けるキーガスに対し、ティーゼが言った。

「あなたならそう言うと思って迎えにきてあげたのです。信じられないと言うのであれば、うちの集落に見にきてください」

「ティーゼ、本気か……？」

「ええ、私は本気ですよ」

真意を探ろうとするかのようにキーガスは凝視するが、ツーンとした様子のティーゼからは何も情報は探れないだろう。

「信用できねえな」

「怖いのですか？」

「べ、別に怖くはねえよ！　ただ一人で行ったら何をされるかわからねえからな！　仲間も二人ほど呼ぶが問題ねえよな？」

「好きにしてください」

売り言葉に買い言葉みたいな会話の応酬だが、キーガスは彩鳥族の集落に来てくれるようだ。

「族長、イサギたちは俺たちが運ぶぜ」

リードがそのように声をかけるが、ティーゼは綺麗《きれい》な笑みを浮かべて断った。

「いいえ、あなたたちにはキーガスたちをお願いします。イサギさんたちは私が責任を持ってお運びしますから」

「ええー！　俺たちもイサギたちがいい！」

「赤牛族の奴等、絶対重いって……っ！」

「ダメです。族長命令です」

「横暴だ！」

「三人とも後ろにキーガスさんたちがいますから！」

やんややんやと話し合っているすぐ後ろにはキーガスとお供である赤牛族の戦士が二人やってきている。当然、嫌がる三人の会話は丸聞こえだったらしく、頬をひきつらせていた。

「キーガスさんたちはこちらにお乗りください」

俺が錬金術ですぐに大き目のバスケットを作って案内すると、キーガスたちは少し驚きながらも素直に乗り込んでくれた。

「さっさと連れていけ」

キーガスはつっけんどんな声をあげると、バスケットの中に座り込んだ。

ティーゼが顎で示すと、リードとインゴは嫌そうにしながらもキーガスたちの乗り込んだバスケットを持ち上げた。

「おわあっ！」

キーガスたちのバスケットから突如としてあがる悲鳴。

「誇り高い赤牛族の戦士が、空が怖いなどとは言いませんよね？」

「誰がビビったりするか！　ちょっと揺れたから驚いただけだっつうの！」

僅かながら顔を出したキーガスだが、すぐにバスケットへと引っ込んだ。

顔をすごく真っ青にしていたし、すぐに顔を引っ込めたところからビビッていたのは間違いないだろうな。

そんな様子のキーガスたちを見てクスリと笑うと、ティーゼは俺たちの入ったバスケットを持ち上げて上昇した。

●

行きと同じように一時間ほどバスケットで揺られると、俺たちは彩鳥族の集落へと戻ってきた。

バスケットが地面に着くと、キーガスと二人の戦士が一目散にバスケットから降りた。

「大丈夫ですか？」

「だ、大丈夫だ！　ちょっと喉が渇いただけだ！」

その言い訳には無理があるのではないかと思ったが、キーガスたちのプライドとして高いところが怖かったなどとは言えないのだろう。

せめてもの情けとして俺はゆっくりとバスケットを回収することにした。

「で、あの半透明な家の中に作物があるってか？」

そんな僅かな時間でキーガスたちの体調はある程度のところまで回復したようだ。

こちらに歩み寄って声をかけてくる。

「ええ、ちょうど収穫をしているところなので入ってみましょう」

キーガスたちを連れてプラミノスハウスに入ると、中では彩鳥族たちが実った作物の収穫をしているところだった。

土をかき分け、蔓《つる》を引っ張り、大きなジャガイモを収穫する子供たち。

黄金色になった稲穂を刈り取り、それらを束にして集める女性たち。

鋏《はさみ》を使って茎を切り、ブドウを収穫する老人たち。

奥では男たちが翼を使って宙に浮かび、高いところに生《な》っているデーツやカカオを収穫していた。

「すごい。砂漠にこんなにも作物が実っている」

最初に呟いたのはキーガスの後ろにいた戦士の一人だった。

そんな中、作物を目にしたキーガスはズンズンとジャガイモ畑に近づくと、蔓を引っ張り上げた。

「……あり得ねえ。俺たちと出会ってまだ一か月も経っていないんだぞ？　ある程度苗が大きくなるくらいなら理解もできるが、どうやってこの短期間で収穫まで持っていったっていうんだ」

「それがイサギの力よ」

ジャガイモを手にして身体を震わせるキーガスの言葉にレギナが誇らしげに胸を張りながら答えた。

「どうやったっていうんだ？」

「錬金術を使って作物に品種改良をしました。乾燥した空気や流砂、激しい寒暖差に負けないように改良しただけでなく、成長率、繁殖力なども強化しました」

「何だそりゃ⁉　そんなことが簡単にできるっていうのか⁉」

短期間で栽培、収穫ができた理由を告げると、キーガスが驚いた顔になる。

「決して簡単じゃありませんよ。俺だけじゃなく、レギナ、メルシア、ティーゼさんをはじめとする彩鳥族の人たちが協力してくれた結果です」

ティーゼとレギナが多くのサンプルを集め、リードやインゴたちが土を耕し、実験作物の世話をし、メルシアが研究データを元にアドバイスをくれなかったら完成できなかった。

これは俺一人の成果じゃない。皆の成果だ。

「嘘《うそ》だ！　これはどこかから持ってきて植えた作物に違いない！」

そう叫んだのは最初に呟いたのとは別の若き戦士だ。

実際に一から実験品を育て、何度も試行錯誤した上に成功したことを知っている彩鳥族たちから怒りの視線が集まる。

「外から持ってきた作物を植えれば簡単に育つほど、ここの砂漠は生易しいのでしょうか？」

「そ、それは……」

笑みを浮かべるティーゼの言葉に若き戦士は口ごもる。

砂漠の厳しさを嫌というほどに知っているからこそ、この環境が生易しいなどとは口が裂けても言えないだろう。

「では、実際に育つ様をお見せしましょう」

彼らには砂漠では農業ができないというイメージが染みついている。だったら、そのイメージを覆してやればいい。

俺は収穫が終わった畝のところにマジックバッグから取り出した肥料を撒《ま》き、錬金術で土を攪拌《かくはん》。攪拌が終わったところでジャガイモのタネをそのまま植え、土を被せてから水を撒く。

最後にもう一度錬金術を発動すると、植えたばかりのジャガイモのタネからニョキニョキと芽が生えてきた。

「なっ！」

生えてきた芽は葉と茎を大きく伸ばし、あっという間に収穫期のものと同じ大きさになった。

土をかき分け、蔓を引っ張ると、地中から見事なジャガイモが収穫できたではないか。

「イサギさん！　こんなすぐにでも収穫はできるのですか⁉」

キーガスと戦士二名が口をパクパクとして驚く中、ティーゼは興奮を露《あら》わにして尋ねてきた。

「可能ですが、しっかりと錬金術で調整する必要がありますし、長期的なことを考えるとおすすめしないです。今回はキーガスさんたちにわかりやすく農業が可能かを伝えるために強引にやっただけです」

「そうですか……」

期待させて申し訳ないが、これはデモンストレーションを意識したものだ。

長期的にちゃんとした作物を育てるのであれば、こういった無理はしない方がいい。

「こんなすぐに作物が育つなんておかしい！　きっと何かの魔植物だ！」

「やめろ！　みっともねえ！」

若き戦士が難癖をつけようとするのを止めたのは、族長であるキーガスだった。

「先日、お前たちに行った侮辱を撤回し謝罪する。すまなかった」

キーガスが深く頭を下げると、戦士二人は遅れながらも頭を下げた。

そんな光景をティーゼは、アンデッドを見たかのような面持ちで眺めている。

彼が頭を下げて謝罪するというのが彼女にとってそれほど衝撃的だったらしい。

「頭でも打ちましたか？」

「うっせえな！　ちょっとやそっとの出来事なら下げねえが、こんだけ目の前で実力を見せつけられたんだ。素直に非を認めるしかねえだろ」

粗野な言動が目立つキーガスであるが、自らの行いを振り返り、きちんと謝罪ができるタイプのようだ。

「非を認めて謝罪はした。俺たちはもう帰る」

「待ってください」

プラミノスハウスを出て行こうとしたキーガスを俺は呼び止める。

これで帰ってもらっては困る。俺たちにとってここからが本題なんだ。

「何だよ？　自慢の作物を見せつけて、謝罪させて、この上俺たちに何をさせようって言うんだ？」

「最初に言った通りです。俺たちと一緒に農園を作りましょう」

キーガスたちとオアシスで出会った時と同じように、俺はもう一度誘いをかけた。

「正気か？　謝罪したとはいえ、あんなにお前のことをバカにしたんだぞ？」

「そのことについては今謝ってくれたじゃないですか。その件はそれで終わりです」

過去に嫌なことを言われたからといって救わない理由にはならない。

私情で彩鳥族だけを救う判断をするなんて俺の矜持《きょうじ》にも反するし、獣王であるライオネルの命にも反することになる。

だから俺は当初の予定通り、赤牛族にも農業を持ちかけるんだ。

「……俺たちにも苗を分けてくれるっていうのか？」

「分けるだけじゃありません、一緒に作物を育てるんです。厳しい環境に負けず、豊かな生活を手に入れましょう」

「どうしてそこまでしてくれるんだ？」

「錬金術を使って多くの人々を豊かにする。それが俺の信条だからです。そこに国も種族も関係はありません」

素直に理由を述べると、キーガスは目を丸くした後に笑った。

「不思議だな。こんな細い身体をしてるってのに、お前にはまるで敵う気がしねえよ」

「そうですか？　戦うことになれば、俺は一瞬で負ける気しかしないですけど……」

人間族と獣人族には大きな力の隔たりがある。自分の身長ほどのトマホークを振り回せるであろうキーガスに敵う気なんてしないのだが。

「そういう意味じゃないですよ」

「イサギってば、賢いのに時々バカになる時があるわよね」

「そんなところもイサギ様の魅力なんです」

俺の言葉を聞いて、ティーゼ、レギナがクスリと笑う。

メルシアだけは笑っていなかったが、絶妙にフォローになっていない気がした。

「体力と力には自信がある。俺たちにも力を貸してくれ、イサギ」

「任せてください。この砂漠で一緒に農園を作っていきましょう」

キーガスが差し出してきた大きな手を俺はギュッと握りしめた。

●

キーガスたちにも農業指導をすることになった俺は、赤牛族の集落へとやってきていた。

ティーゼ、メルシア、レギナ、俺という外部の者を招き入れることに赤牛族たちは反対気味だったが、キーガスが新しい方針を説明すると反対の声はピタリと止んだ。

「すごいですね。たった一声で収められるなんて……」

よっぽどキーガスに対する信頼が厚いのだろう。

「俺の他にもお前のすごさを見た奴等がいるからな。というか、ここまでしてやっぱりできませんでしたっていうのはやめてくれよ？」

「……そうならないように努力します」

キーガスからプレッシャーをかけられる中、俺たちは農業をするに適した場所を探すことに。

「あっちに井戸がいくつかある。あの辺りなら水も引き込みやすいはずだ」

「へえ、こちらの集落には井戸があるんですね」

「この辺りには地下から湧き出る水が点在しているからよ」

詳しい話を聞いてみると、オアシスから水を汲《く》んでくる以外には、地面を掘った先にある小さな水源から水を確保しているようだ。

試しに錬金術を発動して水源を探査してみると、キーガスの言う通り赤牛族の集落の真下にはいくつもの小さな水源が点在していた。

「確かに水源がありますね」

なるほど。キーガスたちの先祖はそれがわかっていたから、ここに集落を作ったのかもしれないな。

ティーゼたちの住んでいる集落の周囲にはまったく水源がなかったので苦労したが、こちらなら楽に畑を作ることができそうだ。

「でしたら、ここに畑を作りましょう！」

集落から南下した何もない平地で俺は立ち止まって宣言した。

「はぁ？　こんなところに畑を作っちまったら水を運ぶのに時間がかかっちまうぞ？　水が必要なら井戸のある集落に近いところの方がいいだろ？」

「水ならありますよ。この真下に」

「はぁ？　いい加減なこと言うんじゃねえよ」

「俺には錬金術があるので水源があるかどうかわかるんです」

「……じゃあ、今から掘ってやる。嘘だったらぶん殴ってやるからな！」

キーガスはそのような物騒な台詞《せりふ》を放つと、トマホークを両手で握った。

「キーガスの身体から真っ赤なオーラが……ッ！」

トマホークを構えたキーガスの身体には血潮のようなオーラが纏《まと》わりついていた。

それだけじゃなく、キーガスの筋肉がさらに隆起し、太い血管が浮かび上がった。

「これは身体強化でしょうか？」

「赤牛族は獣人ながら身体強化が得意っていう稀有《けう》な種族なのよ」

メルシアの疑問にレギナが答えてくれる中、キーガスは練り上げた魔力をトマホークへと流し、そのまま地面へと叩《たた》きつけた。

ズンッという派手な重低音が響き、衝撃で地面が深くまで陥没。

衝撃により真下にあった地下水が露出し、空へ向かって大きな水の柱が昇った。

水の飛沫《しぶき》が俺たちに降り注ぎ、宙に綺麗な虹の橋がかかる。

「はっはー！　本当に水があったじゃねえか！　すげえな、お前！」

「いや、すごいのはたった一撃でこんなに深い穴を空けることができるキーガスさんですよ」

畑を作る前に錬金術とゴーレムを駆使して、水源を掘ろうと思っていたが、まさかこんなにすぐに掘り当てることができるとは思わなかった。

周囲では赤牛族たちが新たなる水源を目にして喜びの声をあげている。

「にしても、赤牛族っていう呼称は、この身体強化によるオーラの色を表していたんですね」

「そういうわけで力仕事は得意ってことだ」

見た感じまったく赤い感じがなかったのでずっと不思議だったけど、ようやく納得がいった。

獣人種の中で特に力のある牛族、そこに身体強化まで加われば、パワーはとんでもないな。

水源の確保ができたのなら話は早い。

俺は早速、水源の周囲の土壌を調べて回る。

「うん、ティーゼたちの集落と土質はそれほど変わらないね」

こちらは岩礁地帯よりもやや砂が柔らかく、乾燥気味だが、土壌の性質自体はほとんど変わらない。

土壌が変わらないのであれば、ティーゼたちの集落で植えた作物がそのまま使用できるというわけだ。

「であれば、キーガスさんたちには早速働いてもらうことにしましょう。ロープで囲った地面のところを鍬《くわ》で耕してください」

「おう！　任せろ！」

マジックバッグから鍬を放出すると、キーガスをはじめとする赤牛族たちが次々と手にする。

そして……。

「なぁ、土を耕すってどうするんだ……？」

キーガスをはじめとする赤牛族は、彩鳥族たちと同じ疑問を口にした。

そうだ。この人たちも農業をやったことがないんだった。

鍬を手にして所在なさげにする赤牛族に、俺たちは丁寧に土の耕し方を教えるのだった。

2話　錬金術師はカッフェを作り上げる

作業に入ると赤牛族たちは、得意の身体強化を使って凄まじい勢いで開墾を進めていく。

「彼らの開墾速度を見ると、人間族のやっている開墾作業はきっと亀の歩みのように見えるだろうね」

赤牛族たちの作業ぶりを横目にしながら俺は錬金術でプラミノスハウスを作っていく。

既に材料が揃《そろ》っている上に作り慣れたものなので作成に手こずることはない。

「プラミノスハウスを次々と建てていくイサギも大概だと思うけどね？」

「イサギ様を基準とすれば、そこらにいる錬金術師は亀のようだと思います」

すぐ傍では開墾作業を手伝っているレギナとメルシアがそのようなコメントをしていた。

二人からすれば、俺もおかしい作成速度をしているように見えるらしい。

このままのペースで行けば夕方までには肥料を混ぜ込む作業までいけそうだ。

設置作業がなくなったので手持ち無沙汰になってしまう。

開墾を手伝うという手もあるが、俺みたいなのがトロトロと開墾していたらきっと邪魔になるだろう。

交ざらない方がいいと判断した俺は、錬金術で砂を操作してちょっとした休憩所を作った。

長イスに腰かけると、ふうと息を吐いた。

日差しを凌《しの》げるだけで随分と暑さが和らぐものだ。

「隣に座るぜ」

「どうぞ」

キーガスがやってきたのでお尻をずらしてスペースを空けてあげる。

「飲むか？」

ボーッとしているとキーガスが腰に下げていた革袋を差し出してきた。

受け取ってみると中に入っている液体はとても黒い。

休憩所の屋根のせいで水が黒く見えるのでなく、純粋に革袋に詰まっている水自体が黒いようだ。

「何の飲み物です？」

「近くで穫《と》れたカッフェを乾燥させて煮出したものだ」

「……味は？」

「飲んでみろ」

キーガスがニヤリと笑いながら言う。

錬金術師の眼力で確かめてみたところ毒ではないのは確かだ。

構成されている成分を深く読み取れば、どのようなものかわかるのだが、それをしてしまえばつまらない気がするので言われた通りに飲んでみる。

「うっ……苦っ」

「ハハハハハ！　だろうな！」

感想を漏らした瞬間にキーガスが笑った。

独特な香ばしさの中に強い酸味とえぐみが入っている。

「これ腐ってるんじゃないですか？」

「腐ってねえよ。これはこういう飲み物だ」

試しに読み取ってみると、キーガスの言う通り腐敗していなかった。

こういう味のする飲み物のようだ。

「最初は苦い上に酸っぱくてマズかったんだが、続けて飲んでいると意外と癖になってな。朝なんかに飲むと妙にスッキリするし、気分転換にいいんだ」

キーガスは慣れているようでカッフェをスッと飲んでいた。

飲み慣れていない俺にとってこの苦みと酸味とえぐみのようなものは少しきつい。

風味や苦み自体はとてもいいので、もうちょっと飲みやすくならないものか。

「イサギ様、何をお飲みになっているのですか？」

顔をしかめているとメルシアが作業の手を止めてこちらにやってきた。

俺たちの飲んでいるものが気になったらしい。

彼女の好奇心を表すように耳がピクピクと動いていた。

「カッフェっていう飲み物だよ。少し飲んでみる？」

「では、いただきます――ぶふっ⁉」

カッフェを口にした瞬間、メルシアが黒い液体を霧状に噴き出した。

「げほっ、ごほっ……醜態を見せてしまい申し訳ありません」

「ご、ごめん。ちゃんと味について注意しておけばよかったね」

背中を向けて乙女らしからぬ様を隠しながら咳《せ》き込むメルシア。

呼吸を整えて口元を拭ったメルシアが振り返る。

「……何ですか、これは？　酸味と苦みとえぐみが一気に押し寄せてきましたよ。とても飲み物とは思えません」

「わかってねえな。その苦みと酸味がいいんだろうが」

メルシアの率直な感想にキーガスが憤慨する。

「だとしても酸味やえぐみが強すぎます。これでは飲み物として認めることはできません」

やっぱり、俺だけじゃなくメルシアもそう思うか。

ここまで酸味やえぐみが強いのは元々のカッフェの特性なのか？　あるいは加工法が間違っており、それらの味が強く出てしまっているだけなのだろうか？　前者の場合は本格的な品種改良を加えないといけないが、後者の場合であればちょっと加工法を変えるだけで簡単に美味しくできる。

それを調べるために俺は錬金術を発動。

「やや酸味とえぐみが強いのはカッフェの加工が不十分だからみたいだ」

調べてみると、キーガスの差し出してくれた飲み物は加工が間違っていることがわかった。

「あん？　これがもっと飲みやすくなるってのか？」

「その通りです。元になるカッフェがあれば、分けてもらえませんか？」

「別にいいがどうするっていうんだ？」

「俺が慣れていない人でも飲みやすく、もっと美味しいものに加工します」

「これがもっと飲みやすくて美味くなるんだったら俺としては嬉しいな」

キーガスはまんざらでもない顔をしながら革袋を渡してくれた。

そこには真っ赤な丸い実が詰まっていた。

飲み物になる前のカッフェは随分と綺麗な色をしているな。

「ただそんなものをいじっている暇があるのか？　俺としちゃ、そっちよりも普通に作物を育ててもらいてえんだが」

頬をかきながらキーガスが言いづらそうに言う。

カッフェはあくまで娯楽品だ。これからここで植える小麦、ジャガイモ、ブドウなどの食材と比べると優先度は低い。

「大丈夫ですよ。今みたいな空いた時間や作業の隙間にコツコツと進めていくので」

キーガスたちの気持ちはよくわかるので、皆の時間や労力を割いてまでやるつもりはない。

「それならいいんだが……お前の貴重な時間を使ってまでやるメリットはあるのか？」

「美味しいカッフェができれば赤牛族の新しい特産品になります。特産品として輸出できれば貨幣が手に入り、外からも色々な物資を手に入れることができます」

ティーゼたちがカカオを特産品として加工して作り上げているように、キーガスたちの集落でもこの実を加工して特産品として作り上げてほしいと思う。

「俺はこのカッフェという飲み物に可能性を感じているんです。今は強い酸味とえぐみが全体の味を邪魔してしまっていますが、それらがなくなればきっと美味しい飲み物になるはずです」

「なるほど。ただの娯楽じゃねえってことか。俺に手伝えることがあったら何でも言ってくれ。俺も美味しいカッフェを飲んでみてえ」

俺が熱い想いを伝えると、キーガスにも伝わったらしく嬉しそうに笑ってくれた。

ただ、顔が強面《こわもて》気味なので、その笑顔は悪人が悪だくみをしているようにしか見えないが。

キーガスたちに畑の開墾を任せた俺たちは、空き地に工房を作り上げると、早速そこでカッフェの研究をすることにした。

「それじゃあ、カッフェを美味しく飲むための研究をしようか」

「かしこまりました。何としてでも私たちの手で美味しいカッフェを作り上げましょう！」

「妙に意欲が高いね？」

クールなメルシアがいつになく熱意に燃えている。

「これがあまりにも完成度が低いせいで、私はイサギ様の前であのような醜態を晒《さら》すハメになりました。許せません」

違った。どうやら汚名返上のためらしい。

「そ、そっか。俺たちの手でちゃんと飲めるものにしないとね」

「ええ」

「まずは色々と加工を試してみようか」

静かな怒りに燃えているメルシアを宥《なだ》めながら、俺は作業を開始することにした。

カカオと同じように赤い粒のままで発酵、乾燥、加熱、分離、加湿、成分抽出、形状変化、粉砕などの錬金術の加工法を試してみる。

メルシアは実際にフライパンで焼いてみたり、煮てみたり、洗ってみたりと錬金術とは違った方向性での加工を探ってくれた。

そうやって一通り試し、ケースに仕分けされているカッフェの変化を観察してみる。

「水で洗い流すとぬめりが出てきましたね」

「う〜ん、どうやって加工していくのが正しいんだろう?」

現段階ではこれといってカッフェらしい香ばしい匂いもしない。

キーガスは適当に天日干しにしたものを煮出しているらしいが、その通りになぞったとしてもあの味の再現にしかならないだろう。

つまり、美味しいカッフェにするには、ここから何かしらの手を加えないといけないことになる。

「カカオと同じように発酵を進めてみるのはいかがです?」

「そうだね。原料は同じ豆なんだし、工程をなぞってみようか」

別に外れていたっていい。他にこれだという道筋がないからなぞってみるだけだ。

当たればラッキーくらいの気持ちで錬金術を発動し、発酵具合を調整してみる。

発酵とは微生物が糖分を水や二酸化炭素に分解する反応のことだ。この発酵具合によって豆類の植物は糖度などが変化する。

「まだぬめりが残ってるね」

「乾燥させる前に一度よく洗った方がよさそうですね」

発酵を進めたことでぬめりがいくらか分解されたが、まだ残っているので乾燥を進める前に、大きなタライに入れて水で洗うことにした。

メルシアと一緒にタライに入ったカッフェをジャブジャブと洗っていく。

ちょっとやそっと擦っただけでは綺麗にならないので、たっぷりの水を入れてゴシゴシと洗う。

「意外と重労働だ」

「そうですね」

などと同意してくれているがメルシアはまるで疲れている様子がなかった。

俺が非力なだけなのかもしれない。

ザルの水を三回交換して洗い続けると、ようやくぬめりがなくなって豆が淡緑色っぽくなった。

最初は濁っていた水も今ではすっかり透明なものになっている。

「よし、今度こそ乾燥だ」

洗い終わったカッフェを錬金術で水分量が十パーセントになるまで一気に乾燥。

気候によっては何週間とかかる作業を一気に短縮できるのは錬金術の強みだな。

すっかり乾燥して豆が綺麗になると、錬金術を使って殻だけを取り除く。

「いい感じに豆っぽくなってきたね？」

「せっかくですからこちらも焙煎《ばいせん》してみましょうか」

何となく悪乗りしている感じはするが、ここまで類似性のある反応をしていれば、カッフェ豆も焙煎してみるのがいいのかもしれない。

「そうだね。やってみよう」

カカオ豆も焙煎することで独特な風味や甘みが各段に増していた。カッフェ豆も同じ反応が出るかもしれない。

メルシアがカッフェ豆をフライパンに入れて蓋をしてくれたので、俺が錬金術で加熱していく。

そのまま鍋を揺すりながら加熱していくと、鍋の内部から香ばしいカッフェ豆の香りがするようになった。

「ちょっと中を確認してもいい？」

「はい」

メルシアに蓋を取ってもらうと、フライパンの中にあるカッフェ豆は淡緑色からキツネ色へと変化していた。

「キーガスに飲ませてもらったのよりも香ばしくていい匂いがする！」

「もう少し焙煎を進めてみましょう」

確かな手応えを感じたので蓋を載せて、そのまま焙煎を進めてみる。

さらに焙煎を進めると、カッフェ豆はキツネ色から黒褐色となり、独特な香りを漂わせていた。

「これならいける気がする！　これで抽出してみよう！」

「かしこまりました」

錬金術でカッフェ豆を粉砕。

メルシアが用意してくれたポットの注ぎ口に、粉末が直接落ちないようにペーパーを設置。

粉末を入れると、その上から魔法で用意したお湯を注いでいく。

ほどなく、ポットの中には透き通った黒い液体――カッフェが抽出された。

カッフェが出来上がると、マジックバッグからコップを取り出して二人分のカッフェを注いだ。

「うん、香りはいいね」

「妙な酸っぱさやえぐみのようなものも感じられません」

嗅覚の鋭いメルシアがそうコメントするということは獣人にとってもいい香りのものができたと

言えるだろう。

「問題は味だね」

「ええ」

俺とメルシアは顔を見合わせるとこくりと頷き、ほぼ同じタイミングでコップを傾けた。

「美味しい！」

口の中に入った瞬間、カッフェの独特な風味と苦みが広がった。

僅かに感じる酸味、果肉の甘み、フルーティーさといった様々な味が舌を刺激するが、不思議とそれらには調和があり、すんなりと受け入れられる。

「味の方も問題ありませんね。香ばしさと苦みが絶妙です。これならいずれは紅茶やお茶といった飲み物に並び立てる物になるでしょう」

カッフェの味にメルシアも大変満足しており、先ほどのような醜態を晒すことなく、スッキリとした表情でカッフェを楽しんでいるようだった。

まさかカカオ豆の加工をなぞるだけでここまで上手くできるとは思わなかった。

やっぱり経験というのは偉大だな。

カッフェを飲み終わったところで俺たちは外に出る。

カッフェ好きのキーガスに改良したカッフェを飲んでもらうためだ。

「キーガスさん、ちょっといいですか？」

「何だ？」

鍬を振るっているキーガスに声をかけると、彼は赤いオーラを引っ込めて振り返った。

「改良したカッフェが出来上がったので飲んでもらいたくてですね」

「もう出来上がったっていうのか？　半日も経ってねえぞ？」

「まあまあ、とにかく飲んでみてください」

錬金術でコップを作ると、ポットを傾けてカッフェを注いだ。

キーガスは湯気の立っているコップを手にすると、鼻に近づけて大きく息を吸った。

「いい香りだ」

「味の方も確かめてみてください」

「う、うめえ！　なんて香ばしいんだ！　ほどよい苦みと酸味が口の中で広がりやがる」

驚きの表情で感想を漏らすと、もう一度口をつけて味わうように飲む。

キーガスがホッと息を漏らした。

「俺の作ったやつとは全然違うぜ」

「これなら他の人も飲んでいただけそうですかね？」

「ああ、俺以外にカッフェを飲む奴はいなかったが、これなら飲むはずだ」

キーガスはそう言うと、傍で作業をしていた赤牛族たちに試飲するように声をかける。

「えー、それってこの間族長が勧めてきたクソマズい飲み物じゃないですか」

「俺たち飲みたくないっす」

カッフェを作り上げる段階で他の者に試飲をさせていたせいか、赤牛族の青年たちは嫌そうな顔をしていた。

「クソマズいとか言うんじゃねえ！　今回はそれをイサギが改良して飲みやすくなったんだ。だからお前たちも飲んでみろ！」

「すみません。ぜひ、感想を聞かせてほしくて」

「まあ、錬金術師さんが言うなら……」

第三者である俺が頼み込むと断りにくいのか、赤牛族の青年たちは渋々ながらも頷いてくれた。

青年たちのコップを作り出すと、人数分のカッフェを注いで渡す。

コップに注がれた黒い液体を見て、微妙な顔をしていた青年たちだが意を決したような顔をするとカッフェをあおった。

「あれ？　普通に美味しいっす」

「族長に飲まされたゲロマズいやつと全然違う」

「これなら普通にイケるな！」

きょとんと目を丸くしながら口々に感想を語る青年たち。

好き放題言われているキーガスはちょっとイラっとしている模様だが、カッフェを認めてくれたことは嬉しいのか拳が飛び出ることはなかった。

「なになに？　なんか美味しそうなものを飲んでいるじゃない！　あたしにも飲ませてよ！」

「イサギさんの作った新しい飲み物が気になります」

「いいですよ。ぜひ感想を聞かせてください」

畑の一画でわいわいとしていると、今度はレギナとティーゼがやってきたので彼女たちの分のカッフェも用意してあげる。

「わっ、にっがーい」

「……微かに甘さがあって苦みがあって酸味もあって、実に奥深い飲み物です」

レギナはカッフェを口にして吐き出すことはなかったが舌を出して顔をしかめていた。

ティーゼはカッフェの味が平気だったのか、興味深そうにして何度も口をつけている。

「あたしはちょっと苦手かも」

改良して飲みやすくなったとはいえ、独特な風味と苦みがあることに違いない。

カッフェを苦手と感じる人がいるのは仕方のないことだろう。

「でしたらカカレートと一緒に飲んでみるのはいかがでしょう？」

「紅茶をお茶菓子と一緒に食べるように、甘いものと一緒ならばレギナ様も飲みやすいかもしれませんね」

「やってみる！」

実践させてあげるためにマジックバッグからカカレートを取り出そうとしたが、レギナが懐のケースからカカレートの固まったものを取り出した。

「えっ？　カカレートが固まってる？」

カカレートといえば、俺たちの作った液状のものだと思っていたので目の前で固形として取り出されたカカレートに驚いてしまう。

「なんか朝起きたら固まってた」

レギナの話を詳しく聞いてみると、食後のデザートに食べようと思っていたが放置して寝入ってしまい、朝目覚めると固まった状態で発見されたようだ。

ずぼらな第一王女の生活に突っ込みを入れたくなるが、そのお陰で新しい発見があったので叱るに叱れない。

恐らく気温差によって液体から固体へ変化したんだろう。

変化が気になり、再現したくなった俺はその場でマジックバッグからカカレートを取り出してみる。

そのまま冷やしても不定形になるのは目に見えているので、錬金術で正方形の型を作ってそこにカカレートを流し込む。

氷魔法を発動して冷やしてみると、カカレートは型の通りに固まってくれた。

型をひっくり返して叩いてみると、正方形状になったカカレートがコロンと出てくる。

「確かに固形になった」

「この方が食べやすそうですね」

カカレートとカッフェの相性を確かめるために俺は出来上がった固形のカカレートを皆に配ってみる。

「何だこりゃ?」

「彩鳥族の特産品として育てているカカレートです。甘くて美味しいですよ」

「ほお」

カカレートの説明をすると、キーガスは怪訝《けげん》な顔をしながら見つめていた。

赤牛族たちの青年は甘味が嬉しいのか後ろではしゃぎ声をあげている。

「……あたしもそっちのカカレートが食べたい」

「いや、レギナは自分のを持ってるじゃん」

「そっちの方が可愛くて美味しそうだもの!」

などとよくわからない理由を述べてレギナも俺の作ったカカレートを強奪した。

まあ、別にいいんだけどね。

カカレートを配り終わったところで俺たちはカカレートと一緒にカッフェを飲んでみる。

「あ、美味しい! これならあたしでも普通に飲めるわ!」

苦さを苦手にしていたレギナもこの組み合わせならば美味しく飲めるようだ。

ただカッフェを飲む割合よりも圧倒的にカカレートを食べる割合の方が多いけど。

俺もカカレートを口に運んだ。

カカレートが口の中で溶けていき、じんわりとカカオの甘みが広がっていく。

口の中がカカレートの甘さでいっぱいになったところで、温かなカッフェを口に含むようにして飲む。

カッフェの芳醇《ほうじゅん》な風味が口の中に広がり、追いかけるように苦みや酸味がやってくる。

それらは口の中に残っているカカレートの味と見事に組み合わさり、ほどよい苦みと酸味へと変化していた。

「カッフェの苦みがカカレートの甘みと中和されて飲みやすくなっています。カカレートがある方がカッフェは美味しいですね」

「何言ってやがんだ。カッフェはカッフェだけで飲むのが一番いいに決まってるだろうが」

「何ですって？」

「ああん？」

味わい方の方向性が割れたせいかティーゼとキーガスがにらみ合う。

「まあまあ、味の好みは人それぞれですから」

険悪な雰囲気を醸し出す二人の間に割って入ると、ティーゼとキーガスはにらみ合うのをやめてくれた。

一緒に農業や話し合いをすることで問題なく話せるようになったと思ったけど、すぐに仲良くなるということは難しいのかもしれない。

「せっかくですから赤牛族の畑ではこのカッフェを育ててみましょうか」

「ああ、それができるなら是非とも頼む」

「彩鳥族ではカカレートを特産品に。赤牛族ではカッフェを特産品として将来的には二つをセットにすることで輸出すると大きな利益になりそうですね」

なんて提案をしてみると、ティーゼとキーガスは互いに視線を合わせ、嫌そうな顔をしてそっぽを向いた。

今すぐに仲良くなることは難しいかもしれないが、将来的には二つの氏族が仲良く手を取り合ってくれればと俺は思う。

●

それから俺は赤牛族が作り上げたプラミノスハウス内で品種改良した小麦、ジャガイモ、ブドウ、ナツメヤシを植えて栽培し、それとは別に特産品となるカッフェにも調整を加えることで栽培。

「すげえ！　本当に俺たちの集落で農業ができてやがるぜ！」

プラミノスハウス内ですくすくと育っている作物を目にして、キーガスが驚きの声をあげている。

「こんな砂漠で作物を育てちまうなんて本当にイサギはすげえな」

「すごいのはキーガスさんをはじめとする赤牛族の人たちですよ。まさかここまで早く形にできるとは思いもしませんでした」

彩鳥族の集落で散々試行錯誤し、ある程度の完成品を作り上げていたとはいえ、まさかここまで早く農園を作ることができるとは思わなかった。

畑に関してもゴーレムを一日中使役しても三日はかかる範囲を一日で開墾してしまい、農業に使用する水源は探知こそしたもののキーガスをはじめとする赤牛族が次々と掘り当ててくれた上に自らの手作業で井戸を作ってくれた。

水路に関しては俺が錬金術で手伝ったとはいえ、俺が手伝わなくても時間さえあればすぐに完成させられるほどのパワーと技術を持っていた。

ここまで早く農園を完成させることができたのは間違いなく赤牛族たちの力のお陰と言えるだろう。

「まあ、これだけ希望を見せられちゃ、俺たちとしても気合いが入るってもんだ」

「そう言ってもらえるとやってきた甲斐《かい》があるってものです」

水源の上に井戸が設置されており、そこから水路を引いて水を引き込んでいる。他にも小さな水源は各所に散らばっており、いくつもの井戸があって引き込めるようになっている。

俺がいなくても赤牛族たちの力で継続して農業を行うことができる。完璧だ。

「まあ、俺の一番の希望はこっちなんだがよ」

ニヤリと笑みを浮かべるキーガスに付いていき、隣のプラミノスハウスに入ると、そこには大量のカッフェが栽培されていた。というか、ここにはカッフェしか栽培されていない。特産品となるカッフェ専用のプラミノスハウスだ。

「他の赤牛族たちの人から聞いていますよ？　キーガスさんがカッフェの世話しかしてくれないって」

「食材の世話は率先して他の奴等がやってくれるからな。だから、俺はこっちの世話に力を入れてんだ」

周囲からの小言を伝えてみるも、キーガスはどこ吹く風だ。

その代わりカッフェの世話は誰よりも率先して真剣に取り組んでいるので大きな不満となってい

るわけではない。本人もそれを理解しているのだろう。

「すっかりカッフェにハマっていますね」

「元々の趣味だったからな。イサギにカッフェの本当の美味しさを教えられてから、俺もカッフェの奥深さを探求してみたくなってよぉ」

キーガスには錬金術に頼らなくてもカッフェを作り上げるための加工法を伝授したが、今では家でも道具などを自作して個人的にカッフェを作っているほどだ。

「カッフェの発酵具合、焙煎具合、お湯の淹《い》れ方一つで風味や味は変化いたしますからね」

「いずれは自分好みのカッフェを思う存分に作るのが目標だ」

「そのためにはまず安定してカッフェを作り上げないとですね」

「そうだな」

なんてカッフェや集落の将来について話し合っていると、不意に足元から強い揺れを感じた。

4話　錬金術師はサンドワームに襲われる

「わわっ！　地震!?」

ちょっとやそっとの地震では崩れないように作っているが、いくら頑強なプラミノスハウスでも地面が崩れてしまえば崩落してしまうことになる。

万が一を考えると、プラミノスハウスにいるよりも外にいた方が安全だ。

俺たちは他に作業をしている赤牛族たちにも声をかけて速やかにプラミノスハウスを出た。

「イサギ様、ご無事ですか？」

外に出ると、別のプラミノスハウスで視察をしていたメルシアが血相を変えて駆け寄ってきた。

後ろには赤牛族たちもいる。

「俺は大丈夫だよ。メルシアは？」

「イサギ様がご無事で何よりです。私の方は問題ございません」

メルシアもどこも怪我をしていないようで安心だ。

「……長い揺れだね」

先ほどからジーッと外で待機しているが地面の揺れが収まる気配がない。

どうも揺れが強くなっている気がする。

「イサギ様、何か地中から気配を感じます」

メルシアの言葉を聞いた瞬間、俺はすぐに錬金術を発動。

地中に魔力を巡らせて気配を探る。

すると、巨大な長細い生き物たちが真下からこの場へとすごい勢いで近づいてきていることに気づいた。

「急いでこの場から離れてください！」

叫んだ瞬間に俺たちの真下にある地面が割れた。

メルシアが即座に俺を抱えて跳躍し、キーガスをはじめとする赤牛族たちは驚異的な反射速度と身体能力で決壊する地面から逃れる。

着地したメルシアに下ろしてもらい視線を上げると、地面から三体ものワームが飛び出した。

砂漠や荒野や鉱山などの地中に棲息《せいそく》し、獲物に地面から襲いかかる魔物。

弾力のある長い身体は全長十メートルを超えている。先端部分には大きな丸い口がついており、奥にはびっしりと小さな歯が何列にもなって生えている。ちょっとグロい。

「サンドワームだ！　お前ら武器を持って戦いやがれ！」

キーガスが声をあげると、赤牛族の戦士たちが次々と赤いオーラを纏わせてサンドワームに飛びかかった。

赤牛族の振るった鍬がサンドワームの腹部に強く打ちつけられる。

弾力のある身体をしているワーム種は打撃系の攻撃に対して強いのだが、ここにいる戦士は全員が獣人であり屈強な身体強化を使える戦士だ。

いくら打撃に耐性があろうと赤牛族の身体強化による一撃を体のあちこちに受けては耐えられるはずもなく、あっという間に二体が地面に倒れ伏した。

「族長、一体がそっちに行きました！」

赤牛族たちの活躍により二体のサンドワームがなすすべなく地面に沈むが、最後の一体がキーガスの方に突進してくる。

十メートルを超える巨体の突進にキーガスは怖気づく様子もなく、冷静にサンドワームに合わせてトマホークを振るった。

キーガスの振るったトマホークはサンドワームの頭部を斬り込んだ。と思ったら、そのまま胴体から尻の方まで綺麗に両断した。

二つに分かれたサンドワームの体がドサリと砂漠の上に落ちる。

「ったく、こっちに倒れるなよ。カッフェの農園が潰れちまうだろうが」

身体強化すら使わずに一撃で屠《ほふ》ることができるのだからさすがだ。

キーガスの一撃によって赤牛族たちが湧く中、地中から振動が響いた。

「またしてもサンドワームです！」

地中から十体のサンドワームが出てくる。

そのうちの五体はその場に留まって攻撃を仕掛けてくるが、残りの五体は地中へと潜行した。

襲いかかってくると思って構えるが、いつまで経っても攻撃を仕掛けてくる様子はない。

「おい、他の五体はどこにいった？」

「……集落の方に行ったのではないでしょうか？」

「なに？　目の前の餌を襲うしかねえサンドワームだぞ!?　あり得ねえだろ？」

メルシアの懸念に対し、キーガスが信じられないとばかりの声をあげる。

「錬金術で探査してみましたが、間違いなく集落に向かっています」

「んな⁉ くそ、俺は集落の方に行ってくる！ 悪いがここは任せた！」

返答をする間もなく、キーガスは数名の赤牛族の戦士を連れて集落の方へ走っていった。

「任せたって言われても俺は錬金術師であって戦士じゃないんですけど……」

レギナとティーゼがいれば、サクサクと倒してくれるのだが、彼女たちは彩鳥族の集落で農業に励んでいるのでここにはいない。

「赤牛族が健闘していますし、私たちは傍観しておきますか？」

「いや、頼まれちゃったし俺たちも戦おう」

メルシアの提案に乗りたい気持ちは山々だけど、目の前で暴れている魔物を無視するのは心が痛む。

それに何よりせっかく皆と一緒に作り上げた農園をめちゃくちゃにされるかもしれないと思うと、居ても立っても居られなかった。

そんなわけで俺とメルシアもサンドワームとの戦いに加わることにした。

●

サンドワームが巨体を揺らしてメルシアに突進を繰り出す。

メルシアはサンドワームの突進を横ステップで回避。それと同時にガラ空きになっているサンドワームの横っ腹に拳を叩き込んだ。

ズンッと腹に響くような低い音が鳴り、サンドワームの体が一瞬持ち上がった。

並大抵の魔物であれば、今の一撃で骨や内臓をやられてノックアウトとなるが、サンドワームの体はぶよぶよとした弾力のある分厚い皮に覆われており、一撃で沈むようなことはなかった。

衝撃を受けて内部にダメージを受けているようだが、すぐにズルズルと体を動かして地中に潜っていく。

「動きは鈍いのですが、無駄に打たれ強くて面倒ですね」

レギナのような大剣や、キーガスのようなトマホークを持っていれば、分厚い皮ごと切断して倒すことができるが、己の肉体を主体とするメルシアではそうはいかない。

いくらか短剣や投げナイフなどの暗器も使えるっぽいけど、それらの武器ではサンドワームの巨体を切り裂くのは難しいだろう。

冷静に分析していると、今度は俺の傍の地中から気配が。

「イサギ様！」

「大丈夫だよ」

錬金術の探査で地中にいるサンドワームの気配を正確に把握し、地中から顔を出すタイミングで右手をかざした。

「風刃《ウインドスラッシュ》」

地中からサンドワームが顔を出した瞬間に、風魔法が発動。

右腕に収束していた風の刃が発射され、サンドワームの頭部を切断した。

サンドワームの一番の長所は普通の人間が知覚できない地中に潜れること。

しかし、錬金術で地中に魔力を浸透させることのできる俺からすれば、地中に潜っているサンドワームの姿は丸見えも同然だ。

両サイドにある穴から同時に出てくるサンドワームに合わせて風魔法を発動すると、二体のサンドワームが頭を落とすことになった。

「さすがです！」

「あはは、サンドワームとの相性がいいだけだよ」

メルシアが感嘆の視線を向けてくるが、これはサンドワームとの相性がいいだけで決して俺のセンスがいいわけじゃない。

「メルシア、後ろの穴から出てくるよ」

「ここですね！」

地中から這《は》い出ようとしているサンドワームの気配を教えると、メルシアは華麗に跳躍し、サンドワームが顔を出したタイミングで強烈な踵《かかと》落としをお見舞いした。

分厚い皮に阻まれて一撃で倒すのは難しいだろう。そう思って風魔法を準備していたのだが、踵落としを食らったサンドワームの頭部が派手に弾けた。

「あれ？　一撃だったね？」

「頭部は弾力性が低く、打撃に対する耐性は低いようです」

胴体に比べると、弾力のある皮が薄いようだ。

「一撃で倒せるのであれば処理は簡単です」

サンドワームの弱点を看破したメルシアが飛びかかっていく。

頭部には大きな口があるので攻撃を仕掛けるにはリスクが高いのだが、メルシアにはそんなものは関係ないらしい。サンドワームの噛《か》みつきをかいくぐり、力強い拳で頭部を撃ち抜いていく。

サンドワームの数が大幅に減っていることに安堵《あんど》するものの、またしても地中から無数のサンドワームが砂を撒き散らして這い出てきた。

「また増えた」

「キリがありませんね」

キーガスにここを任されてからサンドワームを二十体以上は倒しているが、倒しても倒しても地中から増援がやってくるのだ。

しかも地下にはまだまだサンドワームが控えている模様。一体、この付近にはどれほどの数のサンドワームがいるのやら。

「メルシア、ちょっとサンドワームの注意を引いてくれる？」

「かしこまりました」

チマチマと倒していてはキリがない。地上に出てきたサンドワームの相手はメルシアと赤牛族に任せ、俺は地下にいるサンドワームを一掃することにした。

地面に魔力を流し込んでいく。

地下に潜むサンドワームの数とそれぞれの位置を把握すると、俺は錬金術を発動。

地中の土を操作し、サンドワームへと殺到させる。

ただ土が迫りくるだけではサンドワームには分厚い皮があるので痛くも痒《かゆ》くもないだろうが、周囲の土は錬金術による魔力圧縮で硬化されている。逃げ場のない場所で三百六十度から硬質な土で

あった。

サンドワームたちが動き回って抵抗してみせるが、数秒後にはブツンッと押し潰される手応えがあった。

手で芋虫を握りつぶしたわけじゃないのに、そんな感触がダイレクトに伝わってくるようだった。

「イサギ様、今のは……？」

地中の土を派手に操作したことでメルシアにも振動は伝わっていたようだ。サンドワームの相手をしながら驚いたように振り返る。

「錬金術で地下の土を操作してサンドワームを圧殺したんだ」

「な、なるほど」

「これで地下にいるサンドワームは殲滅《せんめつ》できたよ。あとは地上にいる奴等を倒せば――」

上々な戦果に満足していると地上に残っていたサンドワームたちが次々と地中に潜っていく。

「サンドワームが退いていった？」

「どうやらそうみたい」

魔力を流して地中の気配を探ってみるも、サンドワームは遥か東の方角へと遠ざかっていた。

さすがになりふり構わずに退却されると、先ほどの錬金術で圧殺することも難しい。

とりあえず、この場はサンドワームを撃退できたことを喜ぶことにした。

5話　錬金術師は討伐を決意する

メルシアと農園の修理などをしていると、キーガスがやってきた。

「そっちは無事か⁉」

サンドワームを撃退し、怪我人の介抱や農園の修理などをしていると、キーガスがやってきた。

「赤牛族の方も含めて全員無事です」

「全員無事……？」

メルシアの報告を聞いて、キーガスが訝《いぶか》しげな顔をする。

まあ、あれだけの数のサンドワームが襲ってきたのだ。いくら屈強な赤牛族の戦士が揃っていようと全員が無事というのは考えづらい。

「赤牛族に七名ほど負傷した人がいましたが、ポーションで治療したために無傷となりました」

七名ほどが骨折、打撲、捻挫、裂傷などの怪我をしていたが、俺がポーションを与えて治癒させた。なので、怪我人はなしということになっている。

「そんな貴重なものまで使ってもらってすまねえな。お礼はあとで必ず払う」

「ライオネル様にもらった支援物資の中の一つなので気にしないでください」

「そうか……ライオネルには感謝しねえとな」

正確には支援物資にあったポーションを俺が改良して効力を高めたものなのだが、わざわざそれを報告して謝礼を請求するつもりはなかった。

「ただ、農園の方は損害なしとはいきませんでした」

できるだけサンドワームを農園に近づかせないように戦っていたのだが、地中から迫りくる相手にこれだけの広範囲を守り切るというのは難しかった。

プラミノスハウスの三つがペシャンコになっており、キーガスが愛情を注いで育てていたカッフェ農園も半分ほどがダメになっている。

「くそ！　せっかくここまで育てたっていうのによ！」

そんな光景を見つめて、キーガスが悔しそうな声をあげる。

皆で力を合わせて、もうすぐ収穫というところまできていたんだ。

それを台無しにされて平気でいられる方が難しいだろう。

「すみません。ここを任されていながら」

「イサギたちに落ち度はねえよ。あれだけの数のサンドワームを相手に死者を出さず、農園にまで被害を出さないなんて俺にだって無理だからな」

大きく深呼吸をすると、キーガスの気持ちは落ち着いたようだ。

「集落の方は問題ありませんでしたか？」

「かなりの数の家がやられて怪我人もいるが、幸いにしてこっちも死者はいねえ」

「ポーションがまだ残っているのでお渡ししましょうか？」

「助かるぜ」

治癒ポーションの瓶を二十本ほど取り出すと、キーガスと一緒に集落から戻ってきた赤牛族の戦士がずいっとやってきたので渡してあげた。

すると、戦士はぺこりと頭を下げて、急いで集落の方に戻っていく。

怪我人の治療については彼に任せるのだろう。

「俺はサンドワームが空けた穴を塞いでしまいますね」

「ああ、頼む」

サンドワームが好き勝手に土を掘ってくれたので農園やその周りは穴だらけだ。

このままでは農園を修復するのにも支障が出るので、俺は錬金術で土を操作して穴を埋めた。

「イサギー！」

錬金術で穴を埋め終わると、上空から聞き覚えのある声がした。

「レギナ！　ティーゼさん！」

上空に視線を向けると、空を飛んでいるティーゼとバスケットに乗って運んでもらっているレギナの姿が見えた。

二人に手を振ると、ティーゼがゆっくりと降下して地上へと着陸した。

「二人ともどうしてこちらに？」

ティーゼとレギナは先日の大収穫を終えて、集落で栽培作業を行っていたはずだ。

赤牛族の集落にやってくる予定はなかったはずだが。

「集落にサンドワームの群れが出たのよ！」

「えっ!?　そっちにも？」

「そっちにもってことはやっぱりこっちにも出たんだ？」

「うん。幸いにも死者や大きな怪我人は出なかったけど、集落や農園に少なくない被害が出たかな」

「そう。こっちも同じ感じだね」

「幸いにもこちらにはレギナ様がいたのですぐに撃退できましたが、不可解な動きをするサンドワームでしたので心配になって様子を見にきました」

「不審な動き？」

「サンドワームの癖に、あたしたちを無視して集落を襲おうとしたり、水道を狙って攻撃しようとするしで妙に動きに連携があったのよね」

「こちらの集落を襲ったサンドワームも変でした。戦力を分散させたこともですが、イサギ様が一気に殲滅した瞬間に撤退までしましたし」

　ワームは目の前の獲物を捕食することだけしか考えられない知能の低い魔物だ。

　それほど知能の低い魔物に言うことを聞かせる、作戦的に襲わせることのできる存在はと言うと……。

「……上位個体がいるのかもしれないね」

「十中八九そうだろうな。サンドワームが二つの集落をほぼ同時に襲うなんてあり得ねえだろ」

「私もその確率が高いかと思います」

　俺の予想に同意するようにキーガスとティーゼも頷いた。

　サンドワームの不審な動きを見て、同じ考えにたどり着いたのは俺だけじゃなかったようだ。

「俺は倒しに行くぜ。今日みたいに地面を掘って襲われたら生活もままならない上に農業だってできねえからな」

「私も行きます」

「ああん？　何でティーゼまできやがる？」

「私の集落も襲われた以上、サンドワームは彩鳥族を脅かす危険な魔物です。放置することはできません」

「けっ、そうかよ」

ティーゼが討伐に参加することを訝しんでいたキーガスだが、却下することはなかった。

仲は悪いが、実力については認めているのだろう。

「イサギ様、私たちはどうしますか？」

「もちろん、俺も行くよ」

あれだけの数で襲ってきたサンドワームが、集落を襲うのをやめるとは考えられない。

きっとまたタイミングを計って襲ってくるはずだ。

次は二つの集落や農園が無事でいられる保証はない。

「イサギならそう言ってくれると思っていたわ！」

「イサギ様が行かれるのであれば、私もお供いたします」

レギナは最初からそのつもりで、メルシアはいつも通り俺が行くなら付いてきてくれるようだ。

「そういうわけで俺たちも上位個体の討伐を手伝いますよ」

「本当ですか⁉」

「俺らとしちゃ嬉しいが、本当にいいのか？」

「せっかくそれぞれの集落で農業ができるようになったんです。それを魔物に台無しになんてされたくありませんから」

彩鳥族の集落で最初に植えた作物が収穫でき、食生活が各段に豊かになった。

さらにカカレートの加工や、レシピ開発も進んでおり、特産品としての価値を高める段階に入っている。

赤牛族では栽培を始めた作物がもうすぐ収穫できるようになり、カッフェを飲むのが集落の文化として広まりつつある。

どちらもこれまでとは違った新しい未来に進んでいるんだ。

二つの氏族の明るい未来を閉ざしたくはない。

「強い奴は大歓迎だぜ」

「一緒に魔物を倒しましょう」

キーガスとティーゼに歓迎されて、俺たちもサンドワームの上位個体討伐に加わることになる。

「さて、問題はその親玉がどこにいるかだけど……」

「それならばおおよその位置はわかっています。こちらにやってくるついでに逃げたサンドワームの方角を確かめておきましたから」

「さすがですね」

どうやら上空からティーゼが魔物のおおよその居場所を突き止めてくれているようだ。

こういう時に空を飛べる種族は反則だと思う。

「親玉の居場所がわかっているなら迷うことはないわ！　今度はあたしたちの方から攻め込むわよ！」

力強いレギナの言葉に賛同し、俺たちはサンドワームの親玉の住処《すみか》に向かうことにした。

6話　錬金術師は砂漠大岩へ突入する

サンドワームの親玉を討伐することにした俺たちは、赤牛族の集落を出て、そのまま東へと進んでいく。

討伐に向かうのは俺、メルシア、レギナ、キーガス、ティーゼの五人だ。

赤牛族の戦士や彩鳥族の戦士を総動員して討伐するという案もあったが、相手のサンドワームたちの潜伏先が洞窟ということもあって大人数で挑むのが難しい。

さらには先ほどのようにまた集落が襲われるかもしれない以上、集落の守りを手薄にすることも憚られる。

親玉は討伐したが、農園と集落は滅びましたなんてことになれば目も当てられない。

そんな事情もあって、今回は少数精鋭での討伐となった。

今回は彩鳥族がティーゼしかいないために、全員を運ぶことは不可能だ。よって、ティーゼ以外の四人はゴーレム馬に乗って移動をしている。

「このゴーレム馬っていうのは楽でいいな！」

キーガスはゴーレム馬に乗るのは初めてだったが見事に乗りこなしている。

こうしてあっさりと乗りこなしている人を見ると、料理人のダリオってズバ抜けてセンスがなかったんだなって思ってしまう。

「なあ、イサギ。うちの集落のためにもう何台か作ってくれよ！」

「イサギさん、私も欲しいです」

キーガスだけでなく、空を飛んでいたティーゼが高度を下げながら頼んでくる。

「お前は空を飛べるからいらねえだろうが」

「私だって地上を早く進んでみたいんです。別にいいじゃないですか」

キーガスの突っ込みに同意しそうになったが、ティーゼ曰《いわ》く空を快適に飛べるのと地上を快適に走れるのは別問題のようだ。

「どちらの集落にも作ってあげますから喧嘩《けんか》しないでください」

「そうですよ。それに目的地らしいものが見えてきましたので」

馬上と空でやんやと言い合っていたキーガスとティーゼだったが、俺とメルシアの言葉を聞いてピタリと会話をやめた。

俺たちの視線の先には巨大な岩がそびえ立っていた。

大きさは数百メートルある。まるで山のようだが、鎮座しているのはまさしく岩だ。

「でかっ！」

「大樹よりは小さいけど大きな岩ね！」

「砂漠大岩《デザートロック》と言われる大きな岩です」

「あそこにサンドワームがいるの？」

「内部の岩はサンドワームによってくり抜かれており、岩洞窟となっているんです」

どうやらこの辺りは元々サンドワームの群れの住処だったらしい。

それに加え、彩鳥族の集落から逃げ延びたサンドワームの痕跡と、赤牛族の集落から逃げ延びたサンドワームの痕跡から親玉がここにいる確率が高いといったわけだ。

ゴーレム馬から降りると、マジックバッグへと速やかに回収。

近くまでやってくると大岩の圧迫感をさらに感じる。

顔を上げ、腰を反らしても岩の頭頂部は見えないほどだった。

「さて、どこから入るかだな」

大岩を眺めながらキーガスがポツリと漏らす。

大岩の表面にはサンドワームが空けたものらしき無数の穴が空いていた。

入り口らしい入り口が見当たらないので、どこから入っていいかわからない。

「とりあえず、中に入ってみよう。中に入れれば、俺の錬金術で構造がわかるし、素敵もできるようになるから」

「そうね。中に入らないことには何も始まらないし」

というわけで俺たちは近くの穴から大岩の洞窟に入ってみることにした。

洞窟の内部は意外と涼しい。灼熱《しゃくねつ》の日光が岩によって遮られているお陰だろう。

しかし、そのせいで洞窟の内部は薄暗いのでマジックバッグから光の魔道具を取り出して照らす。

俺以外は必要のない灯《あか》りだが、俺にとっては必要なので照らすしかない。

五人が横になって歩いても余裕がある程度には広かった。

サンドワームがあの巨体で掘り進めた穴なので人間が通る分には余裕があるのは当然なのだろう。

「この中に入ったのは初めてだが、まるで迷路だな」

洞窟内を見渡しながらのキーガスの言葉が反響する。

彼の言う通り、洞窟内の通路は無数に枝分かれしており迷路のようだった。

歩きながら壁の表面を撫《な》でてみるとザラザラとした岩の感触。

拳で叩いてみると当然のように硬い。

これを平然と掘り進んで洞窟にできてしまうサンドワームの掘削能力はかなりのものだな。

壁に触れつつ俺は錬金術を発動し、魔力を流して洞窟内部の情報を読み取っていく。

「イサギ様、内部の情報はいかがでしたか？」

「すごく複雑だね。少し情報を整理させてほしい」

サンドワームが捕食行動のために無軌道に掘り進めたせいだろう。洞窟内の通路は迷路のように複雑に入り組んでいる。さすがに脳内だけで情報を整理することは難しいので、マジックバッグから紙とペンを取り出して簡易的な地図を作製する。

「……中心部にぽっかりと空いた大広間があって、そこにサンドワームとは違った大きな生物の気配がする」

数分ほど地図を書きながら情報を整理していると、大岩洞窟の大まかな内部の様子がわかった。

「それがサンドワームに指示を出している統率個体ですね」

「だったら、そこを目指すわよ！」

統率個体らしき魔物の居場所がわかったのなら話は早い。

俺たちは大広間を目指すためのルートを進むことにした。

魔物の索敵に関してはメルシアたちに任せ、俺は大広間へと案内することに専念する。

案内と同時に、俺はナイフで壁に傷をつけてマッピングをしていく。

「さっきから何をチマチマ書いてんだ？」

「マッピングですよ。これだけ複雑な通路だと帰るのも困るでしょうし」

「なるほどな」

サンドワームが無軌道に掘り進めた通路なせいか、洞窟内には特徴らしい特徴がなく三百六十度がほぼ同じ光景だ。これだけ複雑な迷路だと間違いなく帰り道も迷うことになるので、こうやってマッピングをしておかないといけない。

それに今後も砂漠大岩に魔物が住み着いて同様の事件が起きるかもしれない。そういう時のためにも砂漠大岩の内部情報はあるに越したことはないだろう。

キーガスの質問に答えながらマッピングをしていると、不意に前を歩くメルシアが足を止めた。

「気を付けてください。サンドワームがきます」

メルシアが言葉を発するまでもなく意図が伝わったのだろう。既にレギナやキーガスは武器を構えていた。

ほどなくして通路にある穴からゴゴゴ、と音を立てて地中を泳いでいるだろうサンドワームの複数の気配が感じられた。

正面からサンドワームが大きな丸い口を開けて飛び出してくる。

びっしりと生えた歯がこちらに襲いかかってくるが、それよりも先に俺は風魔法を準備しており、大口に向かって風の刃を飛ばすと真っ二つになった。

少し遅れて横の通路からサンドワームが飛び出してくるが、それにはメルシアが頭部に掌打を叩き込んだ。

サンドワームの頭部はあっけなく弾け、赤い血しぶきを撒き散らしながら通路に横たわる。

他にもサンドワームは天井から後ろ、反対側の通路からも迫ってきていたようだが、レギナは大剣で胴体を切断し、キーガスが頭部にトマホークを振り下ろして叩き潰し、ティーゼは得意の風魔法で切り刻んで倒していた。

この面子《めんつ》ならサンドワームを相手に遅れを取ることはなさそうだ。

サンドワームを倒して一息ついていると、またすぐに地中を泳ぐサンドワームの音が響く。

「一か所に留まっていると四方八方から襲われ続けます」

「ここからは走って大広間を目指そう！」

俺たちの居場所がサンドワームたちに捕捉されたのだろう。メルシアの言う通り、ずっとここにいるとサンドワームの群れの餌食になってしまう。

俺の提案に異論はなく、他の仲間たちもこくりと頷いて走り出した。

急いで戦闘場所から離れて前に進むが、サンドワームの気配が完全になくなることはない。

恐らく俺たちが移動する音を察知して、追いかけているのだろう。

さすがにサンドワームの潜行速度には敵わず、移動している最中にもサンドワームに襲われる。

だが、サンドワームがいくら奇襲してこようと意味がない。

なぜならば、サンドワームが襲ってくる方向やタイミングが俺たちには手に取るようにわかるからだ。

俺以外の仲間は全員が獣人だ。

サンドワームがどこから近づいてきているのか正確に耳で聞き分けることができる。

よってサンドワームは通路から顔を出した瞬間にレギナの大剣の餌食かキーガスのトマホークの餌食となるのであった。

これが人間族のパーティーであれば、サンドワームが潜行する音を聞き分けることができず、何度も奇襲を受けてジリ貧になってしまうことだろう。可哀想《かわいそう》に。

しかし、サンドワームを統率している者もバカではない。

これ以上、侵入者をみすみす通らせまいと正面の通路から五体ほどのワームがやってきた。

しかも、紫色に赤い斑点がついた体表のワームであり、妙に毒々しい見た目をしている。

ワームが五体となると通路はギチギチだ。

ワームたちが身体をぶつかり合わせながら圧倒的な質量で通路を塞ごうとする。

「うわっ、気持ち悪い！」

「ポイズンワームだ！　毒を持ってるから気を付けろ！」

体で通路を塞いでいる上に毒を持っているとなると迂闊《うかつ》に近づくことはできない。

錬金術を使って殲滅しようかと思っていると、ティーゼが俺の頭上を越えて前に出た。

「ここは任せてください。『エルウインド』」

ティーゼの鮮やかな翼に淡い翡翠《ひすい》色の光が収束。

ティーゼが翼を羽ばたかせると、翼から風の刃が次々と射出されて五体のポイズンワームが輪切りになった。

種族的に風魔法が得意だと聞いていたが、これほどまでの威力が発揮できるとは思わなかった。

「すごい威力の風魔法ですね。さすがです、ティーゼさん」

「ありがとうございます」

あれくらいの魔法であれば、まだまだ放つことができるらしい。

水源を探索した時はまったく本気じゃなかったようだ。頼もしい。

前方を塞いでいるポイズンワームの遺骸が邪魔なので、マジックバッグに収納することで除去。

俺たちは足を止めることなく颯爽《さっそう》と通路を進んでいく。

「皆さんがいるとサンドワームの群れの中でも怖くないですね」

統率個体が棲息している魔物の巣に突入しているのに、まるで恐怖や不安を感じていない。

代わりにあるのは圧倒的な信頼感だった。

「何言ってるのよ。イサギがいるからここまで楽に進めてるのよ?」

「イサギさんがいなければ、私たちはこの迷路のような洞窟で迷い続けていたでしょうから」

「俺が認めている数少ない人間族だ。もっと胸を張りやがれ」

レギナ、ティーゼ、キーガスが口々にそんな嬉しいことを言ってくれる。

「そ、そうですかね?　ありがとうございます」

なんて呟く。

そんな光景を目にしてメルシアが温かい視線を向けてくるのがこそばゆい。

「もう間もなく大広間だ」

そんなやり取りをしながら進んでいると、目的地である大広間にたどり着いた。

視界をさらに確保するために光魔法を打ち上げると、大広間の中央には灰色の体表に刺を生やした大きなワームがいた。

7話　錬金術師はキングデザートワームと戦う

「キングデザートワームです！」

魔物を目にするなりティーゼが叫んだ。

不自然なサンドワームの動きの裏には、やはり統率個体がいたようだ。

「くるぞ！」

キングデザートワームが地中へと潜行した。

長い胴体を蛇のようにくねらせながら真っすぐに俺たちの方へ突撃してくる。

超質量の突進をされてはさすがに力自慢のレギナやキーガスも真正面から立ち向かうことはできない。

俺たちは大人しくその場から跳躍することで突進を躱《かわ》す。

安全圏である宙へと逃れたティーゼが、地中から僅かに出ているキングデザートワームの背中へ風の刃を放った。が、翡翠色の刃は灰色の甲殻によって虚しく弾かれる。

「……硬いですね」

ワーム種は弾力のある肉体により衝撃を受け流す特性がある代わりに、切断系の攻撃には弱い傾向にあった。

しかし、この統率個体は硬い甲殻をその身に纏うことで、切断系に対する強い防御力を獲得しているようだ。

それでいながらしなやかな肉体はそのままで縦横無尽に地中を駆け抜けていた。

「もう！　ジッとしなさいよ！」

「こうも潜ってばかりだと手が出せねえぜ！」

前衛であるレギナとキーガスは先ほどからずっと武器を手にしているが、キングデザートワームが派手に動き回るものだから攻めあぐねている模様だ。

隙を伺って攻撃を仕掛けようにも、相手がほとんど地中にいるのであれば無理だ。

「俺が地中から引っ張り出します！」

地面に手をついて錬金術を発動。

キングデザートワームの周囲にある土を操作すると、そのまま上へと押し上げた。

かなりの重量があるために宙に打ち上げることはできなかったが、キングデザートワームをしっかりと地上へと持ち上げることができた。

「おらあああっ！」

「てりゃあああっ！」

無防備な姿を晒すキングデザートワームに向けて、身体強化を発動したトマホークによる一撃と、跳躍したレギナの大振りの振り下ろしが炸裂《さくれつ》した。

二人の強烈な一撃はキングデザートワームの甲殻の一部にヒビを入れた。が、それだけであり、キングデザートワーム自身はピンピンとしている様子だった。

「あの一撃でも叩き切れねえのか」

「かったーい！　腕がジンジンするんだけど！」

俺たちの中でも特にパワーに優れた二人の攻撃でも、キングデザートワームの甲殻にヒビを入れられる程度らしい。

かつて戦ったキングスパイダーも甲殻を纏っていたが、防御力が桁違いだ。

この砂漠で生き残るに当たって、防御力に特化して進化したのかもしれない。

「とはいえ、キーガスさんとレギナ様の一撃は確実に相手の甲殻を破砕しています。同じところを攻撃し続けて、肉体を露出させることができれば私たちの攻撃でも十分に通るかと」

いくら防御力が高くても要である甲殻がなくなれば、肉体的な構造はただのサンドワームと変わらない。

先にあの強固な甲殻を剥ぎ取ってから攻撃を仕掛けるのがいいだろう。

「メルシアの言う通りだ。二人を援護――って、わああ！　なんかこっちに来るんだけど！」

レギナとキーガスを援護しようと後ろに陣取っていると、なぜかキングデザートワームが一直線にやってくるではないか。

キングデザートワームの口から白い息が漏れており、「フオオオッ」という唸り声のようなものが聞こえている。

相手に表情なんてものはないが、何となく怒っているような気がする。

「攻撃をお見舞いしたのは俺じゃないのに何で⁉」

「恐らく地中から無理矢理引っ張り出されたことによって強いヘイトが向いたのかと！」

どうやら相手にとっては甲殻に傷をつけられることよりも、地上へと引っ張り出されたことの方が屈辱的だったらしい。

キングデザートワームにとって地中は自分の絶対支配領域だ。

それを妨害されて怒る気持ちはちょっとだけわからなくもない。

とはいえ、それを受け入れるかどうかは別問題。

俺は錬金術を発動し、キングデザートワームの足元にある土を杭《くい》状に変化させる。

土杭は見事に直撃したのだが、甲殻に負けて砕けてしまった。

やっぱり俺の一撃では足止めすらできない模様。

大きな口が俺を丸呑《まるの》みにしようと迫ってくるので俺は慌てて横に飛んで回避。

すると、さっきまで俺のいた場所の地面が抉《えぐ》られた。

攻撃を外してこちらへ振り向くキングデザートワームの口には岩や土が入っており、無数の小さな歯で粉々に噛み砕いた。

……あんなものに噛みつかれてはひとたまりもない。

噛みつき攻撃の威力に戦慄していると、キングデザートワームの首が突然にゅっと伸びてきた。

予備動作もまったくない、予想外の攻撃に俺は反応することができない。

マズいと思った瞬間、俺の肩を何かが掴《つか》んで勢いよく宙へと持ち上げられた。

この浮遊感には覚えがある。

「助かりました、ティーゼさん」

「どうやらまだ諦めていないようです！」

助けてくれたことに礼を言うと、ティーゼはやや焦った顔をしながら即座に上昇。

ふと視線を下に落とすと、キングデザートワームの頭部から触手のようなものが伸びており俺たちを絡め取ろうとしているではないか。

急加速、旋回、急降下などを駆使して俺を抱えながらティーゼは触手を躱す。

しかし、大広間という限られたスペースということや、人間一人を掴んでいると思った以上に速度が出ないということもあり、触手が俺の足へと迫ってくる。

風魔法を使って跳ね除けようとしたところで、不意に触手たちが断ち切られた。

「イサギ様には触れさせません！」

「ありがとう、メルシア！」

メルシアのフォローにより、俺とティーゼはキングデザートワームの攻撃範囲内より脱出した。

「ちょっと！　イサギに夢中であたしたちを忘れてるんじゃない⁉」

「よそ見とはいい度胸だな！」

キングデザートワームが俺たちに気を取られている間に、レギナとキーガスが懐に入り込んで大剣とトマホークを存分に振るった。

それと同時にキングデザートワームが苦悶《くもん》の声を漏らした。

視線を向ければ二人が攻撃を加えた甲殻が破砕し、灰色の体表に裂傷が出来ていた。

何度も同じ場所に攻撃を加えることで頑丈な守りを突破できたらしい。

「ルオオオオオオオオッ！」

傷を負ったキングデザートワームが体を震わせながら不気味な声をあげる。

そして、長い体を急に縮こませたと思うと、体表に生やしている棘が長くなるのが見えた。

とても嫌な予感がする。

「二人とも離れてください！」

警告の声をあげると、同時にキングデザートワームの体表から無数の刺が飛び散った。

俺は錬金術を発動し、自分だけでなくティーゼ、メルシアの前方に土の障壁を展開した。

遅れて前方にいるレギナとキーガスの前にも障壁を展開したが、二人は上手く凌げただろうか？

土の障壁を穿《うが》つ音が聞こえなくなると、俺はおそるおそる土の壁を崩した。

慌てて駆け寄ってみると、二人は無事だったものの手足に切り傷ができていた。

「大丈夫……と言いたいところだけど、少しマズったかもしれないわ」

「即効性の毒か……腕が痺《しび》れて武器が持てねえ」

キングデザートワームの刺には毒が含まれているらしく、二人は苦悶の表情を浮かべていた。

「解毒ポーションです。完全に解毒することはできませんが応急処置になります」

俺は急いで解毒ポーションを取り出すと、二人の口に瓶を当てて飲ませた。

「ティーゼさん、二人を安全なところに！」

「はい！」

ティーゼにレギナとキーガスを安全な後方へと運んでもらった。

「お二人は大丈夫なのですか？」

隣にやってきたメルシアが尋ねてくる。

「即効性が強い代わりに、命を脅かすほどの毒じゃないみたい」

「そうですか」

ひとまず、二人の命に別状がないことを伝えるとメルシアは安堵の表情を見せた。

「でも、早めに本格的な治療をした方がいいね」

解毒ポーションで応急処置をしたとはいえ、完全に解毒ができたわけではない。

しっかりと治療するにはキングデザートワームの毒に対応した解毒ポーションを飲ませる必要があるだろう。

「さすがに俺もキングデザートワームの毒に対応した解毒ポーションは持っていないからね。二人のためにも早めに撤退をした方がいいかもしれない」

キーガスは赤牛族の族長だし、レギナは獣王国の第一王女だ。

二人ともここで死なせていい人物ではない。このまま押し切ることよりも万が一を回避するために安全に撤退した方がいいんじゃないだろうか。

なんて考え込んでいると、後ろでティーゼに介抱されているはずの二人が立ち上がって言った。

「あたしたちのせいで撤退だなんて冗談じゃないわ！」

「ちょっと痺れるくらいの毒が何だ！　これくらい気合いで何とかしてやらぁ！」

「二人とも無茶しちゃダメだよ！」

「いいえ、無茶をするわ！　ここで逃がしたらコイツはまたティーゼたちの集落を襲うもの！」

「ここで逃がせば次に会えるのがいつになるかわからねえ。俺が安心してカッフェを作るためにもコイツはここで討っとかねえといけねえんだ！」

勇ましい台詞を言うものの、二人にはまだ毒が残っているせいか足取りは覚束ない。

いくら解毒ポーションを飲んだとはいえ、上位個体の即効性の毒を食らって、こんなにすぐに立ち上がれるなんてあり得ない。

獣人族としての肉体が強いのか、二人の魔物への執念が強いのか……恐らく、その両方だろう。

ここまで意思が強いと撤退と決めても素直に従ってくれなさそうだ。

「わかった。二人がそこまで言うんだったらやろう。ただし、あまり無茶はできない。やるんだったら早めに決着をつけるよ」

「……ええ、望むところよ」

「ああ。それで問題ねえ」

新しい方針を伝えると、レギナとキーガスは不敵な笑みを浮かべた。

あまり時間をかけて無茶をすると、二人に毒の後遺症が残ってしまう可能性がある。

できれば戦闘は長引かせたくない。

「少しだけ時間をちょうだい。そうすれば、あたしの全力を見せてあげる」

「同じくだ」

「わかった」

8話　錬金術師は武器を作成する

少し時間が欲しいと言ったレギナとキーガスが大広間の端で突如寝転んだ。

「ええっ！　ここで寝るの!?」

「少しでも体力を回復させるためでしょう」

上位個体を前にして寝るって相当危ないんだけど、それだけ俺たちを信頼してくれているということだろうか。

「ティーゼはそのまま二人の傍に付いていて」

「わかりました」

本音を言うと、ティーゼにも戦線に加わってもらいたいところだが、さすがに無防備な二人を放置しておくわけにはいかない。

そんなわけで戦線を維持するのは俺とメルシアだ。

「さて、二人が復帰するまで時間を稼がないと」

「いっそのこと私たちで倒してしまうというのはいかがでしょう?」

「それができればいいんだけどね」

なんて軽口を叩き合っていると、キングデザートワームが地中へと潜行し始める。

それを見て俺は錬金術を発動。

キングデザートワームの周囲の土を操作し、先ほどと同じように地上へと打ち上げた。

「俺がいる限り潜らせないよ」

本当はサンドワームが赤牛族の集落を襲った時のように、地中の土を操作して圧殺したかったのだが、さすがにサンドワームとは防御力も土への干渉力も桁違いのようで弾かれてしまうようだ。

俺にできるのは相手を地中に潜らせないことだけ。だけど、それだけで十分だ。

地上に留まらせることさえできれば俺たちで何とかできる。

再び地上に出されることになったキングデザートワームを狙ってメルシアが短剣での攻撃を仕掛ける。

レギナとキーガスが作り出した裂傷を狙って正確無比な斬撃が繰り出される。

傷口へのさらなる追い打ちに相手は苦悶の声をあげた。

キングデザートワームは体を鞭《むち》のようにしならせて薙《な》ぎ払うが、メルシアは華麗にそれを避けて密着しながら攻撃を続ける。

相手が触手を伸ばそうが、噛みつき攻撃をしてこようが距離を空けることはない。絶えず密着して攻撃を続ける。

そんな凄まじい攻防を目にしながら俺は後方から魔法を放って彼女を援護する。

俺の魔法では甲殻を削ることはできないし、傷を狙って攻撃することもできないが、相手の気を引くことはできる。その分、メルシアが少しでも動きやすくなるならそれでいい。

順調にキングデザートワームを抑えていた俺たちだが、不意に金属が割れるような音が響いた。

どうやらメルシアが使っていた短剣が砕けてしまったらしい。

短剣がなくなったことでメルシアの次の攻撃が空を切ってしまう。

相手はその隙を逃さず、触手を振るった。

「ぐっ！」

俺は錬金術を発動し、こちらへ弾き飛ばされたメルシアを柔らかい砂で受け止めた。

「メルシア、大丈夫かい？」

「ええ、問題ありません。ですが、武器が壊れてしまいました」

メルシア本人に大きな怪我はないようだが、手元にあった短剣の刀身は粉々になっており柄だけとなっていた。

「武器がなくなったら作ればいい」

マジックバッグの中には色々な素材が入っている。

そういえば、ティーゼの集落の傍にある山でマナタイトを採取していた。それを使って短剣を作り直せばいい。

俺はマジックバッグからマナタイトを取り出すと、錬金術を発動して形状変化をさせる。

待て。メルシアは剣術よりも体術を得意としている。

だったら別に短剣に拘ることはないんじゃないか？　そう思って、俺は短剣を作るのをやめて、メルシアの腕に装着できるガントレットを作成した。

「メルシア、これを使って」

「……もしかしてマナタイト製ですか？」

「うん。魔力を流せば、衝撃が増幅されるはずだよ」

マナタイトは剣の切れ味を増幅させるだけでなく、込めた魔力をエネルギーに変換することもできるのだ。

素手であれほどの威力を繰り出せるメルシアなら、このガントレットを使えば有効打を与えられるはずだ。

「ありがとうございます、イサギ様！　行ってまいります！」

メルシアはガントレットを装着すると、力強く地面を蹴って走り出す。

キングデザートワームが首をしならせて鞭のように振るってくる。

メルシアは地を這うようにして攻撃を回避しながら相手の懐に入ると、ガントレットに魔力を纏わせ胴体目がけて掌打を打ち込んだ。

「ルオオオッ⁉」

マナタイトによって増幅されたメルシアの強烈な一撃はキングデザートワームの甲殻を破壊した。

これにはキングデザートワームも戸惑いの呻《うめ》き声を漏らした。

メルシアの攻撃は一撃では止まらず、キングデザートワームに密着しながら次々と拳を叩き込んでいく。一撃が入る度に重低音が響き、キングデザートワームの甲殻が派手に飛び散る。

「いけます！　イサギ様の作ってくださったこのガントレットがあれば……ッ！」

すごい。メルシアの火力がレギナとキーガスを上回っている。マナタイトの武器を使いこなせば、これほどの威力が出るのか。

メルシアの攻撃によって一方的に甲殻を削られることに危機感を抱いたのか、キングデザートワームは無理矢理距離を取るとけたたましい声をあげた。

すると、大広間の周囲で次々と地鳴りが響いてくる。サンドワームが近づいてくる音だ。

恐らくサンドワームを呼んだのだろう。地中に魔力を浸透させて探査すると、予想通り周囲から大量のサンドワームがこちらにやってきていた。

「残念ながら増援は意味がないよ」

俺は錬金術を発動させると増援として駆けつけてきたサンドワームの周囲の土を操作し、圧殺した。目の前の相手は圧殺することができないが、普通のサンドワームのような防御力が低く、土への干渉力が低い魔物であれば容易《たやす》く葬ることができる。

ただ、数が数だったのでかなりの魔力を消耗してしまった。大量の魔力を消費したせいで頭がくらくらとする。

「ルオオオオオオッ！」

「あなたの相手は私です」

増援を殲滅されたことにキングデザートワームが怒り狂って突撃してくるが、横合いからメルシアが飛び出して殴りつける。

そのままメルシアはキングデザートワームに激しいラッシュ。相手が繰り出してくる反撃を巧みに避けながらガントレットによる一撃をお見舞いしていく。

この調子なら俺たちだけでキングデザートワームを倒せるかもしれない。

そこに一撃を加えれば、キングデザートワームが吹っ飛び、体表の露出した頭部と胴体が露わになる。

なんて希望を抱いた瞬間、メルシアの足からガクリと力が抜けた。

「メルシア⁉」

「申し訳ありません、イサギ様。どうやら魔力が足りなかったようです」

メルシアをよく見れば、額からは大量の汗を流しており顔色も悪くなっている。

俺と同じく急激な魔力消費による魔力欠乏症になりかけているようだ。

マナタイトは魔力を流して攻撃力へ変換できる代わりに、多大な魔力を消費する。

キングデザートワームを倒すために無茶をしてしまったのだろう。

マズい。キングデザートワームが、動きの鈍ってしまったメルシアを狙っている。

このままじゃ、メルシアが危ない。大きな口が彼女を丸呑みにしようとしている。

急激に魔力を消費したせいで彼女も回避することはできない。

錬金術を使って援護したいが、状況を変えるだけの魔力が今はない。

現実を変えるだけの力がないことに絶望する中、俺の視界を赤い何かが横切った。

「ハハッ！　ちょうどいいタイミングってやつか！」

キングデザートワームとメルシアの間に割って入ったのは赤いオーラを纏わせたキーガスだ。

彼はキングデザートワームの大きな口をトマホークで正面から受け止めると、そのまま力で押し切った。

「ふう、ようやく痺れが薄れてきたぜ」

「危なかったわ。もう少し寝坊していたらあたしたちの出番がなくなっていたかもしれないもの」

「まったくだぜ」

体力の回復に努めていたキーガスとレギナが復帰したらしい。憎らしいほどにいい登場だ。

9話　錬金術師はキングデザートワームを討伐する

いくら解毒ポーションで応急処置をしたとはいえ、ちょっと仮眠した程度では動き回れるはずがないのだが、現にレギナとキーガスは動き回れている。改めて獣人族の肉体の強さを実感する。

「大丈夫ですか、メルシアさん？」

「はい。お手間をおかけしました」

ティーゼに手を差し伸べられて、メルシアがゆっくりと立ち上がった。

魔力消費によるフラつきや倦怠感《けんたいかん》はあるものの軽く動き回れるだけの体力はあるようだ。

無事でよかった。

「さて、ここまでお膳立てしてもらったもの！　決着をつけるわよ！」

「ああ！」

レギナとキーガスがキングデザートワームへ走り出し、巨体へと武器を振るっていく。

二人が一撃を加える度に、その攻撃は直接身に響き、キングデザートワームは苦悶の声を漏らした。

キングデザートワームが地上の二人に気を取られている隙に、宙へと羽ばたいたティーゼは翼に魔力を溜めており、それを一気に放った。

「極彩色の羽根嵐《フェザーストーム》」

すると、キングデザートワームを包み込むように竜巻が発生。

さらにティーゼの翼から羽根を象った風の刃が射出され、竜巻に囚われたキングデザートワームの全身を切り裂いていく。

メルシアの攻撃によってボロボロになっている甲殻を、ティーゼの風魔法が確実に剥がしていく。

「まだ倒れませんか」

「でも、かなり効いているよ」

竜巻と羽根の乱舞が終わった頃には灰色の体表を真っ赤に染めたキングデザートワームがいた。

今の攻撃で相手の身を守る甲殻はなくなったし、かなり体力も消費している模様。

ここが攻め時だ。

戦士であるレギナとキーガスは瞬時にそれに気づいたのか、キングデザートワームへと走り出す。

二人の接近を知覚したキングデザートワームは体を震わせて何かを溜めるような動きを見せた。

「ブレスだ！」

ほとんど直感による警告の声。しかし、キーガスは回避することなく、むしろスピードを上げて相手に肉薄。身に纏う赤いオーラが血潮のように濃くなる。

「うおおおおお！　猛牛の一撃《ホーンテッドインパクト》ッ！」

キングデザートワームがブレスを吐き出そうとした瞬間、キーガスは巨大なトマホークをすくい上げるようにして相手の顎を打ち抜いた。

顎を強《したた》かに打ちつけられ、キングデザートワームの口が強制的に上を向くことになる。

キングデザートワームの口から発射された土のブレスが、虚しく天井を打ちつける。

すぐにブレスを止めることはできないのか、キングデザートワームの体が上を向いたまま無防備に晒される。

「イサギ！　足場をお願い！」

レギナの担いでいる背丈ほどの大剣には強大な炎の魔力が宿っており、次の一撃で決めんとする確かな意思を感じた。

レギナの言葉に俺は返事をせずに、なけなしの魔力を振り絞って錬金術を発動。

足場となるような土柱を生やした。

レギナは土柱を足場にして跳躍をすると、キングデザートワームの喉元目がけて炎を宿した大剣を振るった。

「大炎牙《だいえんが》ッ！」

レギナの振るった大剣はキングデザートワームの喉を見事に断ち切った。

ドサリとキングデザートワームの体が崩れ落ちる。

残った胴体の方はしばらくのたうち回っていたが、レギナの一撃によって激しい炎に包み込まれ、やがてピクリとも動かなくなった。

「獅子《しし》の牙に宿った炎は相手のすべてを焼き尽くす……なんてね」

カッコつけているところ非常に申し訳ないが、言ってやりたいことがある。

「あの、すべてを焼き尽くされると貴重な素材が採れなくなるし、解毒ポーションのための貴重な素材がなくなっちゃうんですけど！」

せっかく上位個体を倒したんだ。せめて倒した証明になる素材は欲しいし、今後のためにも魔石の確保はしておきたい。それに解毒ポーションを作るためにも元となる刺の毒は採取しておきたい。

「わ、わわっ！　皆、消火を手伝って！」

見事な一撃でキングデザートワームを屠ったレギナだが、どうにも締まらなかった。

●

統率個体であるキングデザートワームが討伐されたことにより、彩鳥族と赤牛族の集落には平和が訪れた。

砂漠大岩には僅かながらサンドワームが残っているようだが、あれから襲撃をしてくることは一切ない。

サンドワームは知能が低い魔物であるが、相手が格上とわかっていて挑むほどにバカな魔物ではない。

今回は上位個体であるキングデザートワームがいたから襲撃をしてきたわけで、そのような存在がいなければちょっかいをかけてくることもない。

仮に次にあったとしてもティーゼとキーガスに洞窟内の詳細な地図を渡してあるので、すぐに突入して殲滅することができるだろう。

二つの集落と農園には少なくない被害が出ていたが、力を合わせて復興に努めたことにより以前と変わらぬ姿になっている。

半壊した集落は元に戻り、壊されたプラミノスハウスは作り直され、植え直された作物が栽培された。

そして、本日は両者の農園で植え直した作物が収穫を迎えることになり、彩鳥族と赤牛族との合同で祝宴を上げることになった。

会場に選ばれた彩鳥族の集落の広間では、彩鳥族だけでなくキーガスをはじめとする赤牛族が集っていた。

彩鳥族の人口を基準として作っているので、やや人口密度が過多になっている気がするが、そもそもが二つの氏族で集まることを前提にしていないのでしょうがないだろう。

「まさか、あなたたちと合同で祝宴を上げることになるなんて夢にも思いませんでした」

「まったくだ。数か月前の自分に言ったとしても信じねえだろうな」

「何せ二つの集落で農業ができるようになった上に、水源だって増えたんだもの。もうこれ以上あなたたちと資源を奪い合う理由はないものね」

活躍したのはそれぞれの集落の族長。

だとしたら合同で祝うしかないというレギナの提案によって進められたもの。

二つの氏族の関係性を考えると、ティーゼやキーガスからも提案できなかったので、第三者であるレギナの意見が役に立った形だ。

素直になれない二人でも、レギナが言い出したことであればという理由にもなるしね。

「そうですね。それぞれが満ち足りている以上、強引な手段に出ることはありませんね」

「ああ、そうだ。これからは自分たちで食べ物を作る時代だ」

カカレートとカッフェが安定して作れるようになれば、行商人だって買いつけにくるようになるだろうし、他の集落や街からも品物が手に入るはずだ。二つの氏族の発展が楽しみだ。

「改めてイサギさんにはお礼を申し上げます。イサギさんのお陰で私たちの集落でも農業ができるようになり、こんなにも食事が豊かになりました」

集落を眺めてそんな未来を想像していると、ティーゼがぺこりと頭を下げながら言った。

広間に設置されたテーブルには小麦、ジャガイモを利用した料理が並べられており、飲み物にはカッフェ、デザートにはカカレートなどが並んでいる。

他にもそれぞれの集落がよく食べている砂漠料理が並んでいるが、やってきた当初に比べると品数が段違いだ。

これらは間違いなく農園による最大の功績と言っていいだろう。

「氏族を代表して俺からも礼を言うぜ。お陰で飢える心配なく、こんなにも美味い料理が食えるようになった」

ジャーマンポテトを口いっぱいに頬張りながらキーガスも礼を言ってくれる。

「いえいえ、皆さんが力を貸してくれたお陰ですよ」

俺たちだけの力では、こんなにも早く農園を作ることもできなかった。

ティーゼが付きっ切りで協力してくれたり、キーガスが速やかに受け入れて、他の人を説き伏せてくれたり。そんな協力があってこその農園だ。決して俺だけの力じゃない。

苦笑しているとキーガスが肩に腕を回して言ってくる。

「まったくお前は謙虚な奴だな！」

「ええ？　そうですかね？」

宮廷錬金術師時代は仕事をこなしただけで褒められることはなかったので、こういった時にどんな振る舞いをしたらいいかわからない。

「これだけしてもらったんだ。何か礼でもしねえとなぁ」

「いいえ、そんなのいいですよ。ライオネル様からの依頼ですし」

今回の報酬は王家から支払われることになっている上に、二つの氏族への支援という名目だ。

キーガスとティーゼが俺に報酬を払う必要はない。

「俺たちが感謝したいから渡すんだよ。ほれ、キングデザートワームの魔石だ」

「ええ!? そんな貴重なもの受け取れませんよ！」

キングデザートワームから採取された魔石はかなりの大きさを誇っており、濃密な魔力を宿していた。

魔道具として使用すれば長い間エネルギー源に困ることがないし、ちゃんとしたところに売り払えば、金貨三百枚以上の値段がつくだろう。使い道はいくらでもある。

「それにそれはティーゼさんとも力を合わせて手に入れたものですし……」

「事前に集落の奴等やティーゼとは相談済みだ」

「ええ。一族の皆さんにも相談したところ快く頷いてくれましたよ」

キーガスやティーゼが視線を巡らせると、広間で食事を楽しんでいた彩鳥族や赤牛族たちがにっこりとした笑みを浮かべてくる。

「いや、でも……」

「受け取ってもらえないでしょうか？」

なおも提案を固辞しようとすると、ティーゼが潤んだ瞳でこちらを見上げてくる。

「イサギ様、この場合は素直にお気持ちをいただくのがよいのではないでしょうか？」

「二つの氏族が感謝の気持ちを渡したいって言っているのよ？　受け取ってあげなさいよ」

悩んでいるとメルシアとレギナがそう言った。

そうだ。別に大金を請求するわけじゃないんだ。二人の気持ちを素直に受け取ろう。

ここまで言われてしまっては受け取らない方が失礼だ。

「では、遠慮なくいただきます。ありがとうございます」

「いえいえ、他に何か欲しいものはありませんか？　イサギさんは錬金術師ですし、砂漠にある素材は多く持っておいて損ではないと思いますが」

ティーゼにそう言われると、俺の中の研究魂が疼《うず》いた。

そんな魅力的なことを言われて、ぐらつかない錬金術師はいないと思う。

「欲しいものが一つあります」

「何でしょう？」

俺は小首を傾げるティーゼを指さした。

「ええっ、私の身体ですか!?　そんな……イサギさん、困ります」

「大人しい顔をしておきながらイサギも男ってわけか！」

ティーゼが両腕で自らの身体を抱くようにして恥ずかしがり、キーガスが口笛を吹いてはやし立てた。

二人のその口調から、わかっていてふざけているのは明白だった。質が悪い。

キングデザートワームの魔石をもらっておきながら、ティーゼも寄越せってどんな鬼畜なんだ俺は。

「違いますから！　そういう意味で言ったんじゃなく、ティーゼさんの羽根が欲しいって意味です！」

俺が指さしたのはティーゼの身体だが、正確にはその背中に生えている翼だ。

決して彼女を要求しているわけじゃない。

「……私の羽根ですか？」

「はい。すごく綺麗な羽根なのでずっと欲しいなって思っていまして」

「そ、そうですか？　え、えっと、イサギさんがそこまでおっしゃるのであればどうぞ……」

シンプルに欲しい理由を告げると、ティーゼは顔を真っ赤に染めながら自らの羽根をいくつか抜いて渡してくれた。

え？　何でこっちの方が恥ずかしそうなんだろう？　さっきの時と同じでわざと恥じらってみせているんだよね？　何だかおかしくない？

傍にいるメルシアの視線が怖い。おかしいな。まだ時刻は昼間で気温が下がる夜になっていないにもかかわらず寒気がした。一体どうなってるんだ。

とにかくこのままでいるのはマズい。

「別に変なことに使うわけじゃないですからね？　鳥の羽根というのは骨の中が空洞になっており、保温性、吸着性、吸油性、防振性、防音性などの優れた特性を持っている！　いわば、天然の高機能繊維なんです！　ダウンジャケットの素材や羽毛布団なんかにも使える優れものなんですよ？」

ただ綺麗だから欲しがったのではなく、錬金術師としての使い道やティーゼの羽根のよさを熱弁するとと、俺に突き刺さる視線の温度が変わった。

それは微笑ましくも、どこか残念な生き物を見るような目だ。

「やっぱり、イサギって変ね」

ポツリと漏らしたレギナの一言に俺以外の全員が同意するように頷いた。

10話　錬金術師のいない帝国6

イサギが変人扱いされている頃。

レムルス帝国ではウェイス皇子の指揮の下、着々と侵略の準備が進められていた。

ウェイスが執務室で人員の配置について考えていたところ、扉がノックされた。

「ウェイス様、錬金術師課のガリウス様がお目通りを願いたいと」

騎士からその名前を聞いて、ウェイスはうんざりした気持ちになる。

優秀な駒になるはずの錬金術師を勝手に解雇した挙句、イサギが行うはずだった事業の代替案すら提出できない無能な男。加えて先日のマジックバッグ破裂事件でウェイスの中でのガリウスの評価は最底辺となっている。

もはや役立たずの烙印《らくいん》を押してしまっているのだが、先日の事件から一切顔を見せていなかったというのに急に顔を見せようというのが気になった。

「……通せ」

「かしこまりました」

ウェイスが短く答えると、騎士が扉を開けてガリウスが入ってきた。

「ウェイス様、先日のマジックバッグの納品については私の管理不足による失態です。誠に申し訳ございません」

「もういい。必要となるマジックバッグは俺自身の手で集めることができたのだからな。で、そんなありきたりな謝罪をするために俺の前に顔を出したわけではあるまいな？」

「もちろんでございます」

暗にそれだけの要件できたのなら即座に斬り捨ててやるくらいの脅しをかけたのだが、ガリウスはそれにまったく動じる様子がない。

「それでは用件を聞こうではないか」

今までとは違った泰然としたガリウスの態度を見て、ウェイスはとりあえず話くらいは聞いてやる気持ちになった。

「はい、本日は獣王国侵略のために開発しました軍用魔道具の説明に参りました」

「ほお、軍用魔道具か……概要を説明しろ」

促すと、ガリウスは開発した軍用魔道具を取り出して説明してみせた。

「――というものになります」

またロクでもない提案をしようものなら、侵略の前に左遷してやろうと思ったが、ガリウスの提出してきた軍事魔道具の詳細を耳にしてウェイスは考えを変えた。

この男は無能ではあったが、軍用魔道具の開発という一点に当たっては優秀だった。

「やるではないか！　これさえあれば獣人だろうと恐れるに足りない！　さすがは帝国が誇る宮廷錬金術師を束ねているだけあって軍用魔道具の製作もお手の物というわけか！」

「お褒めに預かり恐縮です。つきましてはこちらを使用するに当たってお願いがございます」

「これを大量に作るための資金の提供だな？」

「はい」

「いいだろう。金は出してやるから、今すぐこの軍用魔道具を大量生産しろ」

「ありがとうございます」

「それと軍用魔道具を運用した基本戦術について記した書類を提出するように」

「かしこまりました。それと恐れながらもう一つお願いがあります」

「何だ?」

「今回の侵略に私と宮廷錬金術師数名を加えていただきたいです」

「いいだろう。これは貴様たちが開発した軍用魔道具だ。どのみち管理のために同行してもらおうと思っていたし問題はない。しかし、不思議なものだな。宮廷錬金術師はこういった戦争に出張るのを嫌っていたと記憶していたが……」

宮廷錬金術師たちは自分たちの価値を知っているが故に、危険の多い外には滅多なことでは出たがらない。それなのに今回は進んで侵略に加えろ、というのがウェイスには不思議に思えた。

「開発した軍用魔道具がどれくらいの殺戮《さつりく》を振り撒くのか、この目で見てみたいのです」

「……悪趣味だな」

そんな呟きを漏らすウェイスだったが、彼自身もこの軍用魔道具の振り撒くであろう死に興味を示しているのだった。

11話　錬金術師は獣王都に帰還する

彩鳥族と赤牛族の祝宴のあった翌日。俺とメルシアとレギナは獣王都へ帰還することにした。

「もう帰っちまうのか？」

ティーゼの家で帰り支度を整えて外に出ると、ふらりとやってきたキーガスが言う。

昨日の祝宴の時から今日には帰ることは伝えていた。

遅くまで飲んでいたはずだが、見送りにきてくれたのだろう。

「ええ、ライオネル様に報告を入れないといけないですから」

育てられる作物の数はまだまだ少ないが、ひとまず彩鳥族と赤牛族の集落に農園を作るという最大目標は達成した。目標を達成した以上は依頼者であるライオネルに報告をするのが筋だ。

本当はプルメニア村のようにたくさんの果物や野菜を育てられるようにしたいのだが、さすがにそこまで仕上げるには多くの時間がかかってしまうからね。獣王都を出立して一か月以上経過しているし、そろそろ報告に戻るべきだろう。

それに、長期間メルシアを連れ出していると父親であるケルシーさんがどう動くかわからない。やけを起こす前に急いでプルメニア村に戻って、メルシアの姿を見せてあげるべきだろう。

「もう少しイサギさんやメルシアさんから農業を学びたかったのですが……」

「俺とメルシアはあくまで錬金術に詳しいだけで農業についての知識はそれほどではないですよ。俺たちに聞くよりも、現場で働いている人に教えてもらう方がいいかもしれません」

「つまり、イサギさんの大農園で働いていらっしゃる従業員の方に教えてもらえればいいのですね！」

「おお、そりゃあいいな！　うちもイサギのお陰で農業ができるようになったが、根本的な知識はまったく足りてねえからな」

「まずは私たちが視察に伺い、そのあとに集落の者を派遣させていただくというのはどうでしょう？」

「そいつはいいアイディアだな！」

あれれ？　適当に他の土地で農業をやっている人から学ぶことを勧めたつもりが、なぜかうちの大農園で学ぶようなことになっている。おかしい。

というか、二人とも仲がよすぎない？　ちょっと前まで険悪な感じだったよね？　いや、仲良くなってくれたのは本当に嬉しいんだけど。

「いや、さすがにそんなことを急に決めるわけには……ねえ？　メルシア」

「よいのではないでしょうか？　大農園もかなり広がり、そろそろ新しい人員が欲しいと思っておりました」

メルシアにお伺いを立てるように視線を向けると、彼女はあっさりと許諾した。

「ありがとうございます。では、集落の農業が安定しましたら、改めてお伺いさせていただきます」

「おう。こっちも落ち着いたら行くからな」

「は、はい」

こんなにもあっさりと外部からの従業員を受け入れてしまっていいのだろうか？

まあ、ずっとこちらに住むのではなく、技術や知識を学ぶための研修生のようなものだ。

そこまで深く考える必要はないか。

「何だか楽しそうね！」

すっかり俺たちの一員として馴染みつつあるレギナが言ったが、本業はこの国の第一王女だ。

「レギナの本業は王女だよね？」

今はライオネルの命で自由に動けているが、彼女がやるべきことはきっとたくさんあるに違いない。

「そうだけど、たまに遊びに行くくらいはいいでしょ？」

「そうだね。遊びにくるのなら大歓迎だよ」

拗ねたような顔をしていたレギナだが、そう答えると嬉しそうに笑った。

会話が一区切り着いたところで俺はマジックバッグからゴーレム馬を取り出して跨《また》った。

これ以上話していると、名残惜しくなっていつまでもここにいたくなってしまいそうだから。

メルシアとレギナもゴーレム馬へと跨る。

「それじゃあ、俺たちは獣王都に帰ります」

「はい。次は大農園でお会いしましょう」

「次までにはもっと美味いカッフェを用意してみせるからな！」

ティーゼとキーガスに手を振ると、俺たちはゴーレム馬を走らせた。

あっという間にティーゼとキーガスの姿が見えなくなる。

彩鳥族の集落の外に出てしばらく走らせていると、あっという間に岩礁地帯から砂漠地帯へと変わっていく。

賑やかな人たちが減ると、こんなにも静かになるんだな。

「何だかあんまりお別れって感じがしなかったや」

「お二人ともすぐに大農園に来る気満々でしたからね」

ポツリとそんな感想を漏らすと、並走しているメルシアがクスリと笑った。

落ち着いたらすぐにやってくると豪語しているんだ。

今生の別れみたいにならないのは当然だった。

「にしてもどっちの集落でも農業ができるようになって本当によかったわ。あんなに楽しそうにしているティーゼたちを見られたのはイサギのお陰よ。改めてお礼を言うわね」

レギナは過去に彩鳥族の集落を訪れている。

過去の状況をその目で見ていたからこそ、農業ができるようになった時の変化が一番わかっているに違いない。そんな彼女から礼を言われるのは素直に嬉しいことだった。

よかった。今回も力になることができて。

確かな充足感を胸に抱きながら俺はゴーレム馬を走らせた。

●

「大樹が見えた！」

ラオス砂漠からゴーレム馬を走らせること一週間。

俺たちはようやく獣王都に戻ってくることができた。

街を覆う城壁を突き抜けて見える大樹は獣王都を見守るように屹立《きつりつ》していた。

「獣王都を離れた期間はそれほど長いわけでもないのに随分と久々に感じるわ」

「ラオス砂漠の仕事はそれほど濃密でしたからね」

一か月以上前に獣王都を出発したが、随分と久しぶりのように感じる。

メルシアの言う通り、それだけラオス砂漠での仕事が濃密だったということだろう。

プルメニア村に帰ってきたわけでもないのに、何だかちょっと懐かしい気分。

城壁の前には今日も獣王都に訪れている商人や旅人、冒険者などの入場待ちの列が見えている。

本来であればその後ろに並ぶべきだが、俺たちには第一王女であるレギナがいる。獣王都への入場は顔パス状態だ。

入場門を守る警備の者にレギナが軽く手を振ると、俺たちはあっさりと中に入ることができた。

獣王都に入ると、俺たちは一直線に大樹へと向かう。

今すぐに適当な宿にでも泊まって身体を休めたいところだが、まずは国王であるライオネルに報告をしないとな。レギナは一応第一王女だし、早くお返ししてあげないと。

昼間なせいか大通りは多くの獣人で賑わっていたが、そこは馬上からレギナが声をあげるとすんなりと道が開いた。

帝国の大通りだと怒鳴りつけるくらいじゃないと道が開くことはない。これだけスムーズに道が開くのは国民の九割が獣人である獣王都だからだろうな。

大通りを突き進み、蛇行した坂を上り切ると、俺たちは大樹へとたどり着いた。

「おお！　お前たちよくぞ戻ってきた！」

入り口を守護している犬獣人と猿獣人に声をかけて大樹に入ろうとすると、そんな声をあげながらライオネルが降ってきた。

最初にやってきた時もこんな感じの登場だった気がする。

「父さん！　ただいま！」

「ああ、お帰り。イサギたちとの旅を随分と楽しんでいるようだな」

「まあね」

第一王女の帰還なのにライオネルの様子が軽い。

結構な危ないところに派遣した気はするけど、娘の実力を信頼しているのかあまり心配はしていなかったようだ。ケルシーとは大違いだな。

「ライオネル様、ただいま帰還いたしました」

「うむ！　イサギとメルシアも無事でなりよりだ！　それでどうだ？　ラオス砂漠の様子は？　厳しい環境でさすがのイサギでも何かと厳しいだろうが、途中経過を教えてくれ」

あれ？　この様子だとライオネルは俺たちが経過報告のために戻ってきたと思っているのだろうか？

「父さん、あたしたち途中経過の報告にきたわけじゃないからね？」

「どういうことだ？」

まあ、二つの集落ではまだプルメニアの大農園ほど豊富に作物を栽培することができていないので途中といえば途中ではあるが、ライオネルの要望は既に達成しているので報告をさせてもらおう。

レギナに代わって俺は前に進み出て口を開いた。

「彩鳥族、赤牛族の集落で農園を作ってきました」

「うん？」

「それぞれの集落で小麦、ジャガイモ、ブドウ、ナツメヤシの栽培に成功し、既に二回ほど収穫を迎えています」

「……ちょっと待て？　もう農園が出来たというのか？」

「そうなります」

「………………」

農園ができたことを報告すると、ライオネルが固まって動かなくなった。

よくわからないが農園の状況を説明させてもらおう。

「栽培している作物の種類は少ないですが、少なくとも先ほど述べた四種類の作物は栽培することに成功しています。さらに付け加えますと彩鳥族の集落ではカカオという食材を栽培し、赤牛族の集落ではカッフェの実の栽培に成功しました」

「こちらがカカオ豆を加工して出来上がったカカレート、こちらがカッフェの実を加工することで出来上がるカッフェという飲み物です」

特産品がどのようなものかわからないライオネルのためにメルシアがどこからともなく用意したカカレートとカッフェをライオネルに差し出す。

呆然としながらもライオネルは差し出されたカカレートを口に含み、カッフェを飲んだ。

「甘くて美味い！　それにこのカッフェという飲み物も独特の苦みやコクがあっていいな！」

「カカレートと合わせて飲むとさらに美味しいです」

「本当だ！　カカレートをもっとくれ！」

「どうぞ」

メルシアが追加でカカレートを渡すと、ライオネルはパクパクとカカレートを食べる。

かなり気に入ったようだ。ちゃっかりとレギナもカカレートを摘《つま》んで食べている。

「これらの品々は二つの集落で大量生産し、それぞれの集落で加工のあとに特産品として輸出する予定となっております。現在では貨幣を得る手段に乏しい二つの集落ですが、特産品を生産し、輸出することで数多《あまた》の人々が集まり活性化するのではないかと思っています」

「イサギ様のご活躍によりそれぞれの集落で新しい水源が発見され、集落へと引き込むことに成功しております」

「それとティーゼの集落の近くにある山でマナタイトがあったわ！　もしかすると、マナタイトの鉱脈があるのかも！」

「待ってくれ。一度に多くの出来事がありすぎてパンクしている」

俺、メルシア、レギナが口々に行いを説明すると、ライオネルが頭を抱えてしまった。

冷静に考えると一度にたくさんのことが起きているな。彼が戸惑うのも無理はない。

「おーい、ケビン！　来てくれー！」

「何事ですかライオネル様」

大樹に向かってライオネルが叫ぶと、ほどなくして宰相であるケビンが大樹から出てきた。

怪訝な顔をしていたケビンだがライオネルから俺たちの為してきたことを聞くと、間抜けな表情になってしまった。

「まさか一か月と少しでこれほどの成果を上げてこられるとは予想外です。お早めに戻ってこられたので砂漠で食べられる食材の一つや二つを見つけてくるくらいだと」

「イサギなら砂漠であろうと農園を作り上げることができると思っていたが、こんな短期間で成し遂げるとは思っていなかった」

自分たちで送り出しておきながら酷くないだろうか？　まあ、でもティーゼたちが快く協力してくれることがなければ、もっと時間がかかっていたことは確かなので二人の読みも間違いではないだろう。

「こちらがラオス砂漠での詳細な活動報告書になります。ご確認ください」

「確かに受け取りました。あとでゆっくりと確認させていただきます」

さらっとメルシアがケビンに歩み寄って報告書の束を渡していた。

「ごめん。そういうのを書いておくのをすっかり忘れていたよ」

「お気になさらず。こういうことは私のお役目なので」

宮廷錬金術師を辞めてから割と自由にやっていたので報告書という概念をすっかり忘れていた。

やっぱりメルシアは頼りになる。

「ゴホン、ひとまずはよくやってくれたイサギ。報酬については詳しく報告書などを読み込んでから渡したい。それまでは大樹でゆっくりと身体を休めてくれ」

「ご配慮いただき感謝いたします」

ライオネルが直々に面倒を見てくれるのであれば辞退する必要もない。今から街に降りて宿を探すのも面倒なので素直に厚意に甘えることにした。

「イサギさーん！　ちょうどいいところにいたのですー！」

ゾロゾロと大樹に入ろうとしていると、後ろからそんな特徴的な声が聞こえた。

振り返ると、ワンダフル商会のコニアがゴーレム馬に乗ってこちらにやってきていた。

「わっ、ライオネル様、レギナ様！　お話の最中に大変申し訳ないのです！」

俺の他にライオネルやレギナがいることに気づくと、コニアは慌てて馬上から降りて頭を下げた。

「いい。俺のことは気にするな。急いでやってきたということは重大な話があるのだろう？」

「そうなのです！　聞いてください！　レムルス帝国が獣王国に向けて侵略の準備をしているとの情報が入ったのです！」

コニアのもたらした情報に俺たちは誰もが固まってしまうのであった。

12話　錬金術師は帝国の意図を悟る

「レムルス帝国があたしたちの国に侵攻するつもりですって!?」

コニアからの報告を聞いて表情を険しくするレギナ。

キングデザートワームと相対した時のような……いや、それ以上の殺気を振り撒いている。

愛国心が強い彼女だからこそ、帝国の動きに許せないものがあるのだろう。

そんな中、隣にいるライオネルはレギナの頭にポンと手を置いた。

「落ち着け、レギナ。王女たるものみだりに取り乱すべきではない。上の者が取り乱せば、他の者にも不安が広がってしまう」

「ご、ごめんなさい」

チラリとこちらに視線を向けるライオネルの意図に気づいたのか、レギナがハッと我に返って謝った。

さすがは獣王だ。こんな緊急の報告が入ったというのに非常に落ち着いている。

王だけあって、こういった緊急事態の対処にも慣れているのだろう。

「詳細については今からコニアが説明してくれる。だろう？」

「はい。情報源につきましては、帝国に出入りをしているうちの従業員からの報告なのです」

「侵略を前に、よく獣人族の出入りが許されましたね？」

メルシアが疑問を投げかける。

仮にもこれから侵攻する敵国の種族だ。この状況なら獣人の出入りに警戒しているはずなので、情報を掴んでくるのは難しいのではないか。

「その従業員さんは人間族と獣人族のハーフなので」

「なるほど。獣人族の特徴の薄い方でしたら紛れ込むことも可能ですね」

大国であるからこそ、どうしても一つ一つの検問は緩くなってしまう。人間族と変わらないほどの容姿であれば見分けることは難しいだろう。

ワンダフル商会は国内だけでなく、国外にも根を張っているようだ。

「……ふむ、それだけではうちへの侵略と断定するには薄いな」

「父さん！　コニアが貴重な情報を持ち帰ってくれたのに、なに悠長なことを言ってるの⁉」

「国軍を動かすには明確な大義名分がいるのだ。迂闊に軍を動かせば、無為に周辺諸国を警戒させることになる」

貴重な情報を持ち帰ってくれた手前言いづらいが、王として本格的に動くには足りないのだろう。

「気になって調べてみたところ帝国のお抱え商人が周辺から大量に穀物や鉄製品、魔石などの買い上げをしており、貴族たちが領地から兵力を動員している動きも確認できたのです」

通常ならそういったケースでは内乱の可能性も考えられるが、帝国の場合は侵略を繰り返して領土を拡大してきた歴史がある。

内乱ではないかと楽観的に構えるよりは、侵略への動きだと疑って準備する方がいいだろう。

「そこまでの大きな動きとなると間違いなく侵略だな！　すぐにケビンを呼べ！」

「はっ」

コニアの報告に先ほどまで慎重な態度を見せていたライオネルが、嬉々として部下に指示を飛ばした。

あまりの変わりように俺とメルシアは目を白黒させてしまう。

「こうまで慎重にしないとケビンをはじめとする部下が怒るのだ。断定できない状況で勝手に動くなと」

妙に慎重な態度だと思ったら、過去にやらかしたことからの反省だったらしい。

こっちの方がいつものライオネルらしくて安心するな。

「一つ気になるとすれば、どうして俺の国なのかだな……」

「急にあたしたちの国を狙ってきた理由がわからないわね」

確かにライオネルの言う通りだ。

帝国と隣接している国は、獣王国以外にもある。

その中で獣王国が侵略の対象として選ばれた理由がわからない。

帝国が獣王国を侵略しようとする理由を考えてみる。

帝国は慢性的な食料不足を抱えていた。

そんな時、帝国近くの獣王国の辺境に大農園ができた。

その大農園は獣王国をも襲った飢饉《ききん》を凌げるほどの肥沃な食料の生産地だ。

帝国ならば、その肥沃な土地となったプルメニア村を奪おうと考えるのも無理はない。

むしろ自然だ。帝国にいたからこそわかる。

「イサギ様！」

メルシアも俺と同じ思考に至ったらしい。血相を変えてこちらに視線を向ける。

「何か理由が思い当たるのか？」

「もしかすると、俺の作った大農園が狙いかもしれません」

「イサギの作った大農園？　そうか！　帝国の奴等はプルメニア村にある大農園を手に入れることで国内の食料事情を改善しようとしているのか！」

彼も今回の飢饉には大きく悩まされ、周辺国の情報は常に仕入れており、大農園の重要性を認知していた。だからこそ、俺の一言を聞いて、ライオネルも同じ結論へと至ってくれたようだ。

「ということは、俺が大農園を作ったせい？」

俺がメルシアの故郷で農園なんてものを作ったから帝国の標的にされてしまった。

俺が帝国から追い出されて余計なことをしなければ、獣王国の人たちは今も平和な暮らしを……。

などといった思考を巡らせていると、傍にいたメルシアが声を大にして言った。

「そんなことはありません！」

落ち着いたメルシアの言葉とは思えないほどの声量だった。

「イサギ様が大農園を作ってくれなければ、私たちは明日に怯えながら生活をし、緩やかな滅びへと向かっていました。それを救ってくださったのはイサギ様です！　イサギ様のお陰でプルメニア村には希望の光が灯り、笑顔で満ち溢《あふ》れました。だから、イサギ様はご自身を責めないでください！」

「……メルシア」

涙を流しながら訴えるメルシアに俺は驚く。

「耳が痛い話だな。俺がもっと国内の隅々まで力を行き渡らせることができれば、そんなことにもならなかったのだがな。プルメニア村だけでなく、イサギの大農園のお陰で多くの国民が救われた。どうかその行いを忘れないでほしい」

「そうよ！　ティーゼたちの集落もイサギの錬金術のお陰で生活が豊かになって喜んでいたじゃない！　それを忘れないでよ！」

「ライオネル様、レギナ……」

三人が言ってくれたように俺たちが作り上げた大農園は、たくさんの美味しい食材を作り出し、多くの人を笑顔にしてきた。

その事実を忘れることはメルシアをはじめとする救われた人にとっても傷つくものだ。

「そうだったね。ありがとう、メルシア。ライオネル様、レギナ」

だから、卑屈な思考をするのはやめよう。

皆の笑顔や感謝に恥じない行動ができたと堂々と胸を張っていくんだ。

「にしても、イサギの大農園はすごいけど、あたしたちの国も大国よ？　大国に正面から喧嘩を売ってまで手に入れようとするものかしら？」

「帝国なら間違いなくするよ」

「私もイサギ様の意見に同意します」

「えぇ……」

俺とメルシアが即答すると、レギナが驚く。

「レギナ、お前はまだ若いからわからぬかもしれないが、レムルス帝国とはそういう国なのだ」

厳かな口調でそう告げるライオネルの言葉には決めつけではなく、経験を元にした深い含蓄があるようだった。

「なんか、うちの国がすみません」

「イサギが謝る必要はない。まったく、あの国はいつになったら落ち着くのやら」

帝国は大国相手には控え目ではあるが、周辺国にちょっかいをかけ続けていた。

今さら帝国に愛国心はないが、自分が生まれ育った国だけあって申し訳ない気持ちでいっぱいだ。

13話　錬金術師は力になる

「ライオネル様、申し訳ありませんが俺たちはプルメニア村に戻ります」

帝国の狙いが俺の大農園である可能性が高いとなると、プルメニア村が危険だ。

仮に大農園が狙いじゃなかったとしても、プルメニア村は帝国と一番近い場所。用心をするに越したことはない。

何より、村の人たちにいち早くこの情報を伝えないと。

「本来なら宴でも開いて三人の話を聞きながら、功労を称えたいところだが今はそんな場合ではないな」

「はい、そういうわけなので、俺たちはこれで……」

「待て」

ゴーレム馬に乗り込もうとしたところでライオネルに裾を掴まれた。

「ライオネル様？　急いでるんですが⁉」

「錬金術師であるイサギにとって物資は重要であろう？　大樹の中に大量の物資がある。必要だと思うものを持っていけ」

「私も急いで物資をかき集めさせているので、もう少しだけお時間をくださいなのです」

ライオネルだけでなくコニアも言う。

「イサギ様、私たちはラオス砂漠で多くの物資を消耗いたしました。ここはお二人のご厚意に甘えて、物資を補充しておくのが賢明かと」

プルメニアが自分の故郷であるメルシアが一番焦っているだろう。それなのに村のことを考えて最善を尽くそうとしている。そんな彼女の姿を見ていると、慌てている自分が情けなく思えてきた。

「冷静に考えればそうだね。二人ともありがとうございます」

何も考えずに突っ走ってもいいことはない。錬金術師は無から有を作り出せるわけではないのだ。どれだけ素材を用意しているかでできることの幅は広がる。

焦る気持ちはあるが、ここは物資を補充する方が先決だ。

ライオネルに案内されて俺たちは大樹に入った。

急いで階段を上ろうとしたところで俺以外の三人が足を止めた。

あれ？　三人ともどうしたんだろう？

「物資の保管庫は上層にある。メルシア」

「かしこまりました」

ライオネルの言葉にメルシアが頷いてこちらに寄ってくる。

「あれ？　どうしたの？」

今のやり取りで何が決定されたんだ？

「イサギ様、失礼いたします」

「え？　何？　わわっ！」

怪訝に思っていると、メルシアにいきなり抱き上げられた。

帝国で言う、お姫様抱っことというやつである。

普通は男性が恋仲である女性を運ぶ時にするものであるが、俺たちは恋仲ではないし、抱える方も逆だ。

「あの、えっと、メルシアさん？」

「イサギ様、しっかりと私に掴まっていてくださいね」

俺が動揺している間にメルシアは身体を沈めて跳躍の姿勢に入る。

喋《しゃべ》っていては舌を噛むかもしれないので、俺は喋るのをやめた。

「――ッ⁉」

次の瞬間、メルシアが地面を蹴って宙へ上がった。

腕の中にいながらも感じる急上昇。

下を見ると一階の大広間が遠く、五メートルを超える高さを跳躍していることを理解した。

一回のジャンプでこんな高さにまでやってこられるんだ。

なんて呑気に思っていると、メルシアは階段の手すりを足場にして次の跳躍へ。時には壁を、時には階層の床を、魔道ランプの出っ張りを。あらゆる場所を足場として跳躍を繰り返す。

視界の端ではライオネルとレギナもそれが当然のように跳躍していた。

「ふはは！　久しぶりにやると楽しいな！」

「緊急時以外にやるとケビンに怒られるもんね！」

そりゃそうだ。王族がこんな風に落ち着きなく跳躍していると、臣下の人がビックリする。

陽気に笑う二人は、大義名分を得た田舎の悪ガキのようだった。

「イサギ様、到着いたしました」

「あ、ありがとう」

気が付くと目的の階層にたどり着いたらしい。

大きな扉の前でゆっくりとメルシアに下ろされる。

ライオネルは懐から取り出した鍵で解錠すると、大きな扉を勢いよく開け放った。

開け放たれた保管庫には大量のショーケースが設置されており、中には貴重な魔物の素材らしきものや魔石が収められており、壁や棚には高名な鍛冶師が打ったと思われる武具や、錬金術師が作ったと思われる魔道具などがあった。

「これはすごいや！」

「帝国では手に入らない稀少な魔物の素材や魔石で溢れています！」

錬金術師にとって涎《よだれ》を垂らしてしまうくらいに稀少なものだったり、高価な素材で満ち溢れている。

帝国の物資の保管庫だってすごいのかもしれないが、俺は平民であり、ガリウスに疎まれていたせいかこういった保管庫に入らせてもらったことはなかったので判断はつかない。

「必要だと思うものは好きに回収してくれ」

「イサギのマジックバッグであれば、全部いけるはずです。やってしまいましょう」

「そうだね」

ライオネルの言葉を聞いた瞬間、メルシアが大量の魔石が入った宝箱を俺のマジックバッグにねじ込んだ。俺もマジックバッグの口を広げて、稀少な魔物の素材が入ったショーケースごと収納した。

「こっちにマナタイトをはじめとする稀少な鉱石があるわよ！　これも持っていってイサギの錬金術で武器を作りましょう！」

「それいいね！」

「……訂正する。さすがに全部は勘弁してくれ」

楽しくなって大容量のマジックバッグに詰め込みまくっていると、ライオネルが血涙を流すかのような振り絞った声をあげた。

ちょっと調子に乗りすぎたみたいだ。

さすがに全部は可哀想なので、ライオネルと相談しつつ収納することにした。

「よし、これくらいあれば十分かな」

「イサギ、まだ渡していない大事なものがある」

必要と思えるものを譲ってもらうと、ライオネルがさらに奥へと進んでいく。

そこは何もない行き止まりであったが、ライオネルが壁を押すと扉が出てきた。

「こんなところに隠し扉なんてあったんだ」

どうやらレギナも知らなかったらしい。

扉を開けて中に入っていくライオネルに続くと、薄暗い広間にたどり着いた。

広間の壁には苔《こけ》がびっしりと生えており、淡い燐光《りんこう》を放っていた。

「ここは？」

「大樹の素材を保管している場所だ。ラオス砂漠での仕事が成功すれば、大樹の素材が欲しいと言っていただろう？」

確かにラオス砂漠での依頼を受ける前にそう言った。

砂漠での仕事に夢中ですっかり忘れていた。

「ありがとうございます！」

ライオネルから許可をもらった大樹の素材をマジックバッグに収納させてもらう。

「それとこれも渡しておこう」

すると、ライオネルが小さな瓶を手渡してきた。

瓶の中には透き通った翡翠色の液体が満たされている。

まるでポーションのような透明性であるが、錬金術師である俺にはそれが何かわかった。

「大樹の雫《しずく》ですか？」

「ああ、大樹から五十年に一度だけ採取される雫だ。ポーションとして加工すれば、重度の怪我を治癒させるだけでなく、魔力だって回復させることができる。イサギほどの腕があれば、役立てることができるだろう？」

「かなりの価値になりますがいいのですか？」

これを原料にして作れば、手足が吹っ飛ぼうとも生やすくらいの治癒能力を持ったポーションを作ることができる。通常のポーションと比べれば、破格の治癒能力であり価値も絶大だ。こんなものを俺に託してもいいのだろうか？

「ラオス砂漠に農園を作ってくれた礼の一つとして受け取ってくれ」

「でしたら遠慮なく活用させていただきます」

依頼への報酬というのであれば、素直に受け取る他にない。

俺はマジックバッグに丁寧に収納した。

「では、下りましょうか」

必要な物資の受け取りが終わって保管庫から出ると、メルシアがそう言った。

「ええっ、下りるのはちょっと怖いかも……」

「時間短縮のためですので」

「はい」

頷くと、メルシアは俺をひょいと抱え上げて大樹の上層階からジャンプした。

「うわわわわわ!?」

ふわりと高所から落下していく感覚が身体に襲いかかる。

手すりにぶつかってしまうんじゃないかと危惧するが、メルシアは柔軟な足腰を使って衝撃を吸収し、僅かな足場を使って下っていった。

下りは上りよりも一瞬で、気がつけば、メルシアは一階のホールへと着地していた。

「イサギ様、大丈夫ですか？」

「な、何とか」

「よろしければ、このまま私がお運びしましょうか？」

「い、いや、自分で歩けるよ」

ちょっと足腰が抜けている感じはあったけど、いつまでも女性にお姫様抱っこをされているわけにはいかないという男の矜持が勝った。

すると、メルシアはなぜか残念そうな顔をして俺を下ろした。

14話　錬金術師はリミッター解除する

「イサギさーん！　ワンダフル商会から急ぎで食料を持ってきたのです！」

大樹の外に出ると、コニアをはじめとするワンダフル商会の人たちの馬車がいくつか並んでいた。

「野菜や果物はプルメニア村にたくさんありますので、不足しがちな肉や魚をたくさんご用意したのです！」

コニアがそう言うと、従業員の人たちが荷台から冷凍された肉や大きな魚を出してくれた。

「それだけじゃなく不足していた鉄、銅、鋼、魔石、木材などもたくさんありますね」

メルシアが別の荷台から下ろされた物資を確認しながら言う。

ライオネルが譲ってくれた素材に比べれば性能や稀少性は劣るが、それらの素材は錬金術師にとって非常に使い勝手のいい素材なのだ。

汎用性の高い素材はいくらあっても困らない。

「全部マジックバッグに収納しちゃってくださいなのです！」

「いいんですか⁉」

「イサギ大農園から仕入れた作物は、今やワンダフル商会でも欠かせないものの一つなので、窮地にお助けをするのは当然なのです！」

「……で、本音のところは？」

なんて尋ねてみると、コニアは悪びれる様子もなく爛漫《らんまん》とした様子で言った。

「イサギさんやプルメニア村の人たちに恩を売りつけて、今後もワンダフル商会をご贔屓《ひいき》にしてもらうのです！」

「さすがは商人。どんな時も抜け目ないです」

「まあ、純粋な善意って言われるより、こっちの方がわかりやすくていいかな？」

どんな状態でも商人としてのスタンスを貫くコニアの態度には清々しさすら覚えるものだ。

「落ち着いたらワンダフル商会に恩返しをしないとね」

「……私としては先ほど陛下と話していたカカレートとカッフェというのが気になるのです！」

どうやら到着する直前の会話を耳で拾っていたらしい。

コニアの商売魂には感心を通り越して呆れすら出てくる。

「ひとまず、試供品を渡しておきますね」

「わーい！　ありがとうございます！」

物資を用立ててくれたお礼として、俺はカカレートとカッフェのセットをコニアに渡した。

「イサギ様、必要な物資の詰め込みが終わりました」

「マジックバッグがパンパンだね」

触ってみると何となくわかる。マジックバッグが容量のギリギリだということが。

これ以上無理に物資を詰めると、マジックバッグが破裂してしまうだろう。

ここまでパンパンに膨れたのはプルメニア村で初めて農業をして、作物を作りすぎた時以来じゃないだろうか。

「……まさか持ってきた物資のすべてが収納できるなんて驚きなのです」

コニアがまじまじと俺のマジックバッグを見つめる。

小さな尻尾をフリフリとしており、全身で欲しいと訴えかけている。

「さすがにこれを作るのは時間がかかるので今すぐは勘弁してください」

「そうですか。でしたら落ち着くのを楽しみにしているのです」

これはその辺にあるマジックバッグと違って、大容量が入る特注品だ。

空間拡張の付与は、拡張する空間が大きければ大きいほどに技術と時間が必要となるのだ。

そのことを説明すると、コニアは素直に引き下がってくれた。

「イサギ様、準備が整ったことですし行きましょう」

「そうだね」

「あっ……」

俺とメルシアがゴーレム馬に乗り込むと、レギナがそんな小さな声を漏らした。

思わず振り返るが、レギナは第一王女だ。

彼女が付いてきてくれれば心強いことこの上ないが、戦争の前線になるかもしれない場所に付いてきてくれと言うわけにもいかない。

これはラオス砂漠に農園を作るのとは違うんだ。

「……レギナ、イサギたちに付いていって力になってやれ。お前が最前線で指揮を執り、村人の避難および防衛ラインを作り上げるのだ」

レギナに別れを告げようとしたところでライオネルがそう言った。

「はい！」

呆気に取られていたレギナであるが、すぐに意味を理解したのか嬉しそうに頷いた。

「ライオネル様、いいのですか？」

「俺たち王族には国民を守る義務がある」

「しかし、だからといって王女であるレギナ様を派遣するなんてあまりにも危険では……」

「これは義務だけの話ではない。今の獣王国にとって、イサギ大農園のあるプルメニア村には重要な価値があるというわけだ。帝国に大農園を奪われ、食料を無尽蔵に生産する攻撃拠点になってしまえば、帝国はさらに勢いづいて被害は広まる。イサギならば、その危険性はわかるだろう？」

うちの大農園の重要性は獣王国で起きた飢饉を救ったことで証明されている。つまり、プルメニア村を押さえることで、帝国は一国を賄うほどの生産拠点を手に入れたことになる。

最前線に食料拠点が築き上げられる。それがどれだけの悲劇を生み出すことになるのか。

ライオネルに指摘されて、俺は自分の作り上げた大農園がどれだけ重要なのか再認識させられた思いだった。ただの田舎の農村を切り取られることとはワケが違う。

第一王女であるレギナを派遣する意味は十分にあると判断されたようだ。

「あたしの覚悟はラオス砂漠の案内役を買って出た時に聞いたわよね？　あたしにも王女としての誇りがあるの」

ラオス砂漠で行動を共にしてレギナのことはわかっている。

これ以上の声は覚悟を示した彼女を侮辱することになるだろう。

「……わかった。なら付いてきて力を貸してくれ」

「レギナ様が付いてきてくださるならとても心強いです」

「ええ、任せて！」

俺たちが頷くと、レギナは俺たちと同じようにゴーレム馬に跨った。

「俺も国軍を編成次第、すぐにプルメニア村へと向かうが、帝国の侵攻の方が早い可能性が高い」

戦の準備を整えるには膨大な時間がかかる。

既に帝国は侵略の準備を完了させつつあるようなので、ライオネルが率いる国軍が到着するよりも早くにプルメニア村へとやってくる可能性の方が高い。

つまり、プルメニア村とその周囲の集落の戦力だけで、帝国とぶつかる可能性があるというわけだ。

「すまないな。俺が国王でなければ、俺も今すぐに一緒に向かうことができるのだが……」

どう返事しようかと迷っていると、ライオネルが悔しそうに言った。

「ライオネル様は国王なのですから仕方がないですよ」

俺からすれば、王が率先して前線に出てこようとするのが驚きだ。

「国軍が到着するまでに何とか持ちこたえてみせるわ」

「俺もできる限りのことをします」

「ああ、任せたぞ」

どれだけのことができるかはわからないが、メルシアの大事な故郷を――今となっては俺の大事な居場所を失くしたくはないからね。

「イサギさん、少しいいですか？」

「何です？　コニアさん？」

「ダリオさんとシーレさんについてです」

「ああ、そうでした！　お二人については獣王都に戻るように促しますね！」

二人はワンダーレストラン所属の料理人で、コニアに紹介してもらった。

仕事としてプルメニア村に来てもらっている二人を危険な目に遭わせられない。

「二人についてですが、それぞれの意見を尊重しますとだけお伝えしてくださいなのです」

「ええっ？　戻らせなくていいんですか？」

「あくまで私は商人ですし、二人に命令できる立場じゃないのです」

「わ、わかりました」

それって丸投げなんじゃないかと思ったが、その時の判断は現場の者じゃないとしにくい時もある。コニアの言う通り、二人の意見を尊重することにしよう。

「じゃあ、行きましょう！」

「あ、その前にレギナのゴーレム馬のリミッターも外しておくね」

「リミッター？」

レギナが小首を傾げる中、俺は彼女のゴーレム馬に触れて錬金術を発動した。

「安全性を高めるために速度制限をかけていたんだけど、それを今外したんだ」

「よりスピードが出るのは嬉しいけど、ゴーレムは大丈夫なの？」

「大丈夫じゃないよ。でも、今は少しでも時間が惜しいから」

魔石は使い捨てになるだろうし、高い負荷がかかることによってゴーレム馬に内蔵している魔力回路が焼き切れたり、機体に大きな歪《ゆが》みができたりなどの異常が起こるだろう。

だけど、今はそんなことは気にしていられない。ゴーレム馬の予備はマジックバッグにあるし、作り直すための素材は十分にある。

より早くプルメニア村に到着することが最優先だ。

「わかった！」

レギナがスロットルを回し、ゴーレム馬が走り出す。

俺とメルシアもすぐにスロットルを回してゴーレム馬を走らせた。

大通りを真っすぐに進んでいき、レギナの第一王女としての権力によって顔パス状態で獣王都の外に出る。

「それじゃあ、飛ばすわよ！」

周囲に誰もいなくなったタイミングでレギナがスロットルをさらに回し、急加速した。

リミッターが解除されたゴーレム馬はドンドン加速していき、あっという間に距離を離される。

俺とメルシアも置いていかれないようにフルスロットル。

魔力回路が唸りを上げて、ゴーレム馬がグングンと加速していく。

「あはは、すごい！　これならプルメニア村まで一瞬よ！」

「かなりのスピードが出て気持ちがいいですね」

並走しているレギナが楽しげな声をあげ、メルシアが涼しげに感想を呟いた。

俺も何か言葉を返したい気持ちはあるが、地面からの衝撃と風圧でそれどころではない。

スピードは一級品だけど、普通の人間族が乗りこなすには難しいかもしれない。

……ゴーレム馬よりも俺の身体が持つかが心配になってきた。

それでも今の俺たちには時間が惜しい。
一分でも一秒でも早く、プルメニアの皆に情報を伝えなければ。
そんな一心で俺はゴーレム馬を爆速で走らせ続けた。

15話　錬金術師はプルメニア村へ戻る

「あれがイサギとメルシアの住んでいる村？」

「はい。プルメニア村になります」

俺たちの目の前にはプルメニア村の風景が広がっていた。

少し前まで建物が連なり、多くの人で賑わう獣王都にいたので、だだっ広い平原や延々と続いていく畑を見ると懐かしく思えた。

「まさか、たった二日で獣王国の端にくることができるなんてね」

ゴーレム馬の魔石や魔力回路を交換したり、本体がダメになってしまえば予備のゴーレム馬を引っ張り出すという無茶な進み方だった。

その甲斐はあって爆速で進み続けることができ、俺たちは獣王都からプルメニア村まで僅か二日という驚異的な時間で戻ってくることができた。

「……でも、途中で死ぬかと思ったよ」

「急にゴーレム馬が爆発したもんね」

道中、爆速でゴーレム馬を走らせていると、急に魔力回路から異音が響き出した。

原因は魔石から過剰に供給された魔力による回路の熱暴走だと思う。

メルシアが咄嗟《とっさ》に俺を持ち上げて、レギナが本体を蹴り飛ばしてくれたから俺は無事だったものの、二人がいなければ大怪我、あるいは命を落とすようなことになっていただろう。

やっぱり、よほどのことがないとリミッターは外すべきじゃないや。

しみじみと思っていると、レギナが指さしながら尋ねてくる。

「あそこがイサギの作った大農園？」

「そうだよ」

村の中心部から少し離れたところには俺の家、工房、販売所などが建っており、その傍には巨大な農園が広がっている。

こうして小高い丘から見下ろすと、あそこが俺の作った大農園であるのはひと目でわかる。

「平時ならこのまま見学といきたいけど、今はそれどころじゃないわね」

帝国に不穏な動きなどなく、レギナが遊びにきてくれたのであれば、ゆったりと農園を案内し、オススメの野菜や果物を観察。そのあとに農園カフェでゆっくりと農園の食材を使った料理を堪能といったおもてなしをしたかったのだが残念ながらそんなことをしている暇はない。

「そうだね。まずは村長であるケルシーさんのところに行こうか」

今は何よりもケルシーさんに帝国の情報を伝え、村全体でどうするのかの意思決定をしないと。

俺たちはゴーレム馬を動かして丘を駆け下り、ケルシーさんの家があるプルメニア村の中心部へと向かった。

「にゃー！　イサギにメルシアちゃん！　獣王都から帰ってきたんだ！」

村の中に入ると、俺たちの進行方向にネーアがいた。

「急いでいるからあとで！」

「ごめんね」

「えー⁉　二人とも冷たい！」

減速することなくネーアの横をゴーレム馬で突っ切ると、ネーアの悲しそうな声が響いていた。

ごめんね。獣王都のことラオス砂漠のこと、色々と話したり聞いたりしてみたいことはあるけど今は優先することがあるんだ。

村の中を走っているとネーアだけでなく、プルメニアの住民たちが声をかけてくれるが、対応する時間はなく、基本的にネーアと同じように謝っておく。

申し訳なく思いながら突き進んでいると、俺たちはケルシーの家の前に到着した。

「こちらです。すぐにご案内しま――」

「メルシアあああああああぁぁぁぁぁーッ！」

ゴーレム馬から降りてメルシアが案内しようとしたところで唸るような声と足音が響いた。

多分、ケルシーだ。

玄関の扉が勢いよく開くと、ケルシーがメルシアの元へと勢いよく近づいてくる。

メルシアは一瞬避けるか迷ったものの、俺とレギナが真後ろにいることから回避することを諦めた。

「メルシア！　よくぞ帰ってきた！　どこも怪我はないか⁉　獣王都で変な男に言い寄られなかっただろうな⁉」

「ちょっ、お父さん！　落ち着いてください！　今はそれよりも大事な用がありますし、お客人もいますから！」

「二か月もの間メルシアがいなくて父さんは寂しかったぞ！　獣王様も酷なことをされるものだ。

こんなにも可愛らしいうちのメルシアをラオス砂漠になど派遣するなんて。メルシアの綺麗な肌が焼けたり、シミでもできちゃったらどうするつもりなんだ」

　メルシアが諫《いさ》めの言葉をかけるが、娘の帰還を喜ぶ父親の耳にはまったく入っていないようだ。抱きしめたり、すりすりと頭や耳を撫でたりと好き放題の上、離れ離れになってしまった原因に対する愚痴や心配の言葉を呟いている。

　その獣王の娘が目の前にいるんだけど、まったく気づいていないようだ。

　しばらくはされるがままにされていたメルシアだが、ついに我慢できなくなったらしい。

「もう！　お父さん、いい加減にして！」

　わなわなと身体を震わせたメルシアがケルシーの頭を叩いた。

「い、痛い！　酷いじゃないか、メルシア！　久しぶりに再会した父さんを叩くなんて！」

「王女様の御前です！」

「はい？」

　尻もちをついて目を白黒させているケルシーの前に苦笑していたレギナがやってくる。

　この上ないほどの獅子の特徴を目にし、ケルシーも目の前にいる人物がどういった人か理解したのだろう。すぐに片膝を地面につけて頭を下げた。

「大変お見苦しいところをお見せいたしました。遅れながらご挨拶させていただきます。メルシアの父であり、プルメニア村の村長を務めておりますケルシーと申します」

「メルシアとの感動の再会を邪魔してごめんなさいね。獣王ライオネルが長女、第一王女のレギナよ」

「あ、あの、このような辺境の村にどうしてレギナ様のような御方が？　大農園の視察ですか？」

「いいえ、違うわ」

前回、ライオネルが農園の視察にやってきたが、今回はそれとはまったく事情が異なる。

「父さん、急いで伝えたいことがあるので中に入れてもらえますか？」

「……わかった。入ってくれ」

メルシアの真剣な表情から重要な話があると理解したのだろう。

ケルシーは取り乱すことなく、俺たちを離れにある集会所へと案内してくれた。

「それで話というのは？」

それぞれが腰を下ろすとケルシーが尋ねてくる。

誰が説明するか迷うようにレギナとメルシアが視線を動かしたが、帝国が故郷ということもあり俺が口火を切ることにした。

「帝国が獣王国へ侵略の準備をしています」

「……それは本当なのか、イサギ君？」

「ワンダフル商会が掴んだ確かな情報です。帝国では兵力が動員され、物資の買い上げが始まっています。これは過去の情報であり、今となっては軍の編成を終え、こちらに向けて侵攻しているかもしれません」

「なるほど……」

俺の説明を聞いて、ケルシーが腕を組みながら頷いた。

突然の話だ。信じることができていないのかもしれない。

「お願いします、お父さん！　信じてください！　でないと村が大変なことになってしまいます！」

「——信じるさ。愛する娘が言っている言葉だ。これを信じないでどうする」

「……父さん」

「なんて親バカな部分だけでなく、わざわざレギナ様がいらっしゃったことから、その話が真実であると判断した次第です」

少し気恥ずかしそうにしながらもケルシーはレギナの方にも視線をやる。

「話が早くてとても助かるわ」

なるほど。ライオネルがわざわざレギナを派遣してくれたのは、情報に真実味を持たせる意味でもあったのか。

ここでもたついてしまうと、取り返しのつかないことになるので非常に助かる。

「帝国の狙いは恐らく大農園です」

「大農園？　つまり、うちの村が標的なのか⁉」

「はい。帝国は元々食料生産に難を抱えており、春先の飢饉で大きな打撃を受けました。俺とメルシアの読みが正しければ、ここの大農園を奪うことで問題を解決しようとしているはずです」

「イサギ君の作った大農園はプルメニア村を豊かにしただけでなく、獣王国全体の飢饉をも退けた。帝国が手に入れようとするのも無理はないか」

実際に村が豊かになっていく様を目にしたからか、ケルシーはそれを大袈裟《おおげさ》だと切り捨てることなく真摯に受け止めてくれた。

「俺たちはこの情報を急いで伝えるべく戻ってきました」

「わかった。急いで村人を招集して状況を伝えるとしよう」

ケルシーはこくりと頷くと、村人たちを集めるべく集会所の外へ出ることに。

「手分けして声をかけよう。ゴーレム馬を使えば、村の端にいる人も速やかに集めることができるはずだ」

「大丈夫です、イサギ様。この村にはこういった非常事の決め事がありますから」

「決め事？」

招集を手伝おうとするが、メルシアに制止される。

「イサギ君、両手で耳を押さえていなさい」

「あ、はい」

よくわからないがケルシーに言われた通りに両手で耳を押さえておく。

メルシアとレギナも耳をペタリと閉じて、大きな音に備えるかのようだった。

ケルシーは俺たちから少し離れると、スーッと大きく息を吸い込んだ。

「ウオオオオオオオオオオオオオオオオオオオオオオオッ！」

ビリビリと大気を震わせる遠吠《とおぼ》えがケルシーから放たれる。

その声には魔力が乗っており、ただでさえ大きい遠吠えを倍増させていた。

そんなケルシーの遠吠えが響いたかと思うと、村の各地で同じように遠吠えの声が聞こえてくる。

老若男女問わず、ケルシーに負けない遠吠えが色々な方角から響いてくる。

「こ、これは？」

「非常時の招集を知らせる合図の声です。非常時であることを告げる遠吠えをあげれば、それを耳にした者は同じく遠吠えをあげ、離れた者に伝えていきます」

「なるほど、獣人ならではの合図だね！」

声量があり、聴覚の鋭い獣人族だからこそできる招集方法だろう。人間じゃとても真似できないな。

「こんな風に思いっきり遠吠えをするなど子供の頃以来だ。大人になっても最高に気持ちがいいな！」

感心していると、ケルシーが生き生きとした表情で戻ってきた。

「皆、面白がってあちこちで遠吠えをしていますね」

メルシアの言う通り、村の至るところで遠吠えがあがっている。

あちらの畑で作業をしている家族なんて一人が遠吠えすれば十分に聞こえるはずなのに全員がやっていた。

全力で遠吠えするなんてことはないから、皆ここぞとばかりにやっているのだろうな。

「あはは、イサギたちの住んでいる村って面白いわね」

そんな光景を見て、レギナはクスクスと笑っていた。

「よし、これで村人たちは中央広場に集まってくるはずだ。俺たちも向かうぞ」

「はい！」

16話　錬金術師は戦う覚悟を決める

俺たちの目の前にはプルメニア村に住んでいる獣人たちが集結していた。

獣人たちによる遠吠えのバトンはきっちりと村の端まで届いていたようだ。

俺の農園で作業してくれているネーア、ラグムントをはじめとする従業員や、農園カフェで働いてくれているダリオとシーレも来てくれている。

他にも農作業をしていた獣人族の家族、夜行性なのか寝ぼけ眼《まなこ》をこすって寝間着姿で来ている村人もいた。

こんなにも村人が集まるなんて宴の時以来だ。

「俺、非常時の遠吠えをしたの初めてだ！」

「俺もだ！　最高に気持ちよかったよな！」

「魔力を込めて思いっきり吠えてやったわよ！」

非常時の招集にもかかわらず、村人たちは賑やかだった。

ケルシーが言っていたように思いっきり遠吠えができたことにより気分が高揚しているらしい。

「……皆、すごくソワソワしてるね」

「思いっきり叫びたいと思うのは獣人族ならば、誰もが持つ欲望ですから」

「そうなんだ」

じゃあ、メルシアも思いっきり遠吠えしてみたいとか思うんだろうか？

クールなメルシアにそんな欲望があると思えないけどなぁ。

「にしても、このままじゃケルシーさんの話ができないね」

まだ遠吠えの興奮が残っているのか、村人たちはあちこちで好きに会話をしている。

中には静かにするように声をあげている者もいるが、焼け石に水だ。

ざわざわとした声があちこちで響いており、壇上にケルシーが上がっているのに話をするどころじゃない。

「……イサギ様、音玉を放り投げてくださいますか？」

「あ、うん。わかったよ」

音玉というのは俺が錬金術で作った、音を拡散させるアイテムだ。

聴覚の鋭い獣人が炸裂音を耳にすれば、結構な衝撃になると思うのだが、メルシアの有無を言わせない迫力に俺は素直に頷いた。

マジックバッグから音玉を取り出すと、俺はそれを宙へと放り投げる。

本来は聴覚の鋭い魔物などを怯ませるためのアイテムだが、直接投げつけると音で失神してしまう可能性があるためにできるだけ宙高くへと放り投げ、錬金術で起動させた。

音玉は宙で炸裂し、周囲に大きな音を撒き散らす。

強烈な甲高い音を耳にし、獣人たちの多くが身体を震わせて反射的にこちらを向いた。

「皆さん、話を聞く準備はできましたか？」

シーンッと静かになる中、メルシアの冷ややかな声が響き渡る。

メルシアから静かな怒りを感じたのだろう。集結した村人たちは首が千切れるんじゃないかと心配になるほどの勢いで頷いた。

「どうぞ」

「あ、ああ」

娘の迫力に驚きつつも壇上に上がっていたケルシーは咳払いし、非常招集をかけた経緯を話した。

帝国が獣王国へ侵略しようとしていること。その狙いが大農園である可能性が高く、プルメニア村へやってくるかもしれないことを。

突然の情報に村人たちは困惑を露わにする。

プルメニア村は戦争といったものとは無縁だったとメルシアから聞いた。

こんな事態に直面するのは誰もが初めてだろう。

「この情報は獣王ライオネルも認めており、第一王女であるあたしがここに派遣された。これで嘘や冗談じゃないってわかるわよね？」

壇上に王族であるレギナが上がりながら言うことにより、村人たちにも実感が得られたようだ。

「私は戦うぞ」

ざわめきが広がる中、ケルシーの声がハッキリと響いた。

「ここは私たちの生まれ育った村であり故郷だ！　イサギ君やメルシアの活躍で大農園が出来上がり、皆で協力してようやく豊かになったんだ！　帝国などに奪われて堪《たま》るものか！」

「そうだ！　オレも戦うぞ！」

「帝国が攻めてくるからといって尻尾巻いて逃げられるかっての」

「ここは私たちの村だもの！　戦うわ！」

ケルシーの覚悟を聞いて、村人たちが勇ましく声をあげた。

血の気の多い男性はともかく、老人、女性、子供までも呼応しているのはどういうことか。

「待ってください。俺たちには戦うだけじゃなく逃げるという道もあります！　皆さんの命は一つなんです。建物や大農園と違って作り直すことはできません。一旦退避して、もっと大きな街で立て直すという手もあります！」

俺たちの本来の役目はプルメニア村に帝国を寄せつけないように防衛線を築くこと。

この発言は俺たちの目的やライオネルの命に背くことになるが、一つの盲目的な意見だけで行動を決定してほしくはないと思った。

「でも、大農園を奪われれば、帝国は益々勢いづくことになり侵略は獣王国全土に広がることになるわ」

「大農園は俺の錬金術で潰すこともできます」

大農園は俺が作物に改良を加えたものだ。どこに手を加えれば、壊れるかも熟知しているので潰すのにそう時間はかからないだろう。

大農園がなくなれば敵の手に渡ることはないし、目的を見失った帝国が撤退する可能性もある。

「イサギ君、俺たちのことを案じてくれるのは嬉しいが、それはできない話だ」

「どうしてです？」

「矜持の問題だ。生まれ育った故郷を捨てて逃げるなんてことはできない。作り直せるとかそういう問題じゃないんだ」

他の獣人たちも気持ちは同じなのか反対意見が上がることはなかった。

「私もイサギ様と同じ案を考えましたが無理だと思いました。それが獣人という種族なのです」

「そ、そうなんだ」

「それに別の街に退避しても、帝国がさらに侵略してこない保証はありません。いえ、むしろ成果を求めてより深く侵略を仕掛けるでしょう。だとしたら尚更弱みを見せることはできないと思いました」

　確かにメルシアの言う通りだ。長年、帝国にいたからこそしっくりくる。

　大農園がなくても獣王国には豊富な自然と広大な土地がある。

　侵略によって繁栄してきた帝国がそれを狙わずに撤退するなど、俺たちの都合のいい希望でしかなかった。

「すみません。皆さんの矜持を侮辱するようなことを言ってしまって」

「いや、イサギ君が私たちのことを想って言ってくれているのはわかっているからな。それを怒るようなことはしないさ」

「ありがとうございます」

「それよりも私はイサギ君が心配だ」

「俺ですか？」

「帝国はイサギ君の故郷だ。同郷の者と矛を交える覚悟はあるのかね？」

　これから戦争になるかもしれないということは、帝国にいた顔見知りや同じ人間族と命を奪い合うことになるということだ。

　今までのように魔物を退治するのとはワケが違う。

獣王都から情報を持ち帰るのに精いっぱいで肝心の覚悟が抜けていた。

俺に人の命を奪い、奪われるかもしれない覚悟が備わっているのか。

「俺は戦争に参加したことがないので覚悟があるのかと言われるとわかりません」

俺は宮廷で軍用魔道具の作成などに従事していたが、実際に戦争に参加したことがあるわけでもない。

実際に命のやり取りが発生したら怯えるかもしれない、逃げ出したくなるかもしれない、混乱するかもしれない、動けなくなるかもしれない。

「だけど、一つだけ心で決まっていることがあります。それは大好きなプルメニア村を守りたいって気持ちです」

帝国に見捨てられて行く当てのなかった俺をメルシアはプルメニア村に誘ってくれた。

村長であるケルシー、シエナをはじめとする多くの村人たちが俺を受け入れてくれた。

メルシアが支えてくれたお陰で長年の夢だった錬金術による農業が完成し、大農園を作り上げることができた。ネーア、ラグムントといった従業員や多くの村人が協力してくれたお陰で大農園は経営ができ、販売所、農園カフェといった施設まで作ることができた。

こんなにも充実し、幸せな生活を送れたのは生まれてから初めてだ。

「もはや、俺にとってプルメニア村は帝国以上に大切な場所であり、故郷です。皆と気持ちは同じで村を失いたくありません。それにここはメルシアの故郷です。大切な彼女の悲しむ顔は見たくないですから」

そんな素直な気持ちを伝えると、村人たちから大きなざわめきが起こった。

ただ単に一人の男が戦う覚悟を決めた言葉にしては、妙に雰囲気が明るいというか浮ついた感じだ。

「え？　なんか異様に盛り上がっている？　何で？」

「…………」

メルシアに尋ねてみるが、彼女は顔を真っ赤にして俯《うつむ》いてしまっている。

耳や尻尾もへにゃりとしており、明らかに正常な様子とは思えない。

一体、どうしたというんだろう？

レギナに視線をやると、彼女は呆れた様子で肩をすくめていた。

周囲の村人やメルシアの反応を理解できずにいると、荒々しい動作でケルシーが歩み寄ってきた。

「……イサギ君、うちの村のために戦う覚悟を決めてくれたのは大変嬉しいが、どさくさに紛れて愛する娘を口説くとはどういう了見かね？」

「えっ？　メルシアを口説く？　別に俺はそんなつもりで言ったわけじゃッ！」

「どうやら帝国と戦争をする前に、イサギ君と戦う必要がありそうだな！」

「はいはい、その戦争はまた今度にしてくださいね」

ケルシーが暴れ出しそうになったが、妻であるシエナさんが後ろから羽交い絞めにして退場させる。

「離せ、シエナ！　敵が！　倒すべき敵が目の前にいるんだ！」

「落ち着いてください。その敵はいずれ身内になりますから」

ケルシーを宥めるためのシエナの言葉がちょっとおかしい。

「あ、あの、メルシア」

「だ、大丈夫です。イサギ様が天然だということはよくわかっていますから」

おずおずと声をかけると、メルシアが慌てたように顔を背ける。

何が天然なのか意味がわからないが、顔を背けられるとショックだ。

「少しだけ時間をください。それで落ち着きますから」

「う、うん。わ、わかったよ」

俺はメルシアが落ち着くまで話しかけるのをやめておくことにした。

17話　錬金術師は覚悟を問う

村人が一丸となって戦うことになった。

とはいえ、全員が戦いに対しての適性があるわけではない。

種族的、性格的に戦うことに向いていない少数の人や、女性、子供たちなんかは近くにある街に避難することになった。

必要最低限の物資を馬車に積み込んでいると、避難組に老人があまりいないことに気づいた。彼らはなぜか自らの荷造りはすることはなく、避難組の荷造りを率先して手伝っている。

「あのお爺《じい》さんたちは避難しないの？」

「獣人族は人間族と違って、肉体の老いが遅いですから思っている以上に彼らは動けますよ」

尋ねてみると、メルシアはもう落ち着いたのかいつもと変わらない様子で答えてくれた。

ええ？　とはいっても背中とか結構曲がってるけど？

あんなので積み荷を持ち上げられるのだろうか？

なんて思っていると、老人の筋肉が急激に膨れ上がり軽々と積み荷を持ち上げた。

背筋もピンと伸びており、荷物を運ぶ動きに頼りなさは欠片もない。

発達した筋肉を見ると、明らかに俺よりも力がある。

……なんか色々とすごい。

俺の心のページにまたしても獣人のすごさが更新された。

「……確かにあれなら避難を促す必要はないね」

「はい」

むしろ、彼らからすれば、ひ弱な俺の方が心配だろうな。

「イサギさん、少しいい？」

荷物を軽々と運ぶ老人を見つめていると、シーレが声をかけてきた。隣にはダリオもいる。

「どうしました？」

「あ、あの、僕たちに関することでコニアさんから何か伝言とかありませんか？」

ダリオが不安そうな表情を浮かべながら尋ねてくる。

そうだ。別れ際に彼女からの言葉を俺は聞いていた。

「お二人の意見を尊重します……だそうで」

「僕たちの意見を尊重？」

「……それって丸投げじゃない？」

「そうとも言えますね」

「……なによ、それ。村に残って協力しろとか、王都に戻ってこいとか明確な方針をよこしなさいよ」

いつも冷静な彼女にしては珍しいが、戦が迫っているかもしれないので仕方がない。

「シーレさん、イサギさんは悪くないですよ」

「……そうね。ごめんなさい。冷静さを欠いたわ」

ダリオが窘めると、シーレが深呼吸をして感情を落ち着かせたようだ。

「俺としてはお二人は農園カフェの経営のために派遣された料理人ですし、避難をするべきだと思います」

ダリオとシーレはコニアが紹介してくれた大事な料理人だ。

あくまでこちらに仕事をしにきてくれているだけであり、村のために命をかけて協力してくれなんてことは言えるものではない。

「そうなのよね。私も大した腕前じゃないし、ダリオは運動神経がない上に性格的にも戦いなんてできっこないからてんで役に立たないわね」

「シーレさん、事実とはいえ傷つくんですが……」

シーレの容赦のない言葉にダリオが肩を落とし、尻尾をしょんぼりとさせる。

「でも、帝国が攻めてくるかもしれないからって尻尾を巻いて逃げていたらワンダーレストランの料理人の名折れだわ。たとえ、戦いでは役に立てなくても料理を作ることで力になることはできる」

「そ、そうですね。僕たちのお料理で皆さんの役に立てるのなら力になりましょう！」

シーレの力強い言葉に感化されたのか、ダリオも表情を明るくして握り拳を作る。

「後方にいたとしても危険があるかもしれないですがいいんですか？」

「覚悟の上です！」

「私は本当に危なくなった時は逃げる」

「ええ！　シーレさん⁉」

「私たちはあくまで料理人よ。戦うことなんてできないから」

シーレのあっけからんとした物言いに思わずクスリと笑ってしまう。

命がかかっているのだ。盲目的な言葉よりも、それくらい割り切ってくれた方がこちらも助かる。

「そうですね。もしも、そのような状況になった場合は逃げてくださって構いません。お二人のような料理人が後方で支えてくれるだけでも心強いですから」

「そうと決まったらいつも通り料理を作るだけね」

「ですね！　美味しい保存食を作っておきましょう！」

行動方針が決まったのか、二人は農園カフェへと戻っていく。

その後ろ姿は最初に見た時よりも何倍も大きく見えた。

「イサギさん、あたしたちも戦うからね！」

振り返ると、ネーアをはじめとする農園の従業員たちがいた。

「戦うのはあんまり得意じゃないけど力仕事には自信があるんだな」

「オレとラグムントはもちろん、前で戦うけどな」

「……ああ、こういう時のために鍛えてあるからな」

「私は戦うのも力仕事も得意じゃないですけど、細かい作業や調整をするのは得意なので」

ネーアだけでなく、ロドス、リカルド、ラグムント、ノーラまでもがそんな覚悟を示す。

ノーラは元々体力も少なく、明らかにこういった荒事には向いていないようだが、彼女なりに村の力になりたいようだ。

その気持ちは痛いほどにわかるので、俺が覚悟を決めている彼女を制止するようなことはしない。

「ありがとう。皆でプルメニア村を、俺たちの農園を守ろう」

「「おお！」」

皆で拳を突き上げて声をあげると、不思議と勇気が湧いてくるようだった。

「とりあえず、あたしたちが今できることって何だろ？」

「避難する方の荷造りの手伝いは、もう人手が足りている様子ですね」

「戦う準備でもすりゃいいのか⁉」

「でも、これから何をするかも決まっていないんだよなぁ」

「具体的に何をするかはレギナ様や村長が話し合って決めるだろう。それまでの間に俺たちにできることは……いつも通りに農園の仕事をするだけだな」

ラグムントの溜めに溜めた台詞にずっこけそうになる。

「確かに！　戦になってもお腹は空くし、農園の新鮮な作物が食べられないのは困るもんね」

戦をしている最中でも農園からの作物の供給は必要となるので、ゴーレムがいるとはいえある程度の作業員は必要だ。そういった意味でも従業員たちが全員残ってくれるのは非常に助かる思いだ。

「何だよ。こんな時でもやることはいつもと一緒かよ」

「みたいだね。さあ、いつも通りに仕事しよう！」

「やることが決まって、人手が欲しい時は声をかけてほしい」

「わかった。その時は遠慮なく声をかけさせてもらうよ」

リカルドたちが苦笑しながら農園へと歩いていく。

いつも通り出勤していく彼らの姿を見ると、何となくいつもと同じ毎日がくるんじゃないかと錯覚しそうになるな。

でも、この一瞬のうちにも帝国はこちらに迫っているんだ。のんびりとはしていられないな。

「イサギ様、農園といえばコクロウさんたちにも話をしておいた方がいいかと」

「そうだったね」

彼らは魔物であり、そもそも人間たちのいざこざに巻き込まれるいわれもない。

早めに教えて山に避難してもらうように言っておかないと。

そんなわけで、俺とメルシアもコクロウたちのいる農園へ向かうことにした。

農園にあるスイカ畑にやってくると、作業用ゴーレムがスイカの収穫をしているだけでコクロウをはじめとするブラックウルフの姿は一匹も見えなかった。

しかし、これは誰もいないわけではなく、皆暑いので影に沈んだりしているだけだ。

「コクロウ！　ちょっと話せるかい？　大事な話があるんだ！」

声を張り上げると、すぐ傍にあるスイカの影から漆黒の体毛をした狼がぬるりと出現した。

「貴様か……長らくここを離れていたようだが帰ってきたのか」

「うん。ライオネル様の仕事がようやく終わってね」

「それで大事な話というのは、村人共とやかましく話していた帝国がここに攻めてくるという話だな？」

コクロウの話の早さに俺は驚く。

「聴いていたんだ」

「影がある限り、音を拾うくらいは造作もない」

シャドーウルフであるコクロウは聴覚が鋭いだけでなく、影を介して移動することができる。その能力を使って、村での話を聴いていたようだ。

「へー、それでも前よりも影で影響を及ぼせる範囲が広くなってない？」

少し前までコクロウが自在に移動できるのは、農園内だけだったと記憶している。

農園といっても、その敷地の広さは膨大なのでその範囲を移動できるだけでもすごいのだが、村の中心部にまで移動できるようになっているとは知らなかった。

「……影が馴染めば移動もしやすくなる。それにこれだけ潤沢な食材を毎日口にすることができているのだ。否が応でも魔物としての力は増す」

「私たちの作った食材が魔物であるコクロウさんたちに、そのような影響を与えているとは思いませんでした」

「うん、興味深いね。時間があれば、じっくりとデータを取ってみたいところさ」

しかし、残念ながら帝国が迫っている今そんな悠長なことをしている暇はない。

「本題に戻るけど、帝国がこの農園を狙って攻めてくる可能性が高いんだ」

「ほお、それで？」

「コクロウたちには危険の低い森に戻ってもらおうと思ってね」

「……我らに泣きつき、力を貸せとは言わぬのだな？」

どうやらコクロウは俺が助力を請うと思っていたらしい。

「コクロウたちがいてくれれば心強いけど、交わした契約はあくまで農園の警備だからね。俺たちの問題である戦争に巻き込むつもりはないよ」

気さくに接しているので忘れそうになるが、コクロウたちは魔物だ。

人間と獣人の争いに肩入れする理由も義理もないからね。

「だから、状況が落ち着くまでは森に避難するか、どこか遠いところで過ごしてもらって――」

「この農園を狙っているのであれば、帝国の人間は我たちにとっても敵ということになるな」

「ええ？　それはそうだけど……」

「言ったであろう。ここは既に我の縄張りだと。それを侵そうとする人間がいるのであれば、蹴散らすまでだ」

「それは協力してくれるって認識でいいのかい？」

「そうだ。ただし、魔物だからといって都合よく扱おうとすれば、我らも容赦はしない」

コクロウが瞳を細めて威圧をしてくるが、そのような心配をする必要はない。

「わかってる。コクロウたちが魔物だからといって、その命を無駄にさせることはしないと誓うよ」

「私たちにとってコクロウさんたちもプルメニア村の立派な住民ですから」

「……フン、わかっているのであればそれでいい」

俺だけでなくメルシアもそう言うと、コクロウは表情を穏やかなものにして威圧を引っ込めた。

視線を逸らしているコクロウであるが、尻尾が左右に軽快に揺れている。

俺たちの言葉が照れくさかったのかもしれない。

指摘すればへそを曲げそうなので黙っておいた。

「あっ！　いたいた！　イサギ、メルシア、村の方針について会議をするから来てくれない？」

コクロウとの話を終えると、レギナがこちらに駆け寄って声をかけてくる。

「メルシアはともかく、俺もいいんですか？」

村長の娘であるメルシアはともかく、ただの住民でしかない俺が村の会議に参加してもよいのだ

ろうか？

「当然じゃない。イサギは帝国の内情についても詳しいでしょうし、やり方次第では錬金術を頼りにすることもある。むしろ、いてくれないと困るわ」

「わかった。そう言ってくれるなら参加させてもらうよ」

「決まりね。急いで集会所に向かいましょう！」

レギナの後ろを追いかける形で俺とメルシアは集会所へ向かうことにした。

18話　錬金術師は任される

集会所にやってくると、ケルシー、シエナをはじめとする村長夫妻や、村の顔役と呼ばれる男性や女性が数人ほど並んで座っていた。

入り口に近い場所にある座布団が空いていたので俺とメルシアは腰を下ろし、最後に上座にレギナが腰を下ろした。

「面子も揃ったことだし対策会議を始めることにするわ」

レギナが厳かな口調で切り出すと、ケルシーが深く頭を下げて、それに倣う形で顔役たちも深々と頭を下げる。

「あたしは第一王女ではあるけど、今は非常事態。礼節を重んじるよりも忌憚《きたん》ない意見を聞かせてもらいたいから口調については不問とするわ」

「ありがとうございます」

レギナのそんな言葉にケルシーをはじめとする多くの顔役たちがホッとしたような顔になった。

ここは辺境にある小さな村だ。

貴人と会話を交わすことなどそもそもないので、王族への話し方や態度が身に着いている者がいるはずがない。

俺だって宮廷で働いていたけど、工房にこもって錬金術ばかりをやっていたのでそういった作法については自信がないからね。

レギナのそういった配慮は非常にありがたいものだった。

「さて、初めにレムルス帝国というものが、そもそもどういう国なのか皆に共有しておきたいわね。イサギ、帝国がどんな国か教えてくれるかしら？」

俺とメルシアは帝国で働いていたので当然知っているし、レギナは俺たちから話を聞いただけでなく、ライオネルからも言い含められているので概要は知っている。

しかし、ケルシーをはじめとするプルメニア村の人たちは帝国とは親交がないために、どのような国なのか一切わからない状態だ。

何かを決めるにも基礎となる情報は共有できた方がいい。

「わかりました。帝国で生まれ育ち、宮廷で働いていた過去のある俺が帝国とはどのような国なのかを大まかに説明いたしましょう」

レギナに名指しをされた俺は立ち上がって、帝国がどのような国なのかを語ることにした。

レギナは口調についてはいつも通りで構わないと言ってくれたが、顔役の全員と親しいわけでもないし、公的な場ではあるので一応は丁寧な口調を心がける。

「レムルス帝国は数ある人間族の中でもっとも大きな国土を所有している国です。人口についても獣王国と同じ、あるいはそれを上回るほどでしょう」

「……帝国とはそれほどなのか？」

顔役の一人が信じられないとばかりに尋ねてくる。

獣人は人間族よりも繁殖力が強い上に、獣王国は国土もかなり広い。

世界でも人口はトップクラスだと言える。

たった一つの人間の国が、獣人の国と人口で張り合えるのは驚異的だ。

「しかし、人口こそは多いものの実際に動員できる兵力は少ないと思います」

「それはどうしてなの？」

俺の言葉にシエナが不思議そうに小首を傾げる。

それほどの人口があれば、動員できる人数も多いと考えるのが普通だ。

「帝国が侵略を繰り返して領土を拡大し続けている国だからです」

「つまり、奪い取った領地を完全に制御しきれていないってことね？」

「そういうことになります。その上、帝国は特権階級を持つものが腐敗しているため、すべての民を養うことができていない状態です。国土こそ広いものの、安定しているとは言えません」

俺とレギナの会話を聞いて、シエナをはじめとする顔役たちも帝国の内部状況を少し把握できたようだ。

「だったら我々にも勝機はあるのではないか？　敵は寄せ集めの上に、纏まっているとは言い難いのだろう？」

顔役の一人がそのようなことを述べるが、その考えは非常に甘いと言えるだろう。

「いいえ、満たされていないからこそ、帝国は死に物狂いで領土を奪いにやってくるでしょう。餓死しそうな時に目の前に豊富な食料のある土地があれば、あなたは我慢して野垂れ死にますか？」

「……いや、メルシアの言う通りに死に物狂いで奪いにいくな」

メルシアの説明に質問した者だけでなく、他の者も状況を深く理解してくれたようだ。

「加えて帝国の恐ろしいところは魔法文明が発達しているところです。多くの優秀な魔法使いがいるだけでなく、俺と同じ錬金術師も数多く存在し、兵士たちが高度な魔道具を所持しています」

「つまり、敵にはイサギ君のようなものが何人もいるということかね？」

「はい。そのような認識で――」

「いいえ、イサギ様ほど優れた錬金術師は帝国にもいません」

身を乗り出しながらのケルシーの言葉に答えようとすると、なぜか横からメルシアが口を挟んだ。

「そ、そうか。安心した」

「さすがにイサギみたいな錬金術師が何人もいたら絶望的だものね」

「メルシアちゃんの言葉を聞いて安心したわ」

メルシアの言葉にケルシー、レギナ、シエナといった面々が心底ホッとしたような顔になる。

「いやいや、さすがにそんなことはなくない？」

「私は帝城で使用人として働いていたので、イサギ様よりも多くの宮廷錬金術師を目にする機会がありましたので断言します。宮廷でイサギ様ほどの錬金術師はいないと」

メルシアの過大評価に物申したいところであるが、実際のところ俺はガリウスをはじめとする他の宮廷錬金術師に疎まれていたせいで一緒に仕事をすることもなかったし、他人の作業風景を見る機会も少なかった。

そのことを考えると、俺よりもメルシアの判断の方が正しいのかもしれない。

「そ、そうなの？」

「そうなのです」

メルシアが胸を張り、堂々とした仕草で頷いた。

「とはいえ、帝国には錬金術師が多いことは事実なので、軍用魔道具の装備や運用によって一般的な兵士よりも手強いことに変わりはありません」

「訓練されていない兵士であっても、魔道具を振りかざすだけでかなりの戦闘力を発揮できるとは恐ろしいものだな」

人間に比べると、獣人の方が遥かに身体能力が高い。

まともに相対すれば、間違いなく獣人が勝つだろうが、相手はその身体能力の差を埋めるために魔法や魔道具といった様々な工夫をしている。

ケルシーの言う通り、楽観的な戦いではないことを皆に知っておいてほしい。

「イサギの見立てでは、プルメニア村に攻めてくるに当たってどれほどの兵力を集めてくると思う？」

「推測ですが、最低でも二万はあるかと」

俺の言葉に全員が呻き声のようなものを漏らした。

プルメニア村の人口は千人にも満たないくらい。

周辺の集落や街から増援を呼んだとしても二千人に届くことはないだろう。

帝国と比べると、その兵力の差は最低でも十倍となる。あまりにも絶望的な数字だった。

俺は戦争に同行することはなかったが、過去に繰り返し行った侵略ではそのくらいの数の兵士を動員していた。

「……二万ね。さすがに多いわね」

「前回の飢饉が帝国にどれだけの影響を与えたかは不明ですが、場合によって食料事情の改善のために更なる増員もあり得ます。あくまで最低値だという認識をしてもらった方がよいかと」

「都合のいい解釈はあたしたちの首を絞めることになるものね。貴重な忠告をありがとう」

レギナだけでなく、ケルシーたちの表情も引き締まっている。

きちんと忠告を受け取ってくれてよかった。

「さて、帝国がどんなに強大な国かわかったところで、あたしたちがどう動くかね」

帝国についての概要説明が終わったところでレギナが本題とばかりに口を開く。

「敵は最低でも二万もの兵士がいる。まともにやって勝てるのだろうか？」

「あたしたちがやるべきことは敵軍を抑えること。真正面から打ち勝つ必要はないわ」

不安がる顔役の一人にレギナがきっぱりと告げた。

そして、「もちろん、勝てるに越したことはないけどね」と笑いながら言う。

彼女の気遣いに顔役の一人は不安が和らいだのか顔色が少し明るくなる。

「あたしたちが持ちこたえることができれば、獣王ライオネルをはじめとする獣王軍がやってくる」

「おお、獣王様や獣王軍がやってくるのであれば心強い！」

絶望的な状況だったが、しっかりと増援があると聞いて、皆の瞳に希望の光が灯る。

プルメニア村の戦力だけでは、帝国を打ち破ることは難しいが、そこにライオネルをはじめとする獣王軍が加われば、蹴散らすことは可能だと俺も思う。

シャドーウルフであるコクロウを赤子のように流してみせるなど、ライオネルの実力は一級品だ。

大樹を守っている門番の獣人もかなりの実力者のようだったし、そんな彼らが揃っている兵士が精強じゃないわけがない。

合流すれば、帝国を打ち破れる可能性は十分に高い。

「しかし、大勢の軍を相手に我々だけで抑えきることができるでしょうか？」

問題はそこだ。ライオネルたちが到着するまでに帝国の大軍勢を相手に持ちこたえることができるかどうかだ。

獣王軍は間に合わないと想定して動く必要がある。

「真正面から戦うことになったら無理ね。だから、地の利を生かして真正面からぶつからないようにするわ。地図を見てちょうだい」

レギナはきっぱりと告げると、大きな地図を広げた。

そこにはプルメニア村を中心とした地図が書かれており、詳細な地形などが記されている。

「帝国と獣王国の間には大きな山が横たわっている。帝国が山を抜けて、プルメニア村にやってくるには、ここにあるレディア渓谷を通ってくるしかない」

「なるほど。プルメニア村を要塞化するのではなく、このレディア渓谷に防衛拠点を築き、敵を撃退するというわけですな？」

「そういうこと！」

ケルシーが意図を読み取った発言をすると、レギナがそうだとばかりに頷いた。

「一度に何万、何千もの兵士を相手にしてしまえば、瞬く間に飲まれてしまうでしょうが道幅によって相手の人数を制限してしまえば、そのような恐れはありませんね。名案かと思います」

「迂回しようにも周囲は山や森に囲われている。それほどの大人数で迂回することはできないな」

メルシアだけでなく、周辺の地形を理解している顔役たちからも納得の声があがる。

プルメニア村の周囲は山や森に囲まれているために、帝国はそこを通るしかない。

そのような天然の要塞だったからこそ、今まで帝国は獣王国に進軍することはなかったのだろう。

「でも、問題は防衛拠点を作るような時間があるかということだ」

「ああ、とてもではないが時間が足りない」

「それについては問題ないわよね？　イサギ」

顔役たちが不安の声をあげる中、レギナが期待のこもった眼差しを向けてくる。

「はい。拠点については俺の錬金術ですぐに作り上げてみせます！」

「すぐとはどのくらいでできるんだ？」

「大まかなところだけでいいのであれば、半日程度でできます」

帝国に備えるために完全な状態となると時間はかかるが、使い物になる程度の土台であれば半日もあれば作り上げることができる。

「半日で⁉　そんなことが可能なのか？」

「イサギ様なら余裕です」

「何せ自分の家や工房だってあっという間に作っちゃえるものね」

「販売所だってイサギ君が一人であっという間に建てていたからな」

顔役の人たちは驚いているが、メルシア、シエナ、ケルシーは俺が錬金術で建物を作っているところを間近で見ているので信頼がとても厚かった。

まあ、建てるところを見ていないと不安に思うのは仕方がない。

「だとしたら、早めに動いた方がよさそうですね」

防衛拠点を作るとなれば、時間は少しでも多い方がいい。刻々と帝国が迫っているのであれば、尚更だ。

「ええ、イサギには一刻も早く防衛拠点の作成に取りかかってもらいたいわ」

「防衛拠点だけど、どの辺りに作ればいいでしょう？」

建てたはいいが、実際には違う場所の方がよかったなどとなったら目も当てられないからね。俺とメルシアがプルメニア村にやってきた時は、地元の獣人だけが知っている狭いルートを通ってきたので、渓谷がどのような地形をしているかまるでわからない。

「村長」

レギナは地図で全体を把握しているものの、実際に地形を目にしているわけではない。

周辺の地形に詳しいであろうケルシーに尋ねた。

「……ここがオススメだ。渓谷は微妙に傾斜になっているからな。ここに防衛拠点を作れば帝国は辛いだろう。プルメニア村から少し離れているが、我々獣人の足ならすぐにたどり着ける上に物資の輸送も容易い」

ケルシーがそう言いながら、渓谷の上部を指さした。

なるほど。地図だけではわからなかったが、そんな地形の特性があったのか。

「メルシアなら具体的な場所はわかるよね？」

「はい。お任せください」

尋ねると、メルシアは笑みを浮かべながら頷いてくれた。

「イサギが防衛拠点を作っている間に、あたしたちは万が一を考えてプルメニア村の方も要塞化しておくわ」

「それなら俺もそっちを手伝って――」

「いいえ、イサギは防衛拠点に専念してちょうだい。村の防衛強化については万が一の保険のようなものだから」

「わかりました。防衛拠点の作成、強化に専念いたします」

確かに戦場とするべきはレディア渓谷であり、そこが最終防衛ラインだ。そこを越えられてしまうと、あとは数による蹂躙《じゅうりん》しか待ち受ける未来はない。多少、プルメニア村を要塞化しようとも焼け石に水だろう。

あくまでプルメニア村は守るべき場所であって、絶対に防衛拠点を通してはいけないんだ。

「あとは余裕があればだけど、守るだけでなく帝国に奇襲も仕掛けられるといいわね。ずっと防衛拠点に籠っていても帝国に打撃は与えられないから」

「そうですね。その辺りも考えていきましょう」

レギナの言葉に同意するようにケルシーが頷く。

「ひとまず、あたしたちがやるべきことは三つよ」
・プルメニア村を要塞化すること
・防衛拠点を作ること
・帝国の侵攻ルートを予測し、そこに罠《わな》を仕掛ける、あるいは奇襲を仕掛けること
この三つが俺たちの方針だ。これを持って村全体で協力し、帝国に立ち向かおう。

「それじゃあ、俺とメルシアは防衛拠点の作成に向かいます」

「人手はいるかね、イサギ君？」

「土台作りが終わったらお願いします」

大まかな土台を作る作業はすべて俺の錬金術とゴーレムで作成することができる。人手があれば、むしろ邪魔になってしまうので俺一人の方が都合がいい。

「わかった。必要になったら遠慮なく声をかけてくれ」

「ありがとうございます。では、行ってきます」

「頼んだわよ、イサギ」

レギナ、ケルシーをはじめとする顔役の人たちに見送られ、俺とメルシアはレディア渓谷へ向かうことにした。

19話　錬金術師は防衛拠点を作り上げる

「ここがレディア渓谷か……」

　ゴーレム馬に跨ってプルメニア村から西へ移動をすると、数時間ほどで森林地帯を抜けて、景色は荒野へと変わり、レディア渓谷へたどり着いた。

　俺たちの目の前には険しい谷が広がっており、長大な岩壁が遥か先まで続いている。

「ケルシーさんの言っていた地点はどこかな？」

「あちらになります」

　メルシアに先導してもらって少し移動する。

「なるほど。確かにここだと見下ろすことができるね」

　移動する前の位置の辺りから谷底の傾斜がついていき上り坂になっている。俺たちのいる地点に防衛拠点を作れば、さらに高さはつくことになり、敵を打ち下ろす形で迎撃できるだろう。矢を射かけるもよし、岩を転がしてやるもよし。これは大きな利点だ。

　微妙な坂のように思えるかもしれないが、一本道を通ってくるしかない帝国からすれば、その微妙な坂が追い打ちとなるだろう。

「よし、ならここに防衛拠点を作るよ！」

「お願いします」

　俺とメルシアはゴーレム馬を使って谷底へ駆け下りた。

まずは整地だ。どのような拠点を作るにも土台が不安定では意味がない。

ゴーレム馬を下りると、俺は地面に手を当てて錬金術を発動。

表面を滑らかなものにすると、防衛拠点の範囲を決めるように防壁を作り出す。

地面がせり上がって四方を囲う壁となった。

防壁がそびえ立つとその中心部分に移動して、周囲にある土、石、岩を操作して砦《とりで》となるものを作り上げていく。

「さすがに魔力の消費が激しいな」

今まで自分の家、工房、販売所、宿泊拠点などと様々な建物を作ってきたが、今回作る砦はそれとはスケールが何倍も違う。

地面に干渉する力も多く必要だし、操作する物質の量も甚大となっており、必要とされる魔力も膨大になるわけである。

レピテーションを駆使し、基礎のパーツを組み上げるだけで体内にある魔力がゴリゴリと減っていくのを知覚する。

「イサギ様、お辛いのであれば無理はなさらずゆっくりにでも……」

「心配してくれてありがとう、メルシア。でも、それじゃダメなんだ。帝国がいつやってくるかわからない以上、防衛拠点は早く作らないといけない」

防衛拠点を早く作り上げることができれば、速やかに迎撃態勢が整う。

ひとまずの迎撃態勢が整っていれば、レギナたちが作戦を考えたり、作戦のための練習を重ねることができる。

俺がちょっと無理をするだけで生き残る確率を、勝つための確率を上げることができるんだ。

だったら、ここで無理をしないわけにはいかない。

錬金術で周囲にある岩を変形させ、魔力を浸透させることによって圧縮し、硬質化。それらの岩をレピテーションで次々と積み上げていく。そんな作業の傍ら、俺はマジックバッグから瓶を取り出して緑色の液体をあおる。

魔力回復ポーションだ。魔力を消費した傍から体内で無理矢理に魔力が生成される。

その感覚がとても気持ち悪い。

「イサギ様！　それではお体に負担が！」

本来、魔力回復ポーションというのは、失った魔力をゆっくりと回復させるものだ。

だけど、俺は錬金術によって回復能力を無理矢理に高めたものを使用している。

魔力を使ってすぐにまた魔力を生成。

当然、そんなことをすれば、体内にある魔力器官への負担は大きくなる。

気持ちが悪いというのは、俺の身体が悲鳴をあげているということだ。

戦場に出る魔法使いが魔力器官を壊し、寿命を縮めてしまう一つの原因でもある。

助手であるメルシアはそのことを知っているので俺を止めようとする。

だけど、今回ばかりは素直に頷くわけにはいかない。

「錬金術師にとっての戦争は、準備にある。ここが俺の頑張りどころなんだ！」

「……イサギ様」

戦争が始まってしまえば、俺はメルシアやレギナみたいに最前線で戦って活躍することはできない。できることが少なくなる以上、今が俺の頑張りどころなんだ。

周囲にある土、岩、石が少なくなってきたが心配はいらない。俺のマジックバッグにはライオネルやコニアからもらった物資がたくさんある。

必要となる物資も無尽蔵だ。

だから、あとは俺の魔力が持つ限り、組み立て続けるだけだ。

●

「ひとまず完成かな」

半日ほど錬金術を使い続けると、ようやく防衛拠点といえるものが出来上がった。

切り立つような崖に挟まれた谷底はせり上がり、レディア渓谷を見下ろすかのように砦が鎮座しており、周囲には二十メートルを超える高さの防壁が存在していた。

前方には曲がりくねった谷底の一本道しかないが故に、正面から見た時の迫力は半端ないな。

砦や防壁の作成に使用した素材はレディア渓谷にある土、岩、石が中心だが、錬金術による魔力圧縮により、硬度がかなり高められているので想像以上に硬い。

特に砦の前部や城門などには加工した鉱石などが混ぜられているので、より堅牢だ。

一般的な攻城兵器をぶつけられた程度ではヒビ一つ入らないはずだ。というか、そういうように作った。

「おっとと」

立ち上がろうとすると不意に身体から力が抜けた。何とか踏ん張ろうとするも身体が酷く重く、思うようにバランスが取れない。

地面に衝突することを覚悟していると、ポスリと身体が受け止められた。

「ありがとう」

「いえ」

視線を上に向けると、メルシアの顔が映った。

どうやら彼女が咄嗟に受け止めてくれたらしい。

「あれ？　身体が動かないや」

感謝しつつ、ゆっくりと離れようとするが身体がまったく動かないことに気づいた。

「魔力欠乏症ですね。動けるようになるまで少し休憩いたしましょう」

「そうだね。そうさせてもらうよ」

頷くこともできないので言葉で返事をすると、メルシアはゆっくりとその場で俺を寝転がせてくれる。

それはいいのだが、なぜか自分の太ももを枕代わりにした。

これは俗に言う膝枕という奴ではないだろうか？

「……あのメルシアさん？　どうして膝枕を？」

「イサギ様を地面に寝かせるなんてできませんから」

視線を上げると、メルシアがこちらを見下ろしながら微笑んだ。

碧玉《へきぎょく》のような瞳がとても綺麗だ。

「別にメルシアの膝じゃなくてもマジックバッグから適当にクッションでも取り出してくればい

いんだけど――」

「私がこうしたいからしているんです。それじゃダメでしょうか？」

「……いや、別にダメじゃないです」

真正面からそんな風に言われてしまうと、断れるはずもない。

クッションよりもメルシアの膝枕の方が絶対に心地いいだろうから。

そうやって小一時間ほど休憩していると、魔力が回復して身体の自由が利くようになった。

「ありがとう。もう大丈夫だよ」

「かしこまりました」

立ち上がると、身体の調子を確かめるように肩を回す。

メルシアが膝を貸してくれたお陰で身体に痛いところはどこにもなかった。

素直にされるがままになってよかったのかもしれない。

身体をほぐしていると、プルメニア村の方角から何かが近づいてくる気配がする。

振り返ると、レギナとケルシーがゴーレム馬に乗ってこちらにやってきた。

俺たちの作業の様子を見にきてくれたのかもしれない。

「イサギ！　あれがあたしたちの防衛拠点なの⁉」

「そうだよ」

「「…………」」

こくりと頷くと、二人があんぐりと口を開けて拠点を見上げる。

「たった半日でこれほどのものを作り上げたというのかね？」

「そうなります」

「これほどのものを作るとなると、さすがのイサギでも魔力が足りなかったでしょ？」

「うん。そうだね。でも、そこはポーションで補ったよ」

「……無理をさせちゃったわね。ごめんなさい――いいえ、この言葉は相応《ふさわ》しくないわね。ありがとう」

「どういたしまして」

レギナは俺が無理をしたことに気づいたのだろう。

謝りかけたが、すぐに言葉を言い直してくれた。

うん、謝ってもらうよりも、ここはお礼を言ってくれる方が俺も嬉しい。

これが俺の役目なのだから。

「まさか、たった半日でこれほどの防衛拠点を完成させてしまうとは、これは嬉しい誤算だ」

「あっ、すみません。まだ完成じゃないです」

「ええ!?　これで完成じゃないのかね!?」

防衛拠点を見上げていたケルシーが勢いよく振り返る。

「ひとまず、全体を整えることを先決にしたので、利便性や強度についてはこれから高めていく必要があります」

「どう見ても完成しているようにしか見えないんだけど……」

「まだまだ防壁の強度を上げないといけないからね。防壁の上から撃退できるように足場を作らないといけないし、安全に矢を射かけられるように覗き穴なんかも作っておきたい」

他にも周囲を見渡せるように監視塔を作らないといけないし、村人たちが寝泊まりできるような寝室、料理ができるような厨房《ちゅうぼう》、医務室などとやるべきことはたくさんある。

「そのレベルまでいくと一種の砦ね」

だが、帝国を相手にやりすぎということはない。

帝国と俺たちとの間に絶望的な戦力の差があるのだから。

「イサギ君、ここまで整っているのであれば、物資を運び込んでも問題ないだろうか？」

「はい。構いません」

ここまで作り上げてしまえば、錬金術で大規模な作成をすることはない。

周囲に人がいても問題なく作業を行うことができる。

「あっ、ケルシーさん。村に戻るのであれば、うちの従業員を三人呼んできてもらえますか？」

「真っ先に呼ぶのが農園の従業員なのかね？」

俺の要望にケルシーは若干呆れている様子。

防衛拠点を作成したというのに、真っ先に農家を呼ぶというのだから怪訝に思うのも無理はない。

「城塞の中に小さな農園を作りたいと思いまして」

「ふむ、イサギ君のことだ。ただ城塞で作物を作る以外にも大きな目的があるのだろう。わかった。従業員たちも連れてくるとしよう」

「ありがとうございます」

ケルシーはそう言って頷くと、ゴーレム馬に跨って村の方へと戻っていった。

「砦の中を案内してくれる？」

実質的な指揮をとってくれるレギナは砦の構造を把握する必要があるだろう。

名乗りを上げようとすると、メルシアがスッと前に出る。

「私が案内いたしますね。イサギ様は魔力を消費しているのでもう少しお休みください」

「ああ、ありがとう」

俺も案内したい気持ちはあるけど、魔力を消費したせいでようやく立ち上がれるようになったばかりで無理は禁物だ。

このあとにやるべき作業もあるので、ここは素直にメルシアに任せることにした。

20話　錬金術師は強化食材を作り上げる

小一時間ほど休憩していると、砦の視察が終わったのかレギナがメルシアを伴って出てきた。

「想像以上に立派な砦だわ！　これなら思っている以上に色々な作戦が考えられるかも！」

「未完成ではあるけど、今の状態でもそう言ってもらえたならよかった」

砦の出来栄えはレギナにとっても満足できる出来栄えだったらしい。

なんて思っていると、後方から驚きの声が響き渡った。

「にゃー！　何だこれー⁉」

「レディア渓谷にすごいものができてるー！」

「たった半日でこれを作ったっていうのかよ⁉　すげえな！」

「……ケルシーさんの言う通り、防衛拠点というよりかは砦だな」

振り返ると、そこにはうちの農園の従業員であるネーア、リカルド、ラグムントがおり、唖然《あぜん》とした表情を浮かべている。

「あれ？　ケルシーさんたちは？」

てっきりケルシーや他の村人もたくさん来ると思っていたが、たどり着いているのは三人だけで他の人たちの姿は見えない。

「他の人たちは物資を運ぶ準備をしているのでもう少しかかると」

「イサギに呼ばれたあたしたちは優先して来させてもらったんだー」

ラグムントとネーアがそう述べる。

どうやらケルシーが俺に配慮して、先に三人だけを行かせてくれたらしい。

時間が少しでも惜しい現状でそれは助かることだった。

「で、オレたちは何をすればいいんだ？」

ケルシーにもロクに説明していなかったのでリカルドがそう尋ねてくるのも無理はない。

「砦の中に農園を作ろうと思ってね。作物を栽培するのを手伝ってほしいんだ」

「砦に農園⁉」

視線が集まる中、答えるとメルシア以外の者が驚きの声をあげた。

「……食料の生産であれば、村の大農園から作物を送るのではダメなのですか？」

ラグムントの疑問はもっともだ。

レディア渓谷からプルメニア村まではそう距離が離れていない。

獣人の身体能力を考えれば走ってすぐなので、わざわざ砦の中に農園を作る意味などない。

村から輸送すれば済む話だ。

「ここで作るものは、村のものとは違って特別なんだ」

「特別って美味しさが違うってのか⁉」

「バカ言え。そんなものをこんな状況で作る必要などないだろう」

リカルドとラグムントのやり取りにクスリと笑ってしまう。

確かにいつも通りならそうなんだけど、今は状況が状況だからね。

「それでイサギの言う、特別っていうものはなんなの？」

「皆の身体能力を底上げするための作物さ」

「ええ!?　そんなものが作れるの!?」

「何を今さら言っているのですか、ネーア。村で作った食料にも微量ですが含まれていますよ」

「「えっ？　そうなの？」」

呆れながら言うメルシアの言葉にリカルドとネーアが間抜けな声をあげた。

ラグムントはそのことについて驚いた様子はないし、ちゃんとわかっていたようだ。

「……もしかして、気づいてなかったのですか？　雇用する際に、作物の効果については何度も説明し、資料もお渡ししたはずですが？」

メルシアが怒気をにじませながら言うと、ネーアとリカルドが思い出したとばかりに慌てて言う。

「た、確かにイサギさんの作物を食べてから身体の調子がよかったり、肌の艶がよくなったかも！」

「オ、オレもそんな気がするぜ！　前よりも重いものが楽に運べるようになったしな！」

「あくまで微増だから気づかないのも無理はないよ」

「だ、だよね！」

従業員たちは日常的にうちの農園の作物を口にしており、強化された状態が普通になっている。

俺がやってくる前までは栄養も足りていない様子だったし、作物による特別な恩恵だと思わないのも無理はない。

「そんなわけで、皆の身体能力を底上げするための作物を錬金術で調整して作ったから、いつも通りそれを栽培してほしいんだ」

「わかった！　とにかく、いつもと同じように作物を作ればいいいんだね？」

「それなら任せてくれ！」

「それじゃあ、早速砦に行って植えようか」

ネーアたちが理解してくれたところで俺たちは砦の中に入り、奥にある農地へと移動。

ここでは作物を栽培することを見越しており土だけで、他の場所のように手を加えてはいない。

「まずは土を耕そうか」

マジックバッグから鍬を取り出すと、ネーア、リカルド、ラグムントに手渡し、土を耕してもらう。

三人だけだと時間がかかってしまいそうなので、マジックバッグから大量の石材を取り出し、錬金術を発動。

ストーンゴーレムを三体ほど作り上げると、彼らにも鍬を持たせて土を耕してもらうことに。

「にゃー！　ゴーレムには負けないよー！」

ゴーレムだけじゃなく、ネーア、リカルド、ラグムントもザックザックと土を耕してくれる。最初は鍬を振るう姿がぎこちなかったけど、農園で何度もやるようになったからか今ではすっかり堂に入った姿だ。耕す速度も負けていない。

そして、土を耕したところにメルシアがズタ袋を抱え、錬金術で調整した肥料を撒いていく。

それらを軽く攪拌したら、俺は錬金術で調整した特別な作物の種を植える。

あとは水をかければ、すくすくと芽が出てくる。

「え⁉　もう芽が⁉」

「成長はまだ止まらないよ」

芽が出ただけで成長は止まらず、すくすくと苗を伸ばすとその先に葉っぱを茂らせ、先端に赤い色の実がついて、あっという間にトマトが出来た。

「うんうん、いい感じだね」

「成長速度、葉の大きさ、実の大きさ、色艶、どれも問題なさそうです」

傍らではメルシアが今回の作物の成長記録を詳細に記録してくれている。

身体能力向上に重きを置いた調整をしたが、作物の成長には何ら影響はないようだ。

この様子なら問題なさそうだ。

「待って待って。農業にそこまで詳しくないあたしでもトマトがこんな一瞬で出来ないってわかるわよ!?」

そんな様子を見て、レギナが取り乱した様子を見せる。

前に農園を視察にきたライオネルと違って、レギナはここでの農業の様子を見るのは初めてだ。驚くのも無理はない。

「まあ、これから始まるかもしれない戦に必要なのに悠長に栽培している暇はないからね。いつものように錬金術で調整して、成長速度を引き上げさせたんだ」

「ラオス砂漠での栽培はもう少し時間がかかっていなかった？」

「あちらでは土地に適合した肥料がありませんでしたし、育つはずのない作物を環境に適応させるだけで精一杯でした。しかし、それは時間が足りなかっただけで、もう少し研究する時間があれば、ラオス砂漠でもこちらと同様に一瞬にして作物を作り上げることができるでしょう」

レギナの疑問にメルシアが淀《よど》みのない口調で答えてくれる。

俺が答えようとしていた言葉そのものであるが、少しの時間でそれが実現するかは不明だ。とはいえ、助手であるメルシアにここまで堂々と言われては、そんな情けないフォローなんてできない。曖昧に頷いておく。

「案外、帝国が狙っているのって農園じゃなくて、イサギとかだったりしない？」

「私としてはその線も十分にあり得るかと思っています」

「怖いことを言うのはやめてよ」

解雇した宮廷錬金術師を取り戻すためだけに侵略するほど、帝国も暇ではないはず。そう信じたい。

「さて、作物の効果を確認してみようか」

手近にある赤い実を一つ取ると、そのまま食べてみる。

口にすると、トマトの甘みと酸味が口の中で広がる。

出来立てをすぐ食べているのでとても鮮度が高い。

そして、何よりすごいのが一口食べただけで筋肉が活性化していることだ。

全身の筋肉がほのかに熱を持ち、力が湧いてくる。

「あたしも一つ食べてもいい？」

「どうぞ」

許可をすると、レギナが傍にあったトマトをもぎ取り、服の裾で軽く拭ってから口に持っていく。

「こ、これすごいわ！　たった一口食べただけで身体中から力が湧いてくるわ！」

一口頬張ると、レギナが目を大きく見開きながら叫んだ。

レギナにもハッキリと知覚できたようだ。

俺は試しに石を拾い上げると、ゆっくりと手を握り込む。

すると、手の中にある石は擦りつぶされ、指の隙間からパラパラと砂が落ちた。

「見て見て！　トマトを食べたお陰で石を潰せたよ！」

「非力なイサギ様でもこれだけの筋力の増強が見込める。素晴らしい効果です」

メルシアの何気ない一言に俺は傷ついた。

「あ、うん。そうですね」

「あ、あの、イサギ様？　え、えっと、申し訳ありません」

落ち込む俺を見て、珍しくメルシアがあわあわとした様子を見せる。

自分が非力だってことはわかっているが、女性であるメルシアに真正面から言われると心にくる。

まあ、何度もお姫様抱っこされたり、担がれたりしているので仕方ないけど、たとえ非力だろうと男には男らしくいたい時があるものだ。

落ち込んでいると、すぐ傍らで地面を切り裂く音が聞こえた。

顔を上げると、レギナが大剣を振り下ろしたまま静止していた。

「うわっ、本当に力が増しているわね。軽く振っただけで地面が割れたわ」

大剣を振った風圧だけで地面が一直線に抉れている。

剣を振っただけで、どうして地面が抉れるのかわからない。

「何だか俺よりも力の底上げがすごいや」

「個体差あるいは種族によって影響力に差があるのではないでしょうか？」

帝国でも身体能力を向上させる作物を何度か作ったが、俺の作ったものを食べてくれた人はメルシアしかおらず、詳細なデータがないので判断できない。

「ねえ、イサギさん！　あたしたちも食べてもいい？」

「いいよ」

身体能力が向上すれば、ネーアたちの作業効率も上がる。

三人に食べてもらうことは悪いことじゃない。

「それじゃ、遠慮なくいただきまーす！」

元気よくトマトに齧《かじ》り付いて、ネーアたちが一口食べた。

「にゃー！　すごく力が湧いてくる！」

「本当だ！　こいつはすげえ！」

「普段の二倍くらいの力がありそうだ」

ネーア、リカルド、ラグムントがトマトを食べるなり驚きの表情を浮かべる。

「だけど、どうにも落ち着かない！」

「妙にソワソワとして落ち着かない気分だ」

「あぁー！　何だこれ⁉」

ネーア、ラグムントはソワソワとしており、リカルドは耐えきれなかったのか意味もなく跳ねたり、走り回ったりし始めた。

「身体能力が向上する代わりに、少し興奮する作用があるんだ。にしても、メルシアが食べた時よりも興奮が顕著に出ているね？」

帝城の工房や、プルメニア村の工房でメルシアは何度か食べてくれたが、こんな風に落ち着きがなくなることはなかった。個体による違いだろうか？

「私は何度も口にしており、慣れていますから」

そう言ってメルシアがトマトを口にする。

いつもより尻尾が元気よく動いているが、ネーアたちのようにソワソワとすることはなかった。

「食べるだけで身体能力をここまで上げることができるなんてすごいわ！」

「ありがとう」

人間族よりも、獣人族の方が身体能力は遥かに高い。この差をさらに開くことで少しでも戦況が有利になればと思う。

「他にも魔力を活性化させるための作物や、治癒力を高めるための作物もあるから、ドンドン作って皆の力になれればと思うんだ」

「ええ、ドンドン作っていってちょうだい！」

「にゃー！　この有り余った力を農業に活かすよー！」

「うおおおおお！　オレはやるぜー！」

身体能力がアップしているからだろうか、ネーア、リカルド、ラグムントが先ほどよりも速いペースで土を耕していく。その速度は疲労を感じることのないゴーレム以上だった。この速度で開墾できるのであれば、全員分を賄うことは十分に可能だな。

相手は万を越える軍勢だ。千人程度の戦力を強化したところで焼け石に水なのかもしれないだけど、一人一人の戦闘能力が上がれば、生存能力は高まる。

大切な人たちが少しでも生き残る確率が上がるのであれば、俺はそのための努力を惜しまない。

●

「ねえ、イサギ。この強化作物だけど、どのくらい効果が持続するのかしら？」

強化食材の栽培作業をネーアたちに任せていると、レギナが尋ねてきた。

「三時間ってところかな」

「その三時間が過ぎると、急に効果がなくなるのかしら？」

「三時間が最高のパフォーマンスを維持できる時間で、そこを過ぎると徐々に効力が失われていく感じだよ」

「なるほど……」

詳細な説明をすると、レギナが腕を組んで深く考え込む。

強化食材を利用した作戦や戦力の運用を考えてくれているのだろう。

「この強化作物だけど、すぐに補給できるようにできないかしら？」

「というと？」

「今回の戦いは持久戦になる可能性が高いわ。そう考えると、効力が三時間というのは少し心許ない。戦いが始まってしまえば前線に立っている人の全員が交代できるとは限らないから」

「つまり、戦いながらでも摂取できるのが望ましいということですね？」

「そういうこと」

「なるほど。確かに戦っている最中に悠長に食事することなんてできないもんね」

メルシアが要約してくれたことにより、俺もレギナが何を言いたいのかしっかりと理解することができた。

「効果を失うことなく加工するのが望ましいな。でも、これは少し時間がかかるかもしれない」

「ですが、イサギ様には砦の仕上げ作業、武器の作成、戦ゴーレムの作成とやることは無数にあります。あまりこればかりに力を入れるわけには……」

メルシアの言う通りだ。まだまだ俺がやらなくてはいけないことはたくさんある。だけど、強化作物を適切な形で提供することも大事な要素だ。

ああ、人手が足りない。

「料理のことなら僕たちに任せてください！」

どうするべきかと悩んでいると、後ろからそのような声がかかった。

「イサギさんが砦で農園を作るって聞いたから、何か役に立てることがあるんじゃないかと思ってね」

振り返ると、ダリオとシーレだけでなく、プルメニア村にいた女性の獣人たちが大勢やってきていた。

恐らく、ケルシーをはじめとする村人たちが到着したのだろう。

「ダリオさん、シーレさん！　それに村の皆さん！」

「プロの料理人ってわけじゃないけど、私たちでよければ力になるよ！」

「私たちのこともドンドン使ってくれていいから！」

「ありがとうございます。では、ここにある強化食材を使って、携帯食料を作ってくださると助かります」

「ただしできるだけ食材の効果を薄めないようにお願いいたします」

メルシアが強化食材の資料をシーレたちに渡しながら詳しく説明し、要望を伝える。

「わかりました！　やってみます！」

「できるだけやってみる」

強い意気込みをみせるダリオと、クールに返事をするシーレ。

これなら問題なく作業に取りかかることができるだろう。何なら俺が作るよりも料理人であるシーレとダリオが指揮をとって作った方がいいものができるかもしれないな。

農園や強化作物の方は皆に任せることにして、俺は砦の仕上げ作業に取りかかるのだった。

21話　錬金術師は砦に工房を作る

砦の仕上げ作業を行っていると、ケルシーをはじめとする多くの村人たちが到着した。

荷台の中には農園で作った食料や、武器、医薬品などの類が多く積まれており、それらが砦の内部へと運び込まれていく。

「今のうちに防壁の仕上げに移っちゃおう」

村人たちが動き回るのを横目に、俺とメルシアは砦の外にある防壁へ移動。

「メルシア、魔力鉱を」

「はい」

メルシアがマジックバッグから取り出した魔力鉱を手渡してくれる。

俺は魔力鉱を手にすると石材でできた防壁へと押しつける。

そのまま錬金術を発動させると、魔力鉱はずぶずぶと防壁に埋まっていく。

魔力を込めながら防壁に馴染ませると、薄灰色だった防壁が鈍色《にびいろ》になった。

魔力鉱が馴染んだ証だ。

「メルシア、少し叩いてみてくれる？」

「わかりました」

声をかけると、メルシアはこくりと頷いて防壁に近づく。

半身になって腰を落とすと、彼女は鋭い踏み込みをして右ストレートを叩きつけた。

ガイイインッと甲高い音が響き渡る。

魔力鉱は魔力を練り込むことで硬度を増幅させる効果のある鉱石だ。

ただの石材に混ぜるだけで防御力を大幅に上昇させることができる。

……はずなのだが、強化したばかりの防壁はメルシアの拳の形にくっきりと凹《へこ》んでいた。

「えっ⁉　強化したのに凹んでる⁉」

「申し訳ありません。先ほどの強化作物を食べたお陰で少し力が入ってしまいました」

「あ、ああ。そうだった」

そういえば、ついさっき強化作物を食べたお陰でメルシアの身体能力も向上しているんだった。

ただでさえ、力が強いメルシアをさらに強化すれば、魔力鉱を混ぜ込んだ防壁が凹んでもおかしくはないか……って、いやいや、錬金術で石材を圧縮し硬質化した防壁に魔力鉱まで練り込んだんだ。

いくら身体能力の強い獣人だからってこんなのはあり得ない。

そう思いながら俺は腰に佩《は》いている護身用の剣を手にし、防壁に叩きつけてみる。

すると、キイインッという音を立てて、護身用の剣が折れてしまった。

これも錬金術で作り上げたそれなりにいい剣なのだが、強化防壁の前ではあっけなく潰れてしまった。

「普通はこうだよね」

「はい。これぐらいの硬度があれば、帝国の魔道具の一撃にも十分耐え得るかと」

つまり、メルシアの一撃は帝国の魔道具よりも強力ってことになるのだが、深く考えるのはやめておこう。

錬金術でメルシアの手形のついた凹みを修復しながら余計な考えを切り捨てる。

「とりあえず、こんな感じでドンドン防壁を強化していこう」

「はい」

メルシアから追加の魔力鉱を受け取り、錬金術で防壁へと注入し、魔力で馴染ませる。

ライオネルやワンダフル商会からたくさんもらっているので、遠慮なく使わせてもらおう。

作業自体は単純で消費魔力も少ないのだが、何分防壁の範囲が広いので時間がかかる。

だけど、地味にそれを行っていくしかない。

俺とメルシアは砦の内部を周回するようにして防壁の強化に努めた。

「ふう、ようやく終わった」

「これで砦の防壁はより強固になりましたね」

ひたすらにそんな作業を繰り返すこと二時間ほど。

俺とメルシアは砦の外を囲う防壁をすべて強化することができた。

砂、石、岩で構成されており、薄灰色だったり、薄茶色をしていた防壁は、魔力鉱が混ざったせいか一面が鈍色になっていた。砦らしさが随分と増したと思う。

「さて、次は村人たちの武具の作成に取りかかろうか」

「その予定でしたが、先にイサギ様の工房を作りましょう」

「先に俺の工房を？」

「はい。村人の中には鍛冶師もおります。素材は潤沢にありますので武具の作成は職人に任せましょう。職人たちには既にその方向で話を通しております」

「でも、俺が作った方が早いよ？」

「イサギ様の体力と魔力は有限です。強化作物のように他の者に任せられるものは、他の者に任せてしまいたいと思います」

きっぱりと告げるメルシアであるが、それは俺の体調を案じているからだというのがよくわかった。

確かに俺一人でできることには限界があるからね。

武具の作成については職人たちが作り上げたものに、俺が錬金術で加工することによって仕上げることができる。時間はかかってしまうものの俺自身の負担はかなり少ない。

「わかった。ならメルシアの言う通り、工房の作成を優先することにするよ」

「ご理解頂きまして恐縮です」

そんなわけで防壁の強化を終えると、俺とメルシアは砦に入って工房を作ることにした。

砦内部に俺の工房を作っておくことは最初から決めていたので、どこに作るか迷うことはない。

錬金術を駆使して、自分好みの空間へとカスタマイズ。

基本的な間取りはプルメニア村にあるものとほぼ同じだ。その方が使いやすいからね。

空間が出来上がると、マジックバッグからテーブルやイス、ソファーなどを取り出し、錬金術に必要なビーカー、瓶、魔道具、錬金釜、棚、素材などを片っ端から設置。

これで俺の工房が完成だ。

「やや無骨であるのが不満ですね」

「まあ、砦の中だから仕方がないよ」

メルシアが納得のいかなさそうな顔をしている。

内装に拘りのあるメルシアからすれば、あまりにも無骨な室内を見るとリフォームしたくて仕方がないらしい。

メルシアがうずうずとした様子を見せる中、工房の扉が叩かれた。

「イサギ、メルシア！　あたしよ！」

「手が塞がっているんだ。すまないが扉を開けてくれないかね？」

どうやらレギナとケルシーが何かを手にしてやってきたらしい。

声を聞いて、メルシアがすぐに寄っていき扉を開けてくれた。

「わっ、もう工房ができてる」

「ちょうど今作り終わったところだよ」

「だったらちょうどよかったわ。村にあった武器を強化してもらおうと持ってきたの」

中央にある大きな台座にやってくると、レギナとケルシーは抱えていた武器をそこに乗せた。剣、大剣、弓、槌《つち》、槍《やり》、斧《おの》といった様々な種類のものがある。

普通の鉄でできたものもあれば、魔力鉱、鉄鉱石、鋼などが混ぜられたものもあった。

「中には長年納屋に仕舞われていて使われていなかったものもあるのだが、大丈夫そうだろうか？」

「これなんかは少し錆《さ》びていますが、魔力鉱で構成された立派な剣ですね。錬金術で補修してやれば、問題なく使用することができますよ」

「本当か！」

マジックバッグから魔力鉱を取り出すと、錆びた剣を手にして錬金術を発動。

錆の成分を抽出し、老朽化していた部分を除去。代わりに不純物を取り除いた魔力鉱を織り交ぜてやり整形。魔力がしっかりと馴染むと、鈍色の光を放つ魔力鉱の剣が出来上がった。

「こんな感じですね」

「すごいわね！　錆びた剣がまるで新品のようになったわ！」

「さすがはイサギ君だ。他にも武器は鍛冶師の人が作ってくれている。また出来上がり次第、強化をお願いしてもいいかね？」

「ええ、ドンドン持ってきちゃってください」

ゼロから整形して作るとなると、時間もかかる上に魔力も多く消費するが、元からあるものを強化、再利用、補修するくらいなら負担も遥かに小さい。

この程度の作業であれば、半日で百本以上は作れるだろう。

「わかった。そのように伝えておこう」

そのことを伝えると、ケルシーは軽快な足取りで工房を去っていった。

忙しいレギナも一緒に戻るかと思っていたが、彼女は難しい顔をして立っていた。

「……イサギ、軍用魔道具を作ってくれない？」

レギナのその言葉に俺の心臓がドクリと大きく跳ねた気がした。

22話　錬金術師は魔法剣を作る

「軍用魔道具を作ってくれない？」

レギナが真剣な表情で俺にそんな言葉を放った。

生活を豊かにするための魔道具ではなく、人を傷つけるための魔道具を創造すること。

俺にとって魔道具とは人々を豊かにするものだ。それとは対極にある軍用魔道具は作りたくない。

「ごめんなさい。イサギが人を傷つけるための魔道具を作るのが嫌いだって知っているのに、こんなことを頼んで」

「いや、レギナは悪くないよ。王女としてこの国を守るために必要なことを言っているだけだから」

俺がレギナの立場でも同じことを頼むに違いない。

これから始まるかもしれないのは命を奪い合う戦争なんだ。作るのが嫌いだとかいう個人的な理由で放置していい問題ではない。

大人数での争いで活躍するのは魔法による範囲攻撃。

戦争で軍用魔道具がどれほどの効果を発揮するのかは、言うまでもないだろう。

ただでさえ、獣人は人間に魔力の保有量も劣っており、魔法の文化も遅れている。

魔法で太刀打ちするのは不可能に近い。そんな絶望的な差を埋めるのが、軍用魔道具だ。

軍用魔道具さえあれば、魔石の魔力が切れない限りは獣人でも魔法の力を振るうことができる。

魔力の少ない獣人だろうと大魔法に匹敵する威力の攻撃を放つことができる。

そんな重要なものを使用しない手はない。

「本来ならばすぐに作成に取りかからないといけなかったはず。それをしていなかったのは俺が嫌なことから目を背けていただけにすぎないんだ」

「……イサギ様」

本当の意味で俺の覚悟は決まっていなかったのかもしれない。心のどこかでまだブレーキを踏んでいた自分がいた。

でも、そんな甘い気持ちじゃ大切な人を守れないんだ。

「もう目を背けるのはやめる。軍用魔道具を作るよ」

軍用魔道具だけじゃなく、武具、アイテム、あらゆるものを錬金術で作り上げて帝国に対抗する。

それが俺にできる村の守り方だ。

「ありがとう、イサギ」

「礼を言うのはこっちだよ。レギナのお陰で目が覚めた」

彼女が意を決して言ってくれなければ、俺はズルズルとあと回しにしていたかもしれない。

自分のできる最大限のことをせずに敗北したとあっては悔やんでも悔やみきれないし。

早めに気づかせてくれたことに感謝だ。俺は俺のできることをすべてやろう。

「早速、作ってみるよ」

そのために俺は先ほど強化したばかりの剣を取り、再び錬金術を発動。

作り出すのは剣に魔法の力を宿す魔法剣だ。

刀身に炎の魔法式を刻み始める。

魔力の偏りが出ないように集中。

込める魔力は常に一定で、ひと払いまでしっかりと意識して刻み込んでいく。

最後の文字を刻み終えると明滅し、刀身が淡い赤色へと変色した。

「完成。火炎剣」

ただの魔力鉱でできた剣は、俺が魔法式を刻み込むことによって火属性の力を宿した魔法剣へと姿を変えた。

「続けて何本か作ってみようか」

火炎剣をメルシアに渡すと、二本目にとりかかる。

しっかりと呼吸を意識しながら一文字一文字を丁寧に。ちょっとした文字や魔力の乱れが、そのまま武器へと影響するので片時たりとも気を抜くことはできない。

二本目も完成し、三本目、四本目にも着手していく。

半年ほどのブランクがあったが五本目になると、俺の身体も徐々に作り方を思い出してきたのか魔法式を刻む速度は最初に比べて二倍ほど早くなっていた。込められた魔力にムラなどは一切ない。

「とりあえずはこんなものかな」

火炎剣、氷結剣、雷鳴剣、風刃剣、土精剣といった各属性の魔法剣が完成した。

「えっ？　魔法剣ってこんなにも早くできるものなの？」

「もうちょっと数をこなせば、もっと早くなるよ」

「そ、そう」

たった五本ではウォーミングアップにもならない。

あと二十本ほど作れば、身体も温まってもっと早く生産できるようになると思う。

「二人ともちょっと魔法剣を使ってみてくれないかな？　久しぶりに作ったから感触を確かめておきたいんだ」

「あたしでいいのなら」

「もちろん、私も協力いたします」

「ありがとう。ここじゃ危ないし、砦の外で使ってみようか」

砦の内部にもちょっとした演習スペースはあるけど、今はそっちで訓練をしている村人もいるので使用することはできない。

魔法剣の危険性から砦の外で実験するのがいいだろう。

そんなわけで、俺とレギナとメルシアは魔法剣を手にして砦の外へ。

砦の外には谷底しかなくロクな障害物もなかったので、俺が錬金術を使用して土を隆起させ、五つほどの標的を作った。

「それじゃあいいかしら？」

「どうぞ」

「まずは火炎剣からいくわ！」

レギナが火炎剣を上段に構えて、ゆっくりと魔力を流していく。

赤い刀身から熱気が放出されると同時に勢いよく発火。燃え盛る炎が刀身にとぐろをまく。

……うん、炎の発動もスムーズだし、制御もちゃんとできている。

火炎剣は正常に作動している。

「はっ！」

レギナがこちらに視線を送ってきたので、こくりと頷いてやると、彼女は勢いよく火炎剣を振り下ろした。

刀身を包んでいた炎が射出される。

勢いよく迸《ほとばし》った炎の大砲は標的へと着弾し、爆炎を撒き散らしながら岩を破壊した。

「使い心地はどう？」

「バッチリよ！　とても使いやすいわ！」

魔法剣を使って興奮しているのか、レギナは楽しそうに感想を述べた。

「では、私は雷鳴剣を……」

メルシアが翡翠色の剣に魔力を込めると、青白い雷の力が刀身に纏わりついた。

バチバチと音を立てながら雷を収束させると、メルシアは魔法剣を薙ぎ払う。

収束された雷が一気に解放され、一直線に突き進んだ雷は岩を貫通した。

「さすがはイサギ様の魔法剣ですね。そこらのものとは物が違います」

刀身の電気を振り払いながらメルシアがうっとりとした様子で呟く。

「なんかメルシアとあたしで魔法剣の使い方が違う？」

レギナが、手元にある火炎剣とメルシアの雷鳴剣を見比べながら言った。

一目見ただけでそのことに気が付くとはセンスがある。

「それは使い方の問題です」

「使い方？」

「魔法を放つ時と同じように魔力の操作をすることで変化を起こすことができます。私はただ雷を放つのではなく、一度収束させることによって威力と貫通力を高めました」

もちろん、魔法剣の属性によって威力などに変化が出るが、二人の威力に大きな差が出たのはそういった応用技術の差だ。

メルシアはあまり魔法が得意ではないが、俺の作った魔法剣をよく振っていたのでそういった運用は得意だ。

「あっ、本当だわ！　炎の威力が上がった！」

メルシアの解説を聞きながらレギナが火炎剣を振るうと、さっきに比べて炎がより大規模になって岩を呑み込んだ。

「魔力を限界まで収束させて解き放つイメージで操作すれば、爆破が強化されるよ」

「やってみる！」

アドバイスを送ってみると、レギナが実際にそのように魔力を込めて火炎剣を振るう。

すると、炎は控え目であったが、岩に着弾した瞬間に爆発を起こした。

「……すごい。魔法剣といってもこれだけ性質に変化を加えられるんだ」

「魔力の扱いに長けている人だからできる技術だけどね」

魔法の素養がなかったり、魔力操作に慣れていない一般の兵士ではこのような性質変化を起こすことはできない。この二人だからいとも簡単にできるだけ。難しい技術だ。

「これだけ使い勝手がいいなら、自分で魔法を付与するよりもいいかもしれないわ」

ラオス砂漠にてレギナは大剣に炎を付与して戦っていた。

その一撃はとても強力でキングデザートワームを一撃で屠るほど。

「さすがにそれは言いすぎだよ」

「あの技は連発できないし、人間を相手にするならこっちの方が魔力も抑えられるのよ」

確かにレギナのあの一撃は強力だが、人間を相手にするには明らかにオーバーキルだ。

逐一魔法を発動し、加減をしながら戦うよりも威力の調整が楽な魔法剣にしてしまう方がストレスなく戦えるのかもしれない。

「……ならレギナのために魔法大剣を作っておこうか？」

「ありがとう。とても助かるわ！」

お世辞などではなく本当に必要としているのであれば、錬金術師としてそれに応えるまでだ。

23話　錬金術師は小休止を挟む

火炎剣、雷鳴剣、風刃剣、土精剣、氷結剣の試運転が問題なく終わると、レギナがよろめくように片膝をついた。

「大丈夫かい？　レギナ!?」

「ええ、大丈夫よ。すごい威力だけど……かなり魔力も持っていかれるわね……」

どうやら魔法剣の使用により急激に魔力を消耗してしまったようだ。

「魔力回復ポーションです」

「あ、ありがとう」

メルシアが魔力回復ポーションを渡すと、レギナは瓶を開けてこくりと飲んだ。

時間が経過すれば、レギナの魔力も完全に回復するだろう。

「これは俺のミスだ。もう少し魔法式を調整するべきだった。ごめん、レギナ」

「いいえ、あたしも浮かれて多く魔力を流しちゃったわ。イサギが謝ることじゃないわ」

帝国にいた騎士、魔法使いなどに比べると、獣人の魔力総量は少ない。

そのことを念頭に置いた上で魔法式の調整をしなければならなかった。

「強化食材で魔力を増やせばどうかしら？」

「それなら倒れずに済むけど、消耗はかなり大きいよ？」

「それでもこの威力の武器は使う価値がある。だから、念のために何本か作っておいてほしいわ」

「わかった。レギナがそう言うなら……」

あくまで戦争の指揮を執るのはレギナだ。

指揮官である彼女が必要だと言うのであれば、作っておくことにする。

「でも、魔法剣は絶大な効果があるけど、獣人の特性を考えると合っているとは言い難いな」

「……そうね。できれば、魔力を消費しないものがいいわね」

「でしたら、投擲《とうてき》魔道具を作ってみるのはいかがでしょう？」

レギナと唸っていると、メルシアがそのような提案をした。

「投擲魔道具？」

確かに魔力を使用しないし、使いやすい魔道具の一つだが、戦争で役に立つのだろうか？

「人間でしたら投擲できる距離に限界があるので使用が難しいですが、我々獣人の膂力《りょりょく》を持ってすれば……」

俺のそんな疑問を解消するようにメルシアが足元にある石を拾い上げて投擲。

それだけで五十メートルほど先にある岩が破砕された。

「長距離魔法並の威力が出せます」

「そうか。獣人の長所を伸ばす形で魔道具を作ってやればいいのか」

獣人の長所は、鋭敏な感覚機能と驚異的な身体能力だ。身体を使う、単純な魔道具の運用こそ真価を発揮すると言えるだろう。

「だったら単純に身体能力を強化する魔道具を作ろうかな。他にも安全に敵に接近できるように魔力障壁を生成する魔道具もあると便利そう」

こうやって魔道具の話をするのは楽しいな。

できれば、その魔道具が軍事的なものではなく、生活を豊かにするための話し合いであれば、とても幸せだったのだけど状況的に仕方がない。

今は生き残るための魔道具を作るけど、落ち着いたら皆で人々を笑顔にするための魔道具談義をしたいや。

●

レギナ、メルシアと話し合って、生産する魔道具の主な方向性を決めると、俺は砦に籠ってひたすらに作業に没頭していた。

魔法剣の生産、村人の使う武具の強化、障壁の魔道具、耐性魔道具などと俺が作るべきものはたくさんある。

そんな中、今作っているのは魔石爆弾だ。内部には属性魔石が埋め込まれている。

微量な魔力を流すことで臨界寸前の魔石が起動状態となり、あとは敵のいるところに投げ込んでやれば衝撃で自動的に爆発する仕組みだ。

錬金術による魔力加工を応用して兵器化した魔道具である。内部に埋め込む属性魔石を変えれば、それぞれ用途の異なる属性爆弾へと変化させることができる。

人間だと精々数十メートルほどしか飛ばせないので、ちょっとした飛び道具や自衛用の魔道具といった位置づけであるが、獣人が使えば恐ろしい性能になるのはメルシアの実例で立証済みだ。

生産された魔道具や武具のいくつかは戦う村人に配布されており、レギナやケルシーの監督の下練習を行っているようだ。

いくら身体能力の高い獣人とはいえ、使ったこともない武具や魔道具を実戦で使うのは危険だからね。

しっかりと魔道具やアイテムの特性を把握した上で使ってもらえたらと思う。

「ただいま、戻りました」

「お帰り、メルシア」

魔石爆弾を作っているとメルシアが工房に戻ってきた。

「魔物の数はどうだった？」

「今日はほとんどおりませんでした。ここ二日の間引きによって、この辺りが我々の縄張りだと理解できたのでしょう」

「それはよかった」

彼女は砦の安全確保のために、周囲にいる魔物の討伐をしてくれていたのだ。

前から帝国、後ろからは魔物が襲ってくるなんてことになればシャレにならないからね。

「魔石は八個ほど手に入りました」

「ありがとう。無属性の魔石でも十分な効果を発揮するから助かるよ」

あまり質のいい魔石で加工すると、魔石爆弾は取り扱いが難しくなってしまう。

魔道具の扱いに慣れていない人には、普通ぐらいの質の魔石がちょうどいい。

テーブルの上に並べられた魔石に手を伸ばすと、その上に手が重なる。

思わず顔を上げると、メルシアがこちらを覗き込んでいた。

「……イサギ様」

「ど、どうしたのメルシア？」

尋ねるもメルシアは真剣な表情でこちらを覗き込んでくる。

思わず仰《の》け反《ぞ》って距離を取ろうとしても、手を押さえられているために逃げることができない。

このままいくとキスでもされるんじゃないか。

そんな思考がよぎってしまって心臓がドキドキする。

「もしかして寝ていませんね？」

こちらを凝視しながらの言葉にさっきとは別の意味でドキッとした。

「そんなことはないよ」

「私の目を見て言ってください」

メルシアが両手で俺の顔を挟んで無理矢理自分の方を向かせる。

抗えば、首の骨が折れるんじゃないかって力だった。

「……ちゃんと寝てるよ？　ほら、顔色だって悪くないでしょ？」

なんて言ってみせると、メルシアは悪徳錬金術師を見るような目になった。

「ポーションを飲みましたね？」

「飲んでないよ」

「いいえ、飲みましたよね？」

確信があるのか、メルシアが語気を強めて再び問いかける。

これ以上誤魔化したら本当に怒られてしまいそうだ。

「……はい。ポーションを飲んで二徹しました」

「やはり」

「何でわかったの？」

強壮ポーションを飲んだために目にクマができていたり、顔色が悪くなったりというようなことはない。疲労は一切感じさせていないはずなのだが、何でわかったんだろう？

「イサギ様のことは毎日見ていますから私にはわかります」

「そ、そうなんだ」

毎日見ていればわかることらしいが、俺にはわかる気がしないな。

「やはり、父さんを無理矢理にでも説得して、イサギ様と同室にさせてもらうべきでした。男女で寝室を分けるから私が目を離した隙にイサギ様がこのような行いを……」

「いや、いくら戦時中でも寝室は分けないとダメだよ」

帝国と戦うよりも前にケルシーと戦うことになって大変なことになるから。

「二徹はやりすぎです。今日のところはこの辺りにいたしましょう」

「もう少しだけ作業をさせて！　今日はまだ三百個しか作れていないし！」

プルメニア村や近隣に住む集落の人たちが集結し、この砦に集結している戦力はおよそ千人ほどだと聞いた。

全員が戦う人員ではないが、魔石爆弾は獣人ならば誰でもある程度の威力を発揮する強力な魔道具だ。可能なら全員が二個は所持できるだけの数を作っておきたいんだ。

「今日、あるいは明日にでも帝国が姿を現したらどうするのですか？　そんな状態で戦いに加わっても十分に力を発揮することはできませんよね？」

「その時はポーションを重ねて無理矢理にでも――」

「ただでさえ魔力消費と生成を繰り返して身体を酷使しているのに、その上にさらに重ねるのですか？　間違いなく倒れますよ？」

ポーションが誤魔化しにしかならないことは俺がよく知っている。所詮は先送りにしているにすぎないのだ。

「で、でも……」

「イサギ様が私たちを大切に思ってくださるように、私たちもイサギ様のことを大切に思っています。そのことを忘れないでください」

メルシアが真剣な顔で訴えてくる。

そうか。俺なんかのことを心配してくれる人が今ではたくさんいるんだ。

こんな大事な時に倒れて、皆に不要な心配はかけたくない。

「ごめん。また一人で焦ってた。作業はやめて眠ることにするよ」

「そうなさってください」

作業を中断すると、俺は顔を洗って歯を磨き、工房の奥にある寝室へ移動。

ローブを脱いでハンガーにかけると、そのままベッドに寝転がる。

「……ところで、何でメルシアがいるの？」

ベッドの脇のチェアにはメルシアが腰かけている。

「私が目を離すと、イサギ様はまた作業を再開される恐れがありますから。ここで眠りにつくのを見守らせていただきます」

正直、異性が目の前にいると非常に眠りづらいのだが、彼女の目を盗んで無理をしていた俺が悪いので反論の余地はない。

「ほら、目を瞑《つむ》ってください」

メルシアが俺の髪を優しく撫でながら言う。

口を開いて子供じゃないんだけどと言おうとしたが、やはり体力のない俺の身体に二徹の負荷は大きかったらしく睡魔が襲ってくる。

強烈な眠気に俺は抗うことができず、ゆっくりと瞼《まぶた》を下ろすのだった。

●

目を覚ますと、すっかり工房の中が薄暗くなっていた。

ゆっくりと上体を起こす。

眠り始めた時刻が昼間だったから、半日くらいは眠っていた計算になるなぁ。

傍らに置かれてあるチェアにメルシアの姿はない。

俺が眠ったのを確認して自分の仕事に戻ったのだろうか。

ボーッとする頭でそんなことを考えていると、寝室の扉がノックされた。

タイミング的に俺が目を覚ましたのを察知したのだろう。すごい聴覚だ。

「イサギ様、お目覚めでしたら食事などいかがでしょう?」

朝も昼も食べていなかったために食事と言われた瞬間に、俺の胃袋が訴えを上げた。

「お願いするよ」

「かしこまりました。温めますので少々お待ちください」

「うん」

返事をすると、メルシアが遠ざかっていく。

俺はその間に軽く寝癖を直し、壁にかけてある魔道ランプを起動して、部屋に灯りを点けた。

こんなに長い時間眠ったのは久しぶりだ。それでも、まだ少し眠気があって頭が重い。

まだ完全に疲労が取れてはいないのだろう。

メルシアの言うことを聞かずにあのまま作業を続けていたら間違いなく倒れていたな。

彼女の言うことを聞いてよかった。

しみじみと思っていると、メルシアが扉を開けて入ってくる。

トレーに載っている深皿からは湯気が上っており、優しい野菜の香りがした。

「砦の農園野菜を使ったスープです」

「砦のってことは強化作物?」

「はい。ダリオさんやシーレさんがイサギ様のために調整して作ってくださいました」

「それはありがたいや」

「他にもレギナ様から要望通り、強化作物を即座に補給できるように兵糧丸やシリアルバーが作成されていますよ」

メルシアが兵糧丸とシリアルバーらしきものを見せてくれながら言った。

「それもできたんだ⁉」

「はい。皆さん、一丸となって頑張ってくださっています」

「そうか」

俺だけでなく皆にいる他の皆も各々ができることをやってくれている。

強化作物でできた携帯食を見ると、それが実感できたような気がした。

「どうぞ、召し上がってください」

「ありがとう」

メルシアからお皿を受け取る。

「大きなタマネギだ」

お皿には大きなタマネギが浮いており、ブロッコリー、ニンジン、キャベツ、ベーコンといった具材も入っていて、とてもいい香りを放っている。

匙《さじ》を手に取ると、中央にある大きなタマネギを崩す。

しっかりと煮込まれたタマネギはとても柔らかく、匙で簡単にほぐすことができた。

スープと一緒にほぐしたタマネギを口へ運ぶ。

「甘くて美味しい！」

タマネギの濃厚な甘みが口の中へ広がる。

スープにはタマネギだけでなく、他の野菜の甘みや旨みも染み込んでおり、噛みしめるたびに濃厚な味を吐き出す。

どの具材も柔らかくて美味しい。ベーコンのほどよい塩気が食欲をさらに増進させるようだ。

ひとしきり具材を味わうと、今度はスープだけを飲んでみる。

甘い。だけど、砂糖のようなしつこさはない。身体に無理なく吸収されるような透明感のある甘さだ。自然と喉の奥へ通っていき、胃袋へと収まっていく。

栄養に飢えていた身体が喜ぶのがわかる。

お腹が空いていたこともあり俺の匙は止まることがなく、気が付けばお皿の中は空っぽになっていた。

「ごちそうさま」

「お粗末様でした。もうひと眠りされますか？」

「うん。もう少し寝るよ」

食べたら胃袋も満足したのか、またしても眠気が襲いかかってきた。

身体が本能的に休息を欲しているのだろう。

食べ終わったお皿をメルシアが回収してくれる。

「ダリオとシーレにお礼を言っておいてくれるかな？」

「はい。確かに伝えておきます。今夜はしっかりと休み、万全になった明日から頑張りましょう」

メルシアの心地よい声を耳にしながら、俺はまたしても意識を落とすのだった。

24話　錬金術師は密かに実験をする

翌朝。俺はスッキリとした目覚めを迎えた。

身支度を整えて工房に出ると、メルシアが室内の掃除をしてくれていた。

「おはようございます、イサギ様。お身体の調子はいかがですか？」

「自分でも驚くくらいに絶好調だよ」

「それはよかったです」

昨日までは鉛のように重かった身体がとても軽く、頭痛もまったくない。

魔力も完全に回復しており、体内での巡りもいい。

強化作物による料理を食べ、ぐっすりと眠れたのがよかったようだ。

メルシアとやり取りをしていると、レギナが顔を見せにきてくれた。

「イサギ、調子はどう？」

「おはよう、レギナ。休ませてもらったお陰で調子はバッチリだよ」

「そう。皆、イサギのことを頼りにしているんだから、あんまり無理をして心配させちゃダメよ？」

「うん。ほどほどにしておくよ」

「もう無理をしないとは言わないのね？」

「そうでもしないと迎撃できそうにないからね」

一国の主戦力と辺境の村が張り合うんだ。無理をしないと勝てる相手じゃない。

レギナもそれをわかっているのか、無理に止めるようなことはなかった。

「帝国の様子はどう？」

「一応、交代で斥候を出しているけど、今のところそれらしい姿は確認していないわ」

「そうか。とはいえ、今日、明日くらいが怪しいね」

「ですね」

そんな俺とメルシアの呟きを耳にして、レギナが小首を傾げた。

「え？　帝国がこっちに到着するには、もう少しかかるんじゃない？」

「それは俺たちが情報を仕入れるより前に帝国が発っていなければの話だよ」

獣王国からプルメニア村に帰還するのに二日、レディア渓谷に砦を作り始めて三日目。既に五日も経過している。

帝国からプルメニア村までやってくるのに俺とメルシアは馬車で一か月ほどかかったが、それは費用を極力抑え、乗り合い馬車の都合などに合わせたからこれほど日数がかかっただけであり、帝国が真っすぐにこちらにやってくるのであれば二週間もかからない。

「それはもちろんあたしも想定しているけど、どう考えてもこっちに向かうのに三週間はかかるわ。帝国領はかなり広い上に、いくつもの険しい山や森があるもの」

国の主戦力が移動するのは容易ではない。距離が遠ければ、兵士は疲弊し、物資も減ってしまう。途中で大きな街などに寄って物資を補給し、兵士を休ませる必要がある。

「うん。だから帝国は国内にある街や村から兵力や物資を徴収して無理矢理突き進んでくるよ」

「え？　軍がそんな無茶をするもの？」

「帝国はそういう国なんだ」

俺の言葉にレギナが唖然とした顔になる。

レギナの主張はもっともであるが、一つ違う点があるとすれば帝国に対する理解の差だろう。これればかりは仕方がない。

「それに帝国にはイサギ様ほどではありませんが、何人もの宮廷錬金術師がいます。それらのポーションを使用して強行軍をしている可能性は非常に高いです」

俺が徹夜をするために作った強壮ポーション。あれらの類を使用すれば、通常の進軍速度を遥かに上回る速度で移動することができる。

「……そう考えると、そろそろ帝国がここに到達してもおかしくはないわね」

「ごめん。俺たちがもっとよく帝国のことを伝えていればよかったよ」

「いいえ、確認を怠ったあたしも悪いわ。今はとにかく、そのことを皆に周知しておくわ」

「うん。お願いするよ」

事の重大さを理解したのか、レギナが血相を変えて工房を飛び出していく。

俺とメルシアは帝国で何十年と過ごしてきたので、帝国のことを当たり前にわかっているが、他の人からしたらそうでもない。これは失敗だったな。

工房の外に出ると、あちこちで職人たちが砦の補強をしたり、迎撃用の兵器を取りつけたりしている姿が見えた。

演習場へと顔を出すと、大勢の獣人たちが武具を纏って連携の訓練をしていた。

それを眺めていると、訓練を中止して先頭にいたケルシーが近づいてくる。

「イサギ君、おはよう！」

「武具の調子はどうですか？」

村長であるケルシーをはじめとする、元兵士、狩人などの荒事に慣れている人には、俺が錬金術で作ったマナタイト製の武具を支給してある。

「絶好調さ。マナタイト製の武器を使えば、石だってバターのように斬れるからね」

「防具だって少し魔力を込めれば、かなりの防御力になる。これらがあれば怖いもんなしだ」

マナタイト製の武具は魔力を込めることで攻撃力を高めたり、防御力を高めたりと様々な変化を起こすことが可能だ。

全員に支給することはできないが、村の最高戦力であるケルシーたちが装備していると非常に心強い。

「そして、最高なのは耳と尻尾が窮屈じゃない。これは我々獣人にとって重要なことだ」

「ありがとうございます。皆さんのご要望に応えた甲斐がありました」

獣人たちに防具を作るに当たって一番苦労したのが、耳や尻尾の稼働問題だ。

今まで人間にしか装備を作ったことがなかったのでこれには苦労した。

しかし、その甲斐もあってケルシーをはじめとする獣人の方には評価をもらえたようだ。

「さっきレギナ様から聞いたんだが、我々が予想しているよりも遥かに早くやってくる可能性があるそうだね？」

「はい。俺たちの共有不足でした。すみません」

「いや、我々も状況に浮かれ、どこか楽観的になっていた。二人が悪いなどとは誰も言うまいよ」

「そうですよ。皆、イサギ様を頼りすぎです。もっと自分にできることをやってください」

「ぬう、そう言われると耳が痛いな」

準備で色々と駆け回っている俺を傍で見ているせいか、メルシアの意見が辛辣だ。

「いいんですよ。錬金術師にとって活躍の場は準備やサポートにあるので。その代わり、戦いになった時は頼りにしていますからね？」

「ああ、必ずその期待に応えてみせよう」

頼りになる笑みを浮かべると、ケルシーは元の集団へと戻って訓練を再開した。

演習場から農園へと移動すると、ネーア、リカルド、ラグムントがゴーレムと共に農作業に励んでいた。

「イサギさん、体調は大丈夫ー？」

「皆の作ってくれた作物の効果もあって全快です」

「にゃはは、よかった。イサギさんが眠ってる間、メルシアはソワソワして作業も手につかなかったからね」

「ネーア！　余計なことは言わなくていいですから！」

頬をほのかに染めたメルシアが追いかける。

ネーアが楽しそうに逃げ回り、リカルドやラグムントもそんな光景を微笑ましそうに眺めている。

こんな平和な日々が続けばいいのに。

だけど、刻一刻と帝国が忍び寄ってきていて……。

絶対に誰も死なせたくない。

この幸せな光景を守るために俺も覚悟を決めよう。

「メルシア、俺は先に作業に戻るよ」

「それでは私も――」

「いや、今日作るものはそれほど手伝えるものもないし、レギナの補佐をしてあげてくれるかい？

今朝の話で色々と再調整することがあるだろうし」

俺を除くと帝国について詳しいのはメルシアだけだ。レギナの中で色々と作戦変更もあるだろうし、その時に帝国について詳しい彼女がいてくれた方が修正も捗るはず。

「わかりました」

メルシアが頷くのを確認すると、俺は一人で砦の廊下を歩く。

「……コクロウ」

廊下を歩きながら名前を呼ぶと、影からコクロウがぬっと現れた。

今まで姿を現してはいなかったようだが、ずっと影には潜んでいたらしい。

「何だ？」

「ちょっとこれから危険な実験をするから俺の護衛を頼めるかな？」

「護衛ならあの小娘に頼めばよかろうに」

「これから行う錬金術はあんまり綺麗なものじゃないから」

何せこれから行う錬金術は軍用魔道具以上に人の命を奪うためのものだ。

とても醜悪でメルシアに見せられたものではない。

「我ならいいとでも？」

「コクロウならそういうのは気にしないかなって」

「別にあの小娘も気にしないと思うがな」

「男としての意地ってやつだよ。たまにはカッコつけたいんだ」

「今まで散々情けない姿を晒しているようだが？」

「うっ、それについては触れない形で頼むよ」

日頃からメルシアにお世話になりっぱなしだし、魔物からも守ってもらっている。

昨日なんてベッドで寝かしつけられたばかり。とても男の意地なんて言えるものでもない。

それでも男にはカッコつけたい時ってのがあるんだ。

「フン、まあいい。戦争とやらの前の準備運動にはなるだろう」

「ありがとう。助かるよ」

コクロウに礼を言うと、俺は砦の外に出た。

「よし、この辺でいいかな」

そのまま遠くまで移動し、誰にも見られない場所にまでやってくると俺はマジックバッグから種を取り出した。

続けて植物系の魔物の素材と魔石を取り出すと、俺はそれらを合わせて錬金術を発動。

ごく普通の種に魔物の因子が加えられる。

「試作品一号の完成だ」

「随分と禍々しい種だな」

出来上がった種はコクロウが言うように禍々しい形とオーラを放っていた。

「その種で何をするつもりだ？」

「こうやって戦力を生み出すんだよ」

コクロウが首を傾げる中、俺は種をポトリと地面に落とした。

すると、種はずぶずぶと勝手に地面に沈んでいき、急成長。

芽を出し、枝葉を実らせると、茎の中央にぎょろりと大きな目玉を開眼させた。

「何だ？　この醜悪な植物は？」

「錬金術で作った作物さ」

「これが農園と同じ作物とでも？」

「ああ、農園と同じように品種改良をしただけだよ。ただし、改良する方向性を変えただけさ」

作物として収穫させるための成長率、繁殖率、病害耐性、甘み向上、そういったものをすべて切り捨て、魔物の因子をはじめとした、凶暴性、繁殖性、攻撃性などを加えた。

いうなれば、錬金術によって作り出された錬金生物と言えるだろう。

こんなものをなぜ作れるのかというと、作物の品種改良をする際に試行錯誤をしていたら作れるようになってしまった。

植物、魔物の因子について深く研究した俺だからできる技術だろうな。

「で、コイツは貴様の言うことを聞くのか？」

「多分、聞かないと思う」

俺のその答えを肯定するかのように錬金生物が棘の生えた蔓を振るってきた。

こちらの首を跳ね飛ばそうと迫ってくる蔓だったが、コクロウが割り込んで爪を振るうと綺麗に切断された。

　そのままコクロウは着地すると、視線を錬金生物の方に向ける。

　気が付けば錬金生物は自らの足元にある影に串刺しにされていた。

「まったく、自分で作っておいて言うことを聞かないとはどういうことか」

　ため息を吐きながらコクロウが影の行使を解除すると、錬金生物から紫色の血液のようなものが漏れた。自分で作っておきながら気味の悪い光景だと思う。

「そのためにコクロウに護衛を頼んでいるんだよ。ある程度の言うことを聞いてくれる個体を生み出すために」

「ある程度でいいのか？」

「味方が大勢いる中で運用するつもりはないからね」

　完全な錬金生物を作るにはあまりに時間が足りないのも大きな理由だが、敵陣の真っただ中で生み出してやれば、勝手に帝国兵を敵だと認識して攻撃してくれる。

「フン、人畜無害そうな顔をして中々にえげつないことを考えるのだな」

「あんまりやりたくないけど、大切な人たちを守るためだから。そんなわけでコクロウにはもう少し付き合ってもらうよ」

「この程度の強さならいくら数がいようが問題はない。一気にやれ」

「それじゃあ、ドンドン試させてもらうよ」

　俺はコクロウがいるのをいいことに遠慮なく、錬金生物を作り出していくのだった。

25話　錬金術師は魔物と出陣する

それから俺は魔道具やアイテムを作ったり、砦をさらに堅牢にしたり、軍用ゴーレムを生産したり、レギナのための魔法大剣を作ったり、コクロウと一緒に様々な錬金生物を作ったりと自分にできることを行っていた。

慌ただしく準備に奔走していると、あっという間に時間は経過していき……。

そして。

「て、帝国の軍勢が見えました！」

遂に斥候に出ていた獣人からそのような報告が入った。

「落ち着いて。帝国兵を目視した場所を教えてちょうだい」

帝国の襲来にレギナは動揺することなく冷静に尋ねた。

「帝国と獣王国を隔てるテフラ山脈の中ほどで目視しました！　このまま行けば、あと半日もしないうちにレディア渓谷に足を踏み入れると思われます！」

「総員戦闘配備！　帝国を迎え撃つための準備を！」

「「「おおっ！」」」

レギナの力強くも透き通るような声は砦中にいるすべての者たちの耳に届き、それに応える形で獣人たちが勇ましい声をあげた。

砦にいる獣人たちがテキパキと動き出す。

多くの者が忙しく動き回る中、俺とメルシアがやることは何もない。

この日のためにやれるべきことはやった。これ以上の余計な作業は悪戯に魔力を消費するだけだ。

帝国の接近に伴い、砦にいる非戦闘員が避難用の馬車へと乗り込んでいく。

その中には料理人のダリオとシーレもいた。

「……あの、イサギさん、やっぱり僕も……」

「中途半端なことを言わない。私たちにできることはやった。ここで引き上げるわよ」

ダリオがこちらを伺うようにしながら口を開くが、それにかぶせるようにシーレがきっぱりと告げた。

「でも！　ここまで来たんだし――」

「馬にも乗れず、剣もロクに触れない癖に何を言ってるのよ。あんたなんて戦場に出たところで真っ先に死ぬだけ。むしろ、前に出たら邪魔になる。それくらいわからないの？」

「う、うう」

シーレの厳しい言葉にダリオは反論すらできないようで涙目になってしまった。

ダリオが真面目ということもあるが、それほどまでにプルメニア村のことが大好きで、守りたい気持ちがあるんだろう。

それが痛いほどに伝わってきて俺も嬉しい。

これ以上の言葉はダリオの罪悪感を増幅させるだけだ。俺はダリオの肩をポンと叩くと、シーレに視線を向ける。彼女はこくりと頷くと、ダリオの背中を押して馬車へと入った。

ダリオとシーレを見送ると、メルシアと合流。

後ろにはリカルドとラグムントがいるが、ネーアの姿はない。

「……ネーアには避難してもらいました」

「わかった」

ネーアはラグムントやリカルドのようにいざという時に戦うことができないからね。

農園の方は既に栽培も落ち着いているし、作業用のゴーレムだっている。

従業員を三人とも留めておく理由がない。

「二人とも配置についてくれていいよ」

「おう」

「わかりました」

俺とメルシアは動き方が特殊なので、リカルドとラグムントもケルシーたちの方へと合流をしてもらう。

そんな風にやるべきことを済ませていると、半日という時間はあっという間に過ぎてしまい。

「さあ、帝国のお出ましよ」

ほどなくして俺の視界に帝国兵の軍勢が見えてきた。

防衛拠点を作成してから一週間。俺とメルシアが懸念していた日にやってくることはなかったが、その日数は驚異的な進軍速度と言えるだろう。

恐らく国内で兵力と物資を徴収し、錬金術師の作り出した強壮ポーションを飲んで、進軍しているのだろう。

前を歩くのは革鎧《かわよろい》や鉄の胸当てを装備した歩兵たち。身の丈よりも大きな槍を掲げて前進している。その後ろには剣を装備した歩兵などが続き、その後ろには馬に跨った騎士が続いていく。

あちこちで帝国旗が上がり、あっという間にレディア渓谷を埋めていく。

帝国兵の威容とその膨大な数を見て、砦にいる獣人たちが息を呑むのが伝わってくる。

とんでもない数だ。ざっと見ただけで俺たちの数倍の戦力。しかも、それはほんの先頭部分でしかないために、全体の数はもっと多いだろう。最低でも二万ほどいることは確定だ。

「獣王軍は間に合いませんでしたね」

帝国兵がたどり着く前にライオネルをはじめとする獣王軍が到着してくれるのが理想だったが、残念ながらそうはいかなかった。

先触れの者もやってきていないので近くまで来ているというわけでもないのだろう。準備と移動に時間がかかっているのかもしれない。

「うん。だけど、それは初めから想定していたことだから」

たとえ、獣王軍がこなくともやるべきことは変わらない。

村の皆と帝国兵を追い返すまでだ。

「あたしたちがするのはただの籠城じゃない！　持ちこたえていれば、必ず獣王軍はやってくる！だけど、あたしはそんな弱気でいるつもりはないわ！　あたしたちだけで帝国を撃退するくらいの気持ちでいくわよ！」

「「おお！」」

帝国の軍勢にやや呑まれ気味だった獣人たちだが、レギナのいつもと変わらない明るい言葉に調子を取り戻したようだ。あちこちで雄叫びのようなものが上がる。

そのために色々と準備をしてきたんだ。絶対にここで食い止める。

プルメニア村に進ませはしない。

「それじゃあ、帝国に先制攻撃を仕掛けてくるよ」

レディア渓谷にはいくつかの仕掛けを施しているが、帝国もそれを一番に警戒しているし、最初に起動させても与える被害はたかが知れている。発動するなら敵がもう少し進み、混乱に陥った時が望ましい。だから、その混乱を起こすために俺は一つ策を使うことにした。

「本当にイサギだけで大丈夫なの？」

「コクロウたちがいるから大丈夫だよ」

「……イサギ様」

「大丈夫だから心配しないで。ちょっと安全な位置から攻撃を仕掛けてくるだけだから」

メルシアが付いてきたそうな雰囲気を出してくるが、これから行う攻撃のことを考えると味方は一人でも少ないに越したことはない。

「コクロウ！」

名を呼ぶと、俺の影からぬっと姿を現した。

俺は遠慮なくその背中に跨る。コクロウのもふもふとした体毛の感触が心地いい。

「言っておくが貴様を背中に乗せるのは今日だけだからな？」

「わかってるよ」

俺を背に乗せることが大層不服らしい。

本音を言えば、これからもずっと背中に乗せてほしいくらいの心地よさだが残念ながらそれは敵わないようだ。

「それじゃあ、行ってくるよ」

「ええ」

「お気を付けて」

「では、行くぞ」

「えっ、ちょっと待って！」

レギナとメルシアに見送ってもらうと、次の瞬間コクロウが防壁へと跳躍し、そのまま砦の外へと落下。

え？　こんな高いところから飛び降りるなんて聞いてない。

防壁の周囲にはむき出しになった岩や傾斜があり、まともに着地などできるはずもないが、コクロウの強靭《きょうじん》な脚はそれらをものともせずに柔らかく着地。そのまま地面を蹴って、跳躍を繰り返し、谷底へと一気に駆け下りた。獣人であるメルシアとは違った変幻自在な動き。俺は振り落とされないようにするので必死だ。

「着いたぞ」

気が付くといつの間にか谷底までやってきていたようで、視界の彼方には帝国の軍勢が見える。

「……もうちょっと快適なルートを通ってくれないかな？」

こんなルートを通っていたら命がいくつあっても足りないし、心臓が持たない。

「知るものか。これが我にとっての進みやすいルートだ」

メルシアだったら俺が落ちないように安全なルートで気を遣って走ってくれるだろうが、魔物であるコクロウにそこまでの気遣いを求めるのも酷なのかもしれない。

コクロウが足を止めると俺は背中からゆっくりと下りた。

視界の彼方では土煙を上げながら帝国兵が前進してくる姿が見える。

谷底にポツリと佇《たたず》む俺とコクロウの姿を確認したのか、歩兵が槍に光を灯した。

魔法槍。槍の先端に魔力を集め、属性魔法を解放するシンプルな仕組みの軍用魔道具。

俺たちが射程範囲に入れば、一斉に魔法を叩きつけるつもりだろう。

たとえ、有利な位置に砦を構えていようと真正面からぶつかってしまえば勝ち目はない。

だったら帝国が魔法や軍用魔道具が使えない状況に、かき乱してやればいい。

ジリジリと距離が縮まると、魔法槍を装備した歩兵たちが穂先をこちらに向けてくる。

魔法槍は俺が宮廷錬金術師だった頃に何度も作った魔道具だ。どこまでが射程範囲なのかは理解している。

「そろそろかな」

「ああ」

俺は帝国をギリギリまで引きつけると懐から種を取り出して地面へ撒いた。

たった一つの種は地面に埋まると、ひとりでに地面に埋まっていく。

種はすぐに芽を出すと、あっという間に枝葉を茂られて木立へと成長。

その木立は実を地面に落とすと、はじけ飛んで周囲に種を撒き散らす。その種たちはひとりでに地面に埋まっていき、同じように枝葉を茂らせて木立へと成長。

木々が増えるごとに飛び散る種の数は増えていき、爆発的な速度で木立が増殖していく。

それは俺の周囲に留まらず、こちらに向かって進軍している帝国兵たちも巻き込まれる。

地面から突如屹立する木々に帝国兵が吹き飛ばされ、次々と悲鳴があがる。

魔法槍を振るって木々に攻撃を加える兵士もいるが、増殖する木立の勢いには逆らうことはできない。増殖した木々はあっという間に帝国兵の軍勢を呑み込み、レディア渓谷に森を作り上げた。

「帝国兵の様子はどう？」

「多くの者が森に囚われ動揺している」

「なら混乱している今のうちに奇襲を頼むよ」

「ああ」

コクロウの影が大きく蠢《うごめ》き、大量のブラックウルフが飛び出していった。

26話　錬金術師のいない帝国7

帝国を出立したウェイスは、招集した自らの軍を率いて獣王国へと進軍していた。

馬を歩かせるウェイスの隣には追従するようにガリウスがいた。

「ガリウス、プルメニア村まではあとどのくらいだ？」

「このテフラ山脈を越えれば、獣王国の領土であり、半日ほどでプルメニア村に到着するものかと」

「ようやくか……まったく、帝国を出るだけでこれだけの時間がかかるとは、国土が広いというのも考え物だな」

帝都からテフラ山脈に移動するのに二週間。錬金術師が開発したポーションによって無理な行軍を繰り返し、倒れた者は捨てて、立ち寄った街や村などで補給する。

そんな犠牲によって成り立った行軍だが、ウェイスはそれを当然と捉えているために罪悪感を抱くことはない。

「獣王国は四方を山に囲まれた要塞国ですからね」

「それ故に今まで本格的な侵略はできなかったが、プルメニア村にある大農園とやらを押さえてしまえばこちらのものだ。そのためにお前がすることはわかるな？」

「村を占領したあとにイサギが作り上げた農園の作物を解析し、我々だけで栽培できるようにすることです」

「わかっているのならばいい。作物を無限に生み出せる術さえ手に入れれば、帝国の食料事情は改善されるからな。その上、獣王国を手に入れるための足がかりを築き上げることさえできる。それが叶えば、私を糾弾する声は収まり、一転して名声が高まるであろう」

そんな未来を想像してか、ウェイスが不敵な笑みを浮かべる。

ライオネルやイサギが予想していた通り、ウェイスの狙いはイサギの大農園を自らのものにし、国内へ作物を還元しつつ、進軍のための軍事拠点とすることだった。

「その時は何卒、錬金術課の拡大の方もお願いいたします」

「そうだな。農園が手に入れば、多くの宮廷錬金術師がそちらに配属されることになる。予算の増額と人員の増員を検討しよう」

「ありがとうございます」

「まあ、まずは大農園を手に入れることだ。この山を下り、レディア渓谷を抜ければ、プルメニア村までは一直線だ。一気に行くぞ」

「問題はレディア渓谷での待ち伏せですね」

「フン、仮に我々の動きを察知していたところで相手ができることはたかが知れているだろう」

実際にウェイスの思考は正しい。障害となるのは辺境にある村一つだ。大きく見積もって数は千。万を越えている帝国にかかれば、一ひねりである。

「とはいえ、無用な被害を出しては他の者に小突かれる原因となる。斥候を出しておくか」

ウェイスは兵士に素早く指示を出すと、斥候に選ばれた兵士が馬を操作して山を駆け下りていく。

やがてウェイスたちがテフラ山脈の中ほどを抜けた頃に斥候は戻ってきた。

「報告です！　レディア渓谷に巨大な砦が築かれております！」

「巨大な砦だと⁉　そんなものがあったか？」

「私の記憶でもそのようなものはなかったかと……」

斥候からの報告にウェイスとガリウスは目を瞬かせる。

ウェイスたちもプルメニア村に進軍するに当たって、国境に位置する周辺の街や村から地形の情報収集くらいはしている。しかし、情報の中にレディア渓谷に巨大な砦ができたなどというものは一つもなかった。

「とにかく、実際に確認してみるしかあるまい。このままレディア渓谷に入る」

ウェイスの指示の下、帝国兵たちはテフラ山脈を抜けて、レディア渓谷に足を踏み入れる。

すると、視界の遥か先に巨大な砦が鎮座しているのが目視できた。

「……想像以上に堅牢な砦だな」

「本陣と防壁には魔力鉱が含まれています。ただの獣人にこのようなものを作れるはずがありません」

錬金術師ではないものの、数々の錬金術を目にしてきたガリウスには砦を構成する素材を色合いで判断することができた。

「となると、あれを作ったのはイサギか。厄介なことをしてくれる」

左右にそびえ立つ大きな谷の長さは軽く百メートルを越えており、急な斜面な上に岩肌の凹凸も激しいので人間が登ることは不可能だ。多くの軍勢を率いるウェイスは回り道をすることもできず、平坦な谷底の道を通るしかない。

しかも、谷底の幅はそこまで広いものでもなく数百人単位では通れず、大きく展開するといった動きができない。

情報にないものの存在に帝国兵たちがざわめく。

「狼狽《うろた》えるな！　たとえ有利な位置に砦を築こうが、こちらには圧倒的な軍勢がいるのだ！　あそこに籠っているのは千にも満たない烏合《うごう》の衆！　真正面から叩き潰してやればいい！」

ウェイスの冷静な声音と明確な方針の決定により、帝国兵たちの動揺はすぐに収まった。

たとえ、堅牢な砦があろうともあそこにいるのは獣人の村人だ。

数では大いに勝っている上に、こちらには精強な兵士や騎士、魔法使いなどの人員が豊富におり、支給されている装備も一級品のもの。徴兵されたただの平民でさえ、魔道具を持たされているので、強引な行軍をしたとはいえ帝国兵たちは強気だった。

「落石や罠には注意しろ！」

ウェイスが逐一指示を飛ばし、帝国兵は谷底を通って進軍。

唯一の通り道であり、やや曲がりくねっているが一本道だ。当然、ウェイスたちも罠を警戒する。

魔法使いや錬金術師に指示を出して、すぐに迎撃できるように準備をしながらゆっくりと進んでいくが、想像していたような攻撃は見受けられない。

「罠はないのか？」

進めど何も起こらないことにウェイスが拍子抜けしていると、兵士たちの行軍速度が遅くなった。

「何事だ？」

「人間と黒い狼と思われる魔物が進路を塞ぐように立っております！」

兵士に言われて、ウェイスは遠見の魔道具で覗き込む。

すると、兵士の言う通り、前方にはポツリと佇む一人の人間がいた。

銀色の髪に黄色い瞳をした十代中頃の少年は、帝国の宮廷錬金術師であることを表すローブを羽織っている。

「イサギか！」

「宮廷錬金術師のローブを羽織っておりますが、どういたしましょう？」

「レディア渓谷に砦を築いたのは帝国に敵対するという意思表示でしょう。たとえ、どのような者であっても帝国に牙を剥く以上は、ねじ伏せなければなりません。そうですよね、ウェイス様？」

「素直に大農園を差し出すのであれば、命くらいは拾ってやろうと思ったが我々の前に立ちふさがるのであれば容赦はせん。大農園が手に入る以上、イサギはもう帝国に必要ない。構うことなく殺してしまえ」

「はっ！」

ウェイスの速やかな決定により、帝国兵の進軍速度が元に戻る。

一人の男と一匹の魔物を潰すことに躊躇《ためら》いはない。

「魔法槍、構え！」

兵士長の言葉が響くと、前線の兵士が魔法槍を起動しながら前に進む。

魔法槍の穂先に様々な属性の光が宿る。

（イサギ、魔法槍の射程に入った瞬間に終わりだ。お前が無様に散っていく様を見てやろう）

馬上にいるガリウスが暗い笑みを浮かべながら遠見の魔道具を覗くと、突っ立っていたイサギが懐から何かを取り出したのに気づいた。

手の平に握りしめたものはあまりに小さくて何かはわからない。だが、小さな何かが地面に落ちた瞬間、とんでもない勢いで木が生えていく。

それらは増殖を繰り返し、数百メートル空いていた彼我《ひが》の距離をあっという間に埋め尽くした。

正面や側面からの攻撃に警戒してはいたが、まさか地面から木々が生えてくるとは思いもしない。

突起してくる木々に帝国兵が次々と吹き飛ばされ、あちこちで悲鳴があがった。

「何だ⁉　何がどうなっている⁉」

王族であるウェイスや、それに従うガリウスは遥か後方に陣取っているために呑み込まれることはなかったが、そびえ立つ木々によって戦況の把握がまったくできない。

「イサギの攻撃です！」

「だからどんな攻撃だと言っている⁉」

「恐らく、何かしらの植物を錬金術で改良し、森を作り上げたのかと……」

「戦場に森を作り上げるだと⁉　中はどうなっている⁉」

「わかりません！　中の様子を窺《うかが》おうにも木々が襲いかかってきます！」

ウェイスの視界には森に突入しようとした兵士たちが、木々から伸びた蔓や枝葉に妨害されている姿が写っていた。

「ウェイス様！　崖から石が転がり落ちてきます！」

「くっ！　奇襲を一切仕掛けてこなかったのは混乱をつくためか！　魔法部隊は石を砕け！」

ウェイスの指示によって魔法を待機させていた魔法使いの部隊が杖《つえ》を掲げた。

27話　錬金術師は戦場に種を植える

ブラックウルフたちが森に入ってしばらく。俺は中の情報を拾うべく、傍らに佇むコクロウに尋ねた。

「……森の中はどう？」

「ブラックウルフたちの襲撃は成功だな。あちこちで人間の手足が食いちぎられ、阿鼻叫喚《あびきょうかん》の声が響いている」

大きく発達した犬歯を見せつけながら笑みを浮かべる。

いや、そんなグロテスクな報告は求めていないんだけどなあ。

俺が錬金術で森を作り上げ、森に閉じ込めた帝国兵をブラックウルフたちが奇襲する。これが俺の考えた作戦だ。

当初はレギナやメルシアといった獣人も加えるつもりだったが、コクロウが自分たちだけでやった方がやりやすいと意見したので魔物たちだけでの奇襲となっている。

野生の中を生き抜いてきたブラックウルフたちにとっては森の中は庭のようなもの。薄暗くとも夜目が利く上に、匂いでも相手の位置を把握することができる。

反対に帝国兵は薄暗い森の中では見渡せる視界の範囲も狭く、仲間の位置も把握しづらいために連携もとりづらい。加えて、生い茂る木々や枝葉のせいで武器を満足に振り回すことができない。

ブラックウルフたちにとってはカモでしかないだろう。

「順調なようで何よりだよ」

魔法や魔道具を発動しようにも同士討ちや火事を恐れて迂闊に放つこともできないからね。

この辺りの地面にはあらかじめ調整を施した肥料を撒いておいたけど、俺が開発した繁殖の種は予想を超える速度で土から栄養を吸い上げている。遠目にも既に地面が灰化しているのがわかり、栄養が吸い尽くされてしまっている。

数年は草木すら生えない不毛の大地になってしまったかもしれないが、皆を守るためだ。仕方がない。

「負傷しているブラックウルフはいる？」

「いないな」

「森の中とはいえ、これだけの帝国兵を相手に？」

「危ない位置にいる奴は我が影で移動させている」

「そんなこともできるんだ」

襲撃に加わることもなくジーッとしていると思ったら、どうやら影を通じてサポートをしているらしい。影を操作しての遠隔攻撃、ブラックウルフの位置入れ替え、緊急回避、指示とこう見えて忙しく活躍しているようだ。

森の中には無数に影がある。影を操るコクロウにとっても森の中は独壇場だろうな。

それだけの支援があれば、ブラックウルフたちに一切の負傷がないのは当然か。

コクロウの報告によると、既に二百人以上の人間が犠牲になっているとのこと。

こんな強大な魔物を相手に過去に二人で挑んだのかと思うとすごいな。

「もし、怪我を負ったブラックウルフがいたらすぐに下がらせてくれ。俺がポーションで治療するから。とにかく、無理はしないように頼むよ」

影でブラックウルフの位置を変えることができるのなら、一時的な帰還もできるはずだ。生きてさえいれば、俺がポーションで治療をすることができるので無理だけはしないでほしい。

「魔物である我々のことを心配するとは相変わらず変な奴だ。安心しろ。このような状況で我らが負けるはずが――ッ⁉」

余裕な笑みを浮かべていたコクロウであるが、突如として耳を震わせて俺の股下に入ってきた。

「ええっ⁉　なになに⁉」

股下から無理矢理背中に乗せられる方になってしまった俺は混乱する。

そんな混乱の声を無視し、コクロウは無言で後ろへと走る。

次の瞬間、俺たちの立っていた場所に火炎弾が落ちてきた。

「ええ！」

離れている俺たちの位置にまで爆風がやってきて、思わず腕で顔を覆う。

安全な地帯まで移動して振り返ると、前方の空に次々と赤い光が浮かび、それらが森に着弾するのが見えた。

「帝国の魔法⁉　まだ森の中には大勢の帝国兵がいるのに⁉」

「恐らく、味方もろとも我々や森を焼き払うつもりだろうな」

コクロウが冷静に述べる中、二発目、三発目、四発目と続けて火炎弾が撃ち込まれる。

爆発の衝撃で木々がへし折れ、枝葉に炎が燃え広がる。

錬金術で調整し、炎への耐性を上げているが、さすがにここまで派手に火魔法を撃ち込まれては木々も無事では済まない。

爆発する森の中から帝国兵と思われる悲鳴が聞こえる。

「ブラックウルフたちは⁉」

「無事だ。既に我の影を通じて下がらせている」

コクロウの影が蠢くと、そこから大勢のブラックウルフが出てくる。

どうやら火炎弾が着弾してすぐにブラックウルフたちを影に回収していたようだ。

あっという間に大勢のブラックウルフに囲まれて、もふもふ空間が出来上がった。

ほぼ全員が口元や爪を真っ赤に染めており、どこか誇らしげにしている。

思う存分に蹂躙できたようだ。

中には炎が掠《かす》ってしまったのか、お腹の辺りが焼け焦げている個体がいる。

「おいで」

「ウォン！」

俺が回復ポーションを振りかけると、綺麗な毛並みに戻ってくれた。

自慢の毛並みが再生して嬉しいのか、ブラックウルフが嬉しそうに走り回る。

よかった。誰も欠けることがなくて。

「それにしても、まさか味方ごと森を焼き払うなんて……ッ！」

「迂闊に森に入れば、死ににいくようなものだ。前の者は見捨て、進軍させることを選んだのだろう」

確かに逆の立場だと突破をするのは困難かもしれないが、帝国がここまで非道で強引な攻撃を仕掛けてくるとは予想外だ。

俺が歯噛みしている間に森の中には火炎弾、火球、火矢が次々と撃ち込まれていく。

俺はすぐにコクロウの背中に跨った。

「コクロウ、俺たちも撤退しよう」

「ああ」

このまま森の傍にいては、俺たちも帝国の魔法に巻き込まれてしまう。

コクロウは頷くと、すぐに砦に向かって走り出した。

ブラックウルフたちもすぐに後ろを付いてくる。

すると、後方で魔力の収束を感じた。恐らく、魔法使いたちによる複合魔法だろう。

ほどなくして魔法が完成し、森に火炎嵐が撃ち込まれる。

早めに撤退をしてよかった。あのままボーッとしていたら複合魔法に巻き込まれているところだった。

しっかりとコクロウの背中に掴まっていると崖を登り終わったのか、降りろとばかりに体を揺すられる。

やっぱり人間を背中に乗せたくはないようだ。せっかくなら顔を埋《うず》めたりしてもうちょっと堪能しておけばよかった。

などと呑気なことを思っていると、砦の防壁からメルシアが顔を出していた。

「イサギ様！」

メルシアに寄っていこうとすると、彼女が防壁から飛び降りてきた。

「イサギ様！　ご無事ですか⁉」

「あ、うん。俺は大丈夫だよ」

俺よりも防壁から飛び降りたメルシアの方が心配なのだが、彼女の剣幕を見るとそんなことは尋ねられなかった。

とりあえず、どこも怪我をしていないことを伝えると、メルシアはホッとしたように胸を押さえた。

「森に火が放たれた時もそうだけど、イサギたちの近くに魔法が落ちた時は肝を冷やしたわよ」

「あはは、コクロウに助けられたよ」

入り口から俺たちのことを心配してレギナをはじめとする村人たちがやってくる。

砦の高い位置からはしっかりと帝国の魔法軌道が見えていただけに、よりヒヤヒヤしたに違いない。

「それにしてもあんな強引な手を使うなんてね」

「うん。でも、森を消火するのに時間もかかるし、時間は稼げそうだよ」

森が燃えている間は帝国兵たちも進軍することはできない。

魔法使いが水魔法を使えば、鎮火することはできるが、先ほどの複合魔法のせいで即座に放つことはできないだろう。

「帝国が動くのにどのくらいかかると思う？」

「半日ほどだと思う」

敵も魔力回復ポーションを所持しているはずだ。複合魔法によって消費した魔力をある程度回復させたら、すぐに鎮火のための魔法を放つだろう。

「これだけの仕掛けをしても半日しか時間が稼げないのね」

これだけの火事を起こせば、二日くらいはまともに通れなくなるはずだが、それを何とかできるのが帝国の豊富な人員と物資である。

「でも、帝国にかなりの被害を与えることができたよ」

「コクロウやブラックウルフたちにも怪我はないみたいだし、先制攻撃はあたしたちの勝利ね！まずはそのことを喜びましょう！」

獣王軍たちがやってくるまでの時間を稼げれば、俺たちの勝率はグンと上がる。

ここで無理をする必要はない。

28話　錬金術師は武装ゴーレムを繰り出す

森火事によって帝国が動けない間に、俺は工房に籠ってゴーレムを作成していく。

もちろん、作っているのは農園にいる作業用ゴーレムではなく、戦うためのもの。

器用さではなく頑丈さや攻撃力に特化しており、俺が錬金術で作り上げた武具を装備している。

たとえ、遠方から魔法や魔道具を撃ち込まれようが、お構いなしに突き進んでくれる頼りになるゴーレムである。

戦力の少ない俺たちにとって、ゴーレムはとても頼りになる。

ゴーレムならば素材と俺の魔力さえあれば、いくらでも作り出すことが可能だ。

だからこうして空いた時間ができると、俺はちょくちょくゴーレムを作成するようにしている。

「イサギ様、帝国が動きました」

「わかった。すぐに向かうよ」

メルシアに呼ばれたので俺はゴーレムをマジックバッグに収納する。

本当はもう少し細部の調整をしたかったが、帝国に動きがあった以上は中断するしかない。

魔力回復ポーションを口にし、俺はメルシアと共に渓谷を俯瞰できる防壁に移動。

そこには既にレギナやケルシーをはじめとする村人たちが集結していた。

レディア渓谷の谷底に広がる森は半日ほど経過しても燃焼しており、激しい煙を上げていた。

帝国兵の姿は見えない。

しばらく見守っていると、燃焼している森の上空に大きな円環が広がった。

巨大な円環の輪は青い光を灯すと、そこから激しい風雨を注いだ。

水と風による複合魔法だ。

魔法による激しい風雨によって鎮火し、煙は遥か彼方へと飛ばされた。

魔法が終わったあとに炭化した木々が転がっていた。

帝国と俺たちの間を埋め尽くしていた森はもうない。阻むものがなくなった。

「帝国が進軍を再開したぞ！」

「何あれ？　人間じゃない？」

獣人が声をあげ、レギナが小首を傾げた。

遠見の魔道具を覗き込むと、そこに写ったのは帝国兵ではない。

「ゴーレムだ！」

痛痒《つうよう》を一切感じないゴーレムを前面に押し出した戦略。

先ほどの攻撃による大きな被害もあってか、帝国側はゴーレムを使うことにしたようだ。

「レギナ、こっちもゴーレムを使うよ」

「ええ、お願い！」

そっちがゴーレムを出すのであれば、こちらもゴーレムを出すまでだ。

俺はマジックバッグから大量の武装ゴーレムを取り出すと、一斉に起動させた。

「いけ！　敵を蹴散らしてくれ！」

俺が指示を飛ばすと、武装ゴーレムたちはこくりと頷いて、一斉に前へ進み始めた。

「頼もしい光景だが、敵の方が遥かにゴーレムが多いな」

ケルシーがゴーレムたちを見送りながら言う。

準備期間中に俺が作成することのできたゴーレムは五百体だ。それに対して帝国側のゴーレムはその三倍以上だ。圧倒的な戦力差に不安になるのも仕方がない。

「問題ありません。質ではイサギ様のゴーレムの方が勝っています」

「そうは言うが、敵のゴーレムは三倍だぞ?」

「問題ありません」

ケルシーが不安げな声をあげるが、メルシアがきっぱりと否定した。

「ケルシーはイサギの作ったゴーレムと戦ったことがないから不安に思うのも仕方ないわね。とりあえず、今は彼のゴーレムを信じましょう」

「レギナ様がそうおっしゃるのであれば……」

レギナがそう言うと、ケルシーは不安そうにしながらも頷いた。

自分の作ったゴーレムだけに自信満々な言葉は言いづらいが、この日のために備えて作ったゴーレムだ。たとえ、帝国の宮廷錬金術師が作り上げたゴーレムだろうと負ける気はしない。

砦から見守っていると両者の距離があっという間に縮まる。

最初に動いたのは相手側のゴーレムだ。

帝国は射程距離に入るなり、剣、槍、斧などの魔道具を突き出し、様々な属性魔法を放ってきた。

それに対し、俺の作った武装ゴーレムは両腕を前に突き出して防御姿勢となり、その身体で受け止める。

何百もの魔法が着弾し、激しい土煙が舞い上がる。

その威力に砦から見守っている獣人たちが呆然とするが、次の瞬間、煙を突き破る形で俺の武装ゴーレムが跳躍した。

武装ゴーレムは素早く駆け出して帝国ゴーレムに近寄る。当然、敵のゴーレムも装備していた魔法剣で応戦するが、武装ゴーレムの剣は魔法剣ごと敵を切り裂いた。

それは先陣を切った一体だけでなく、あちこちで同じような展開が繰り広げられる。

「こ、これは？」

「先ほど言ったじゃないですか、父さん。帝国のゴーレムとイサギ様のゴーレムでは質が違うと」

「いや、そうは言っていたが、まさかここまで一方的とは」

「あたしでもイサギの武装ゴーレムを抑えるのは三体で精一杯だからね。並のゴーレムや兵士だととても太刀打ちできないと思うわ」

レギナのあっさりとした言葉にケルシーは戦慄しているようだ。

俺がやってきてからプルメニア村ではゴーレムが大いに活躍しているが、軍用となるとそこまでのスペックになるとは思っていなかったのだろう。

ライオネルから融通してもらったありったけの素材と、俺の莫大な魔力を注ぎ込んでいるからね。ちょっとやそっとの魔法ではビクともしない。

「それにしても帝国のゴーレムがやけにあっさりと倒れていく」

「元は俺も帝国にいた人間ですから。帝国がどのような構造のゴーレムを作っているか、どんな動かし方をするかはお見通しです」

帝国の軍用ゴーレムの運用の仕方は、とにかく多くのゴーレムを作り、そこに魔道具を装備させるといった方法だ。その方法は理に適《かな》っているが、肝心のゴーレム作りの技術自体は低い。なぜならば、帝国の宮廷錬金術師はゴーレムなど先頭に立たせて、魔道具を発射するだけの固定砲台、あるいは肉壁、そのような思想しか持っていないからだ。

それ故にゴーレム同士の激しい戦闘などは想定されていない。手足の可動域に限界があったりと稚拙だ。そこを一方的に突いてやれば、簡単に倒すことができる。

「さ、さすがはイサギ君だな」

「イサギがこっち側にいてくれて本当に助かるわ」

帝国ゴーレムの弱点を解説すると、ケルシーとレギナがやや畏怖のこもった表情で呟いた。

そう言ってくれると俺も頑張った甲斐があるというものだ。

「ゴーレムの脆弱性《ぜいじゃくせい》については過去にイサギ様が何度も訴えていたことですのに……」

脆弱性を突かれ、バッタバッタと倒れていく帝国ゴーレムを見て、メルシアが哀れみの視線を向ける。

あの時は何て言われたんだっけ……確か魔道具を持たせるだけの飾りに労力を割くよりも、軍用魔道具の開発に力を割けみたいなことを言われた気がする。

今思い出すと、ちょっとむかつく出来事だが、目の前で繰り広げられている光景が俺の主張の正しさを証明してくれているのでスッキリとした気分だった。

29話　錬金術師は前で支援する

「あれほどいた敵が、みるみるうちに数を減らしていく！」

当初はこちらの三倍以上の数がいた帝国ゴーレムであったが、こちらの武装ゴーレムによって蹴散らされ、その数を半分以下に減らしていた。

「レギナ様、我々も押し込みましょう！」

俺の武装ゴーレムの勢いは止まらず、このままいけば敵のゴーレムたちを殲滅するだろう。

武装ゴーレムと一緒に前に進めば、帝国の陣地に大打撃を与えられる可能性が高い。

いくら堅牢な砦を築いているとはいえ、敵の数は膨大だ。何とかして敵を押し返す、あるいは、進軍を鈍らせるためには、大きなきっかけが必要である。

仕掛けるならここだろう。

ケルシーの提案にレギナはこくりと頷く。

「ええ！　イサギのゴーレムによって帝国の前線は崩れている！　このまま押し込んで帝国の本陣に大打撃を与えるわよ！」

「「おおおおおおおおおおおおおっ！」」

大剣を掲げながらのレギナの言葉に、砦にいた獣人たちも武器を掲げながらひと際大きな声で応える。

戦が始まったとはいえ、ずっと俺の独壇場だった。血の気が多い獣人たちはずっと戦いたくて仕方がなかったのだろう。

「総員、強化丸薬を摂取！」

レギナが声をあげながら革袋の中から取り出した丸薬を口にする。

ダリオとシーレが強化作物を元に、より効果のあるものに作成したものだ。

獣人たちもそれらを口にすると、あちこちで遠吠えのようなものがあがった。

獣人たちの興奮している姿を見ると、ヤバい薬でも作ってしまったんじゃないかって思う。

「だ、大丈夫⁉　なんか皆、すごく興奮してるけど⁉」

「戦っていうこともあって、ちょっと昂《たかぶ》ってるかもね。でも、問題はないわ」

隣にいるレギナも昂っているせいか尻尾が激しく動いているが、理性が飛んだりしている様子はない。皆、戦の熱気に当てられているんだろうな。

「開門だ！」

防壁に設置された門が上へと上がっていき、砦の中に待機していた獣人たちが勢いよく出ていく。

雑然と出ていっているように見えるが、進行中はそれぞれが固まって進んでいる。

事前に打ち合わせを重ね、陣形通りに動いているようだ。

「あたしも行ってくるわ！」

獣人たちが門から出ていくのを見ていると、隣にいたレギナがゴーレム馬に跨って駆け下りていく。

「ええ⁉　指揮官なのに前に出るの⁉」

「指揮官だからよ！」

いや、その返しは意味がわからない。指揮官だから後ろにいるものじゃないの⁉

「獣人族では、もっとも強い者が先陣を切る役割を担うのです」

あんぐりと口を開けているとメルシアが解説してくれた。人間族との文化の乖離《かいり》が激しい。

「砦の方はどうなるの？」

「そちらは父さんが担うことになります」

ふと視線を向けると、少し寂しそうな顔をしたケルシーがいた。

さすがに攻めるとはいえ、すべての戦力を出せるわけじゃないからね。いつでも退避できるように指揮のとれる人材が残ってくれてよかった。

「この場合の俺たちってどうなってる？」

砦から打って出るタイミングは特殊で、その時の動きは臨機応変となっている。

俺は準備に奔走していたので、状況が動いた場合の具体的な動きを知らない。

「イサギ様は既に獅子奮迅の活躍をなされているので後方で待機となります」

「そうなんだ」

「ですが、イサギ様はそれでは堪《こら》えられないのですよね？」

俺が神妙な顔で頷くと、メルシアがしょうがないといった様子で言う。

どうやら俺の心中などメルシアにはお見通しらしい。長年、俺の助手をしてくれているだけある。

「……うん。皆が命をかけて戦っているのに、俺だけが後ろで見ているだけっていうのは我慢できないんだ。だから、メルシアも付いてきてくれるかい？」

「ッ！」

「あはは、メルシアは危ないからここに残ってくれって言うと思ったかな？」

「……はい。ですので、どうやってイサギ様を説得するか考えていたところでした」

「自分一人じゃ何もできないのはわかっていることだからね」

プルメニア村にやってきてコクロウと遭遇した時も、ラオス砂漠を横断した時も、キングデザートワームを討伐した時も、俺はメルシアに助けられてばかりだ。彼女がいなければ、今頃ここにいられたかもわからない。

そんな経験を何度もしてきたんだ。今更、メルシアは後ろに下がっていてなんて言えるはずもない。

「メルシアがいるから俺は安心して前に進むことができる。だから、メルシアにはずっと傍にいてほしい」

「ああ、うぇえ、イサギ様……」

手を差し伸べると、メルシアはなぜか上ずった声でこちらを見上げてくる。

あれ？　また何か変な言い方をしてしまっただろうか？

言葉を振り返ってみると、何だか告白みたいな感じになっていた気がする。

でも、今更言葉を取り下げることもできないし、ここで狼狽えるのもカッコ悪い。

堂々とした様子でいると、頬を赤く染めたメルシアがおずおずと手を重ねてくれた。

「おっほん！」

「わっ！」

突如、すぐ傍からあがるケルシーの声。

そうだ。ケルシーが傍にいたんだった。

かしこまった会話を見られて、少し恥ずかしい。

「……父さん」

「私が止めても無駄だろう。ここにメルシアを連れてきた時点で覚悟はしている。二人とも無事で戻ってくるんだぞ?」

「はい！」

メルシアを溺愛しているケルシーのことだから前線行きを大反対するかと思いきや、すんなりと認めてくれたようで安心した。

ホッと心の中で安堵していると、ケルシーの鋭い視線がこちらを射抜く。

言葉では何も言ってこないが、娘に怪我をさせたらただじゃおかないって顔だ。

俺は苦笑しながらもアイコンタクトで無事で帰ってくることを約束した。というか、しないとここで殺されるからね。

「じゃあ、行こうか！」

「はい！」

マジックバッグから二頭のゴーレム馬を取り出すと、俺とメルシアはそれぞれに乗り込む。

そのまま砦を出ると、谷底へと一直線に下りていく。

急な斜面を駆け下りるのは操縦技術と度胸がいるが、この日のために何度も練習したので問題ない。

今もちょっと怖いけど、コクロウの背中に乗って下りた時より十倍マシだ。

谷底に下りると、メルシアと共に道なりに真っすぐに進んでいく。

武装ゴーレムは帝国のゴーレムを殲滅し、帝国兵へと距離を詰めていく。

「総員、魔道具を放て！」

帝国兵が一斉に魔道具を放ってくるが、武装ゴーレムはそれをものともせずに突き進んでいく。

「ダメだ！　効かねえ！」

「ゴーレムに人間が勝てるわけがねえ！」

損害はほとんどなしの状態で武装ゴーレムは帝国兵と接敵し、そのことごとくを吹き飛ばしていく。中には騎士らしき者もいたが、たとえ魔力で肉体強度を上げようとも、ゴーレムとはスペックが違うのだ。一に一を出しても微々たるものでしかないので無駄だ。

「先手必勝！」

ゴーレムが切り開いたところにレギナが飛び込む。

レギナが振りかぶっている大剣には、炎の力が宿っており、彼女は帝国兵の密集する場所にそれを叩きつけた。

次の瞬間、大きな爆炎が上がり、帝国兵たちが冗談のように吹き飛んだ。

そんな光景が後ろにいる俺たちにもよくわかる。

あの大剣はレギナのために俺が調整して作った魔法大剣。炎属性を付与されている。

試運転でも問題ないことは確認済みだが、実戦で問題なく稼働している姿を見ると、錬金術師としては安心できるものだ。

レギナがこじ開けた穴に他の獣人たちがなだれ込んでいく。

視界にはリカルドやラグムントが帝国兵と接敵する様子が見えた。

従業員でもある彼らを心配して見守っていると、二人はあっさりと帝国兵を斬り捨てた。

「うはっ！　マジですげえな！　これなら誰が相手でも負ける気がしねえぜ！」

「ああ、さすがはイサギさんの作物の力だ」

一方的な戦いにリカルドやラグムント自身も驚いているようだ。

そして、そんな光景は二人だけでなく、戦場のあちこちでも発生している。

獣人たちが剣を打ち合わせると、確実に帝国兵が力負けをしている。

一合目で剣を弾かれるか、腕ごと剣をへし折られ、体勢を大きく崩したところで胴体への一撃が入る。その一撃は革鎧や金属鎧を容易く切り裂き、帝国兵の身体から血しぶきが舞い上がるではないか。

「想像以上に一方的な光景だ」

「ただでさえ、獣人は身体能力が高いです。そこにイサギ様の開発した、強化作物による能力上昇が加われば、真正面から人間族が叶うわけがありません」

メルシアにはこのような光景が予想できていたようで極めて冷静だった。

獣人たちが本気で戦う姿は何度か見たことがあるが、強化作物による恩恵を得ると、ここまで化けた戦闘力になるとは。

まるで大の大人が幼い子供を相手に一方的な殺戮を繰り広げているようだ。

可哀想に思える光景だが、攻めてきたのは帝国兵たちの方だ。

こちらが情けをかけてやる必要はない。

そうして戦況を眺めているうちに、俺とメルシアも前線へと追いついた。

「イサギ様、私たちはどうしましょう？」

「皆のサポートに回ろう！」

「わかりました！」

さすがにレギナや強化作物を口にした獣人たちと肩を並べて戦える気はしないからね。

俺は錬金術師らしく援護をしよう。

広い視野を持って戦況を確認する。

獣人たちがもっとも恐れるものは遠距離攻撃だ。

たとえ、驚異的な身体能力があっても、遠距離から攻撃されてしまっては手も足も出ない。

だから、俺は帝国兵の遠距離攻撃手段を潰そう。

帝国兵の中に魔力弓を構える部隊がいる。

そいつらはゴーレムと同じ前列を走るレギナを狙っている。

弓を上に構えていることから矢を山なりに発射して、ゴーレムに防がれないようにレギナを狙うつもりだろう。

しかし、そんなことはさせない。

「撃て！」

「ウインドカーテン」

弓兵部隊が矢を発射したタイミングで俺は風魔法を発動。

弓から発射されたばかりの魔力矢は安定しない。それ故に発射のタイミングで強風を受ければ、いとも簡単に使用者の元に跳ね返った。弓兵部隊が倒れる。

「魔力の練りが甘いね」

「魔道具の力に頼って慢心している証拠です」

もっと魔力の扱いに熟練していれば、こんな風に跳ね返されることはない。精々向きを逸らされる程度だ。

メルシアの言う通り、魔道具の性能に甘えて、鍛錬を怠っているとしか言えないな。

「イサギ様、今度はあちらが！」

弓兵部隊を黙らせると、左の方から砲台を抱える兵士たちが現れた。

森に火炎弾を放ってきた部隊であり、火炎砲という魔道具を運用する部隊だ。

「あはは、それも俺が製作に関わった軍用魔道具だから無駄だよ」

ご丁寧に俺とメルシアを狙っているようなので、俺は錬金術を発動。

渓谷の地面に干渉し、彼らの目の前に土壁を隆起させた。

「撃ち方やめ！」

「む、無理です！」

火炎砲は一度魔力を込めると、中断することのできない魔道具だ。

目の前に壁があるとわかっていても止めることはできない。

結果として火炎大砲部隊は目の前の壁に火炎弾を発射し、自らが被爆することになった。

「どの魔道具も私たちが製作に関わったものですので無意味です」

「違いないや」

魔力弓も火炎砲も俺が帝国にいた時に発明された軍用魔道具だ。

常人にとっては構造や短所などは不明だが、製作者側だった俺はすべて知っている。

そんなものをこちらに向けられても怖くも何ともない。

右方では罠型の魔道具が設置されている。

「メルシア、あの魔道具のアンカーを壊して」

「かしこまりました。ていっ」

メルシアの投げた石は正確に魔道具のアンカーを打ち砕き、ぽてりと地面に倒れた。

残念ながらその魔道具は反動を相殺するアンカーが壊されると、暴発する恐れが高く、まともに使用できなくなる。

しかし、運用している兵士はそれを知らなかったのか、倒れた魔道具を回収しようとして爆発に巻き込まれた。

「帝国のゴーレムだ!」

「でけえ！　というか、まだいたのかよ⁉」

そんな風に帝国の魔道具をメルシアと共に無効化していると、戦場に帝国ゴーレムが現れた。最初に出してきたゴーレムよりもデカく、巨大な戦槌《せんつい》を装備している。

ゴーレムが戦槌を振り下ろすと、地面が大きく砕ける。

強化作物を食べたラグムントやリカルドでも、真正面からのゴーレムを相手にするのは荷が重いだろう。

「戦槌装備式ゴーレムだ。あれの魔石が埋め込まれている場所は……」

「右の脇腹ですね！」

「うん。というわけで頼むよ、メルシア」

「お任せください」

ここで獣人たちの勢いを止めたくはない。

メルシアはゴーレム馬から降りると、行く手を阻んでいる戦槌ゴーレムへと接近。

ゴーレムが勢いよく戦槌を薙ぎ払うが、メルシアはそれを華麗に避けると、すれ違いざまにゴーレムの右脇腹に拳を叩きつけた。

ズンッという お腹に響くような低い音が鳴る。

ゴーレムを見てみると右脇腹に大きな穴が空いており、中にある魔石が砕けていた。

エネルギーの供給源となる魔石が砕かれ、戦槌ゴーレムは前のめりに倒れた。

「うおおおお！　さすがはメルシアだ！」

巨大なゴーレムがたった一人の少女に倒れ伏すという光景に獣人たちが興奮したような声をあげた。

「たった一撃で砕くなんてすごいね」

「二撃は必要かと思ったのですが、強化作物のお陰で一撃でいけました」

錬金術で作られたゴーレムだよ？　普通は二撃でも無理だと思うんだけど、さすがはメルシアとしか言えないな。

「戦槌ゴーレムの魔石は右脇腹にあります！」

「わかった！　皆、そこを狙うぞ！」

「囲んで確実に潰せ！」

メルシアが指示を出すと、ラグムントやリカルドが仲間と連携して戦槌ゴーレムの対処に当たる。

ゴーレムの大きさと膂力に驚いているが徐々に獣人たちも慣れてきたのか、一人が注意を引きつけて、もう二人が攻撃を加える形で攻略が始まる。

さすがにメルシアのように一撃とはいかないが、それでも獣人たちにかかれば三分もかからないうちに戦槌ゴーレムが地に沈んだ。

「メルシア、ちょっと周囲を警戒してくれる？」

「何をされるのですか？」

「いやー、せっかく綺麗な素体が落ちているからね」

「なるほど。敵のゴーレムをこちらの物にするのですね！」

メルシアに周囲を見張ってもらっている間に、俺は倒れ伏した戦槌ゴーレムに近づく。

錬金術で魔力回路を修復し、命令式を書き直す。それから俺が加工した魔石をはめて、装甲を修復。

「起動、ゴーレム」

最後に俺の魔力を流すと、メルシアに倒されたばかりの戦槌ゴーレムは見事に起き上がった。

「獣人を守り、帝国兵を薙ぎ払ってくれ」

俺が新たな命令を与えると、戦槌ゴーレムはくるりと踵《きびす》を返して帝国兵の方へ向かっていった。

「うわ！　何だよこいつ!?　うちのゴーレムじゃなかったのか!?」

「どうなってんだよ、ちきしょう！」

さっきまで味方だったゴーレムが突如として寝返る光景に、帝国兵たちは混乱しているようだ。

本来ならば、こんな風に簡単に上書きされることはない。使役しているゴーレムを奪われるなんてことはゴーレムを運用するに当たってもっとも避けなければいけないことだ。

しかし、帝国ゴーレムのセキュリティはかなり稚拙。魔力回路の複雑化も偽装術式も組み込まれていないので奪い取るのは簡単だった。

「さて、こんな調子でドンドン戦力を増やしていこう」

何せ戦力はいくらあっても足りないくらいだからね。

このまま倒した戦槌ゴーレムを次々と鹵獲《ろかく》していこう。

30話　錬金術師のいない帝国8

「何をやっている！　どうしてこうも我々のゴーレムが簡単に倒されるのだ？」

帝国軍の後方陣地にて、戦況を目にしているウェイスは呆然とした声をあげた。

帝国が繰り出した魔道具を受けても、イサギの作り出したゴーレムはピンピンとしている上に、正面から斬り合えば一方的にパワー負けする始末。

「……ガリウス、説明をしろ」

「帝国ゴーレムよりもイサギの作ったゴーレムの方が、性能が大きく上回っているのかと……」

自国の技術よりも、解雇して追い払ったイサギの方が技術が勝っている。

これはガリウスにとっても屈辱的なことであった。

「三倍以上の戦力差だぞ⁉　それなのに既に半数まで減らされている。このままでは壊滅だ。それほどまでに貴様らのゴーレムの質が悪いのか！」

「恐れながら我々は魔道具の開発と生産に注力していますので……」

「ええい、もういい！　ゴーレム共は当てにならん！　兵を動かせ！」

苦しげなガリウスの言い訳に、ウェイスは怒声をあげそうになったが、気持ちを切り替えて対処することにした。

「ウェイス様！　獣人共が砦から出陣してきます！」

そんな中、一人の兵士からウェイスの元に報告が。

「獣人共め。地の利を捨てて、突撃してくるとは、所詮は獣ということか」

ウェイスはすぐに兵士に伝令を飛ばし、迎え撃つことにした。

渓谷によって道幅が制限されており、一度に戦える人数は限られているが、それでも帝国の方が戦力は圧倒的だ。

戦力差で楽にねじ伏せることができる。

そんなことを考えていたウェイスであるが、その予想はあっさりと覆されることになった。

帝国兵と獣人が接敵すると、冗談のように帝国兵が倒れていくではないか。

ガリウスも同様に考えていただけに、これには酷く動揺する。

帝国兵が攻撃を仕掛けるよりも早く、獣人たちの剣が届く。

剣を打ち合わせようにも武器を半ばからへし折られ、即座に斬り捨てられる。

動きを捉えようと全力で掴みかかるが、獣人が片手で力を込めるだけで帝国兵は痛みに悲鳴をあげる。

人間族に比べ、獣人族の方が身体能力が高いのは知っているが、明らかにこれは異常だ。

接敵する様子を見ていると、まるで赤子と大人のような力の差がある。

それは徴収した一般の兵士であっても、訓練を受けている騎士であっても同様だ。まるで歯が立たない。

「相手は獣！　それもたかだが数百人程度だぞ⁉　それなのにどうして我が帝国がここまで押されている⁉」

「獣人の力が恐ろしく強く、とても敵いません！」

「何を情けないことを言っている！　それでも帝国の兵士か！」

「……イサギが何か強力なポーションを飲ませているのかもしれません」

「またイサギか！」

「あれほどの強力なポーションを服用しては、獣人たちも代償は大きい可能性があります」

「であれば、時間をかければ状況はこちらに傾く可能性もあるということか……」

実際にはただ錬金術で品種改良した作物を、兵糧丸として加工し、摂取しているだけにすぎないのだが、そのような技術をウェイスやガリウスがわかるはずもない。

「魔道部隊を前に出せ。遠距離から一方的に攻撃を加えろ」

イサギが何かしらの強化を与えた獣人の力が膨大な以上、それとまともにぶつかる必要はない。

そのような意図で指示を出すが、魔道具を運用する部隊が次々と壊滅していく報告が上がってくる。

「弓兵部隊、全滅です！」

「火炎大砲部隊も同じく全滅です！」

「設置型の魔道具が次々と無効化されていきます！」

「一体どうなっている？　どうして魔道部隊が次々と……」

「ウェイス様！　イサギです！　イサギが前線に出て、我々の邪魔をしています！」

ガリウスが遠見の魔道具を覗き込みながら言う。

「何⁉　錬金術師の癖に前線に出ているというのか⁉」

ウェイスも慌てて遠見の魔道具を覗き込むと、前線にて不可思議な馬に跨るイサギの姿が。

イサギが魔法を飛ばす度に、魔道部隊が無効化、あるいは壊滅していくのが見えた。

ウェイスの判断は正しいものであったが、唯一の誤算はイサギが前線に出ていることだった。

「イサギは我々の使う軍用魔道具の構造や弱点を隅々まで熟知している。獣人共を潰す前にイサギを潰す必要があったか」

そのことに気づいたウェイスたちは、イサギたちを狙うように指示を出すが、それすらもことごとくイサギに邪魔をされ、傍らに寄り添うメイドの獣人に阻まれる。

「イサギの傍らにいるのはメルシアか？」

「イサギと一緒に職を辞めた獣人のメイドか！」

かつての部下だった者が、また一人敵として立ちはだかっている。そのことがウェイスとしては歯がゆくて仕方がなかった。

さらには虎の子として用意した戦槌ゴーレムがメルシアによって一撃で粉砕され、イサギの手によって鹵獲され、敵の手に渡る失態。

「前線の被害が甚大です！　このままでは戦線が崩壊する恐れがあります！」

戦力でも物資でも圧倒的な力を持っていながら、帝国所属の元宮廷錬金術師と獣人たちにここまで翻弄されるのはウェイスにとって我慢できないことだ。

我慢の限界に達したウェイスが目の前のテーブルを蹴り飛ばそうとした瞬間に、傍にいたガリウスが口を開いた。

「ウェイス様、例の軍用魔道具を使いましょう」

「そうか！　我々にはあの軍用魔道具があったな！」

「ええ、獣人共が前に出てくるのであれば、十分に射程距離に入ります。調子に乗っているところを一網打尽にしてやります」

「いいだろう。ガリウス、魔力大砲の使用を許可する」

ウェイスの指示を受けて、ガリウスは速やかに行動を開始するのであった。

31話　錬金術師は魔力大砲を防ぐ

「焔旋風《ほのお》！」

レギナが大剣を薙ぎ払うと、付与された炎の力も相まって強力な炎の嵐が迸る。

至近距離にいた帝国兵は両断され、周囲にいた者たちも爆風のあおりを受けて大きく吹き飛ばされていた。

レギナの周りに敵がいなくなったので俺とメルシアはゴーレム馬で彼女の傍に寄る。

「絶好調だね！」

「ええ、だけど何か手応えがないのよね」

レギナから明るい返事がくると思ったが、大剣を肩に担ぎ上げた彼女は神妙な面持ちだった。

「手応えがないってどういうこと？」

レギナだけでなく、俺たちが倒している帝国兵が偽物というわけではない。

戦場に漂う血の匂いや、転がっている遺体が、この上なく現実のものだと訴えかけていた。

これらが夢や幻のわけがない。

「ごめんなさい。感覚的なものだから口では説明しにくいわ」

「レギナ様は現状に違和感を覚えているということですね？」

「ええ。だけど、その違和感の正体がわからないのよ」

レギナとメルシアが小首を傾げる中、俺は落ち着いて周囲を見渡してもみる。

帝国に甚大な被害を与えた上に、多少の死傷者はいるもののこちらの被害は軽微だ。

敵の魔道具部隊も無力化することができ、戦槌ゴーレムを鹵獲したお陰で俺たちは破竹の勢いで戦線を押し上げることができている。

……戦線を押し上げている？

そのキーワードに引っかかりを覚えた俺は、ふと後ろを振り向く。

気が付くと、俺たちの戦線はかなり前に出ており、防衛拠点からかなり離れていた。

それに対して帝国は陣をドンドン後退している。

武装ゴーレムや鹵獲した戦槌ゴーレム、レギナの活躍、強化作物で強化された獣人といった大きな要素はあるものの、帝国の抵抗があまりにも少ない。

まるで、奥へ奥へと誘われているように。

遥か前方にある帝国陣の奥を見ると、巨大な黒い棒が姿を現した。

遠見の魔道具を覗き込んでみると、それは棒などではなく巨大な大砲だというのがわかった。

「レギナ、急いで皆に下がるように言ってくれ！」

「ええ!?　どうして!?」

「俺たちは誘い込まれたんだ！　このままだと、あそこにある軍用魔道具に一網打尽にされる！」

指をさすと、視界の遥か先にある巨大な大砲が見えたのか、レギナが身体を硬直させた。

しかし、それは一瞬で自らが何をするべきか悟ったらしい。

「全軍、ただちに撤退！　敵の軍用魔道具の射線上から離れて！」

俺は風魔法を発動。レギナの声が戦場に広く響き渡るように音を拡張した。

その音量に獣人たちは身体をビクリと震わせる。

少しうるさかったかもしれないが、聞こえないよりも百倍マシだろう。

「ええ？　何でだ⁉　せっかく帝国兵たち潰せるってのに！」

「リカルド、レギナ様の命令だ！　従え！」

「ったく、わかったよ！」

前線では困惑している者もいるが、ラグムントをはじめとする冷静な者が率先して声をかけてくれたお陰か撤退の動きができる。

俺たちが撤退する動きに帝国も気が付いたのか、巨大な大砲に魔力が充填され始める。

「マズい！　既にここも射程範囲だ！」

今まであれを隠していたのは、俺たちを引き込んで殲滅するため。最大の効果を発揮するために引きつけていただけで、既に射程圏内に入っていたらしい。

砲身に途方もない量の魔力が集まっていく。

魔力を扱う生業だからこそわかる。収束している魔力の量がとんでもないことが。

あれが放たれれば、射線上にいるすべてのものは消し炭となる。

「何だ⁉　あのでっかい大砲は⁉　あれも帝国の魔道具なのか⁉」

異様なほどの魔力の収束に素養のない獣人たちも畏怖を覚えたようだ。

「いいから走れ！　後ろを見るな！」

今は立ち止まってはいけない。俺はゴーレム馬に乗りながら、後退してくる獣人たちに声をかける。

獣人たちは全力で走ってくれているが、あの大砲がどれほどの射程範囲を誇るのかわからない。

己の足で走るよりもゴーレム馬の方が速いと判断したのか、レギナがメルシアの後ろへ器用に飛び乗る。

「もしかして、砦にまで届くんじゃないでしょうね⁉」

「いくら帝国の錬金術師でも、それほどの超遠距離軍用魔道具は開発できていないはず！」

もし、帝国の陣地から俺たちの砦にまで届くのであれば、最初からぶっ放しているはずだ。

それをしなかったということは、砦まで魔力を放つことができないのだろう。

というか、そう思うしかない。

祈りをささげるような気持ちで必死にゴーレム馬を走らせる。

ゴーレム馬は既に爆走モードで限界以上の速さを出してくれている。

しかし、それでも砦までの距離が遠い。時間が足りない。

チラリと後方を確認すると、膨大な魔力が砲身の先で圧縮され固められている。

「イサギ様、敵の攻撃がきます！」

敵の攻撃は既に放たれる寸前だ。

既に射程圏内に入っていた以上、殿《しんがり》を務めている俺たちには直撃する可能性が高い。

このままだと俺もメルシアもレギナも死んでしまう。

俺はまだしもレギナを失えば、俺たちの勢力は瓦解する。

それだけは避けなければいけない。

俺はゴーレム馬を操作して旋回させると、レギナとメルシアを先に行かせて一人だけ残ることにした。

「イサギ様⁉　何をしているんですか⁉」

「敵の攻撃を食い止めるから二人は砦に！」

爆走状態のゴーレムが急停止をすることはできない。

メルシアが馬上から降りようとする姿が見えたが、俺の決意を汲み取ってくれたレギナが必死に止めてくれていた。

助かる。そうじゃないと俺だけが残った意味がない。

「ケルシーさんに娘を傷つけないようにって言われているからね」

ごめん、メルシア。力を貸してほしいって言っておきながら、結局は一人で見栄《みえ》を張ってしまった。

でも、これは俺にしかできないことなんだ。ここが皆の守るための正念場だ。

戦場に一人残った俺は、残っているゴーレムに指示を出して集める。

武装ゴーレムの身体を構成しているのは、アダマンタイトや魔力鉱、魔力鋼といった強力な素材だ。魔力に対する抵抗力がとても高く、拡散させる能力を持っている。

鹵獲したゴーレムを合わせると、数は二百五十体ほど。

射線上に設置しておければ、それだけで十分に盾として機能してくれるだろう。

しかし、砲身に収束している魔力量を考えると、これでもまだ足りない。

俺は地面に両手をつけると、錬金術を発動。

地面を変質させて大砲の斜線上に次々と圧縮した土壁を隆起させる。

十枚や二十枚じゃない。何百、何千という枚数の土壁を間隔を空けながら設置していく。

一枚一枚の土壁に圧縮をかけながら硬度を上げていく。体内にある魔力がゴリゴリと減っていくのがわかる。

それでも魔力ポーションを口にしながら俺は錬金術を発動し続けた。

体内で急速に魔力が生成され、消費されていく感覚が酷く気持ち悪い。

頭痛と吐き気がして今にも倒れそうだ。

しかし、それでも止めるわけにはいかない。

夢中になって魔力を注ぎ続けていると、遂にその時がきた。

空気が振動し、大地が大きく揺れた。

壁やゴーレムで前が見えないが、収束された魔力がこちらに向かって一気に解き放たれたのを察知した。

射線上にあった土壁が紙のように破壊されていく。

砦の防壁ほどではないが、一枚一枚がかなりの硬度を誇っているのにだ。

何百もの土壁が次々と消滅し、三百、四百、五百と一瞬にして蒸発していく。

土壁を破壊するごとに魔力砲の威力は少しずつ減衰している。しかし、それでも威力はまだまだ健在でとてつもない勢いで土壁が割られていく。

七百、八百、九百……遂に千枚目が破られて、防衛陣を組ませたゴーレムたちに直撃。

ゴーレムの盾はこれまでの土壁に比べると、あっさりと食い破られることはなかった。

しかし、アダマンタイトの装甲でもこの魔力の質量や熱量には耐えられないのか、一体、また一体と溶け出していく。

俺はマジックバッグから残っているすべてのアダマンタイトを出すと、錬金術で加工して目の前に展開。全魔力を注入して硬度を引き上げた。

やがてゴーレムたちが消滅し、俺の作り上げたアダマンタイトの壁に直撃。

アダマンタイトの壁が赤熱し、じんわりと中心部から融解していくのがわかる。

悲鳴をあげているのは壁だけじゃない。俺の身体もだ。

酷使された俺の魔力器官が悲鳴をあげ、口から血が飛び出る。

余波による高熱が俺の全身の肌を焼き上げる。

痛い、熱い、苦しい……でも、それでもやめるわけにはいかない。

俺の後ろには大切な人がいるんだ。

「止まれえええええええええっ！」

衝撃と魔力欠乏によって意識が吹き飛びそうになるが、何とか気力で堪えた。

そして、目の前にあるアダマンタイトの壁が決壊。

消滅の波が俺を呑み込むかと思ったが、魔力砲はアダマンタイトの壁によって減衰して、進行先を逸れてくれたようだ。

後方のどこかに着弾する音が聞こえる。

そんな音が聞こえるだけで、今の俺に振り返って確認する体力はなかった。

32話　錬金術師は砦に撤退する

身体が言うことを聞かずに前のめりに倒れ込んでしまう。

呼吸ができ、ドクドクと心臓が震える音がする。俺はどうやらまだ生きているみたいだ。

何もすることができずに倒れ伏していると、地面から激しい振動が伝わってくる。

帝国兵だ。魔力大砲を放って獣人たちを大きく下がらせたんだ。

この機会を逃すわけがない。逃げないと。だけど、身体が疲弊して動かすことができない。

もしものためにライオネルからもらった世界樹の雫を利用したポーションがあるが、使うことができなければ意味はなかった。

「イサギ様！」

遥か後方からメルシアの声らしきものが聞こえる。

最初に感じたのは安堵だった。

「よかった。無事だったんだ」

顔は見えないけど、かなり距離が遠い。

恐らくメルシアが俺を回収するよりも、帝国兵の魔法が先に届くだろう。

帝国兵たちの足音が近づき、ドンドン大きくなっているのがわかる。

残念ながら俺は助からない。

「だけど、大切な人を守り切れたのなら、ここで死ぬのも悪くはないかな」

最期に男として格好いいところを見せられた気がする。

「何だ貴様、ここで死にたいのか？」

「えっ⁉　コクロウ？」

目だけを動かしてみると、傍らにはコクロウが佇んでおり、哀れむような顔でこちらを見下ろしている。

「どうしてここに？」

「我はずっと貴様の影に潜んでいたからな」

「な、なるほど」

それなら魔力砲を防ぐ時に力を貸してくれてもよかったんじゃ……思わず、そんなことを思ったがコクロウにそこまでの力はないし、過度な期待をしてはいけない。

「で、ここで野垂れ死ぬのが望みか？」

「え、いや。生きたいです。助けてください」

「しょうがない奴だ」

コクロウがため息を吐くと、俺の真下にある影が揺らめいてずぶずぶと身体が沈んでいく。

「な、何これ⁉」

「我の影に入れてやっているんだ。息を止めておけ」

どうやらコクロウやブラックウルフがやっている影移動を行ってくれるようだ。

というか人間である俺も移動できるのか？　わからないけど、それしか道がないので従うしかない。

ずぶずぶと沈んでいく得体の知れない感覚に恐怖しながらも、コクロウの言うことに従って息を止めた。

今の俺は指一本動かすことができないんだし、身を任せるしかない。

ほどなくして俺とコクロウの身体はすべて影に沈んだ。

目を開けても何も見ることのできない完全な暗闇だ。

「チッ、人間を連れて移動するのは難しいな」

傍らにいるコクロウが悪態をついている。

この空間にとって俺は異物なのだろう。妙な圧迫感がある。

俺という異物がいるので移動に苦戦しているようだ。

疲弊している中、息を止めているのはかなり辛い。

「小娘、足を止めろ！」

「コクロウさん⁉」

酸欠で意識が遠くなる中、コクロウの声とメルシアの驚く声が響いた。

次の瞬間、俺の身体がふわりと浮上する。

「イサギ様⁉」

ちかちかとする視界の中で、こちらを見て驚いた顔をするメルシアが見えた。

どうやらメルシアの影に移動したようだ。

「小娘、さっさとこいつを拾い上げろ」

「は、はい！」

コクロウが俺の身体を押し上げると、メルシアが速やかに回収してゴーレム馬の前に乗せてくれた。

「イサギ様、ご無事でよかったです」

「あはは、心配かけちゃったみたいだね」

「まったくです。あんな無茶をされるだなんて」

「言葉を交わし合うのはいいが、まずは後ろをどうするかが先ではないか？」

コクロウに言われて後ろを振り向くと、帝国兵たちが進軍してきていた。

こちらはゴーレムが全滅し、戦力のほとんどが砦まで引いてしまっている。

中々前に進むことのできなかった帝国からすれば、絶好の機会。

「砦に引き返します！」

メルシアが慌ててレバーを操作して、ゴーレム馬を走らせる。

「コクロウのさっきの技で逃げたりとかは……」

「人間が一緒では無理だ」

さっき苦戦していた様子から、コクロウにとって人間ごと影移動を行うのは負担の大きいことのようだ。あれが使えたら安全に一瞬にして避難できるというのに残念だ。

「このままですと、私たちと一緒に帝国兵まで砦に接近してしまいます！」

俺たちの後方には帝国兵たちがいる。このまま何もせずに砦まで引き返しては、帝国兵まで連れていくことになりかねない。

「コクロウ、あそこの崖に攻撃することってできる？」

「ああ」

俺が指をさすと、コクロウは影の刃を飛ばした。

黒い刃は崖に直撃すると勢いよく爆発し、谷底へと岩を落とした。

「何だ今の爆発は？」

「撤退する時のために魔石爆弾を埋めていたんだ。あっちとあっちにも埋めているから攻撃して作動させてくれるかい？」

本来ならば、俺が錬金術で遠隔作動させる予定だったのだが、今は魔力が空なのでそれすらもできない。

コクロウに頼むと、彼は次々と影から刃を飛ばして、俺が指定したポイントに命中させてくれた。

地中に埋めてあった魔石爆弾が次々と起動し、大量の岩や土砂が谷底を塞ぐ。

だけど、まだ足りない。ちょっとやそっとの岩じゃ帝国はすぐに破壊して進軍してくる。

岩の撤去を妨害するような戦力が必要だ。

俺は気力を振り絞ってポーチの中から瓶を取り出す。

そこにはコクロウと一緒に作成した錬金生物の種が入っているのだが、疲弊しているせいか瓶を開けることすらままならない。

「ええい、じれったい！　撒けばいいのだろう！」

苦戦しているとコクロウが影を伸ばして俺の瓶を回収し、影を操作して器用に蓋を開けると、中に詰まっている大量の種を地面に撒いた。

種は自ら地面に埋まると、瞬く間に成長して異形の植物と化す。

　ある個体は数メートルもある蔓を伸ばし、ある個体は人間のように手足を生やし、ある個体は全身に刺のようなものを生やす。それらに共通している点は、どう見ても人と共存できるような見た目ではないことだ。

「イサギ様、あれは？」

「錬金術で品種改良した作物だよ」

「そ、そうですか」

　こんなものを作っているとメルシアに知られたくなかったし、彼女の目の前で使いたくもなかったが、俺たちには立て直しをする時間が必要だった。

　大量の土砂と錬金生物を谷底に落とすと、俺たちは防衛拠点である砦へと引き返すのだった。

●

「イサギ！　大丈夫なの⁉」

　メルシア、コクロウと共に砦に帰還すると、真っ先にレギナが出迎えてくれた。

「ああ、何とかね」

「よかった」

　まったく動くことはできないが無事であることを伝えると、彼女は心底ホッとした顔になった。

　撤退する時は冷静にメルシアを止めてくれたが、心配で気が気じゃなかったようだ。

「あの攻撃で怪我をした人はいない？」

「イサギのお陰で全員が無事に撤退できたわ。あなたが防いでくれなかったら、きっとあたしとメルシアも……本当にあなたには感謝しきれないわ」

「なら、よかった」

そう言ってもらえると身体を張った甲斐があるというものだ。

俺の行いは無駄じゃなかったらしい。

「ごめん。先にポーションを飲ませてくれるかな？　さっきから身体の痛みやら、魔力の欠乏でしんどくて」

「ご、ごめんなさい！　好きにどうぞ！」

レギナに断りを入れると、俺はマジックバッグから一つのポーションを取り出す。

それは他の治癒ポーションや魔力回復ポーションとも色が違う、透き通るような青色をしていた。

これはライオネルからもらった大樹の雫や枝葉を利用して作成したポーションだ。

これを飲めば傷だけでなく魔力さえも全快するだろう。

震える手で持ち上げると、後ろにいるメルシアが蓋を開けてくれた。

それだけじゃなく、俺の口へと瓶を傾ける。

「はい。イサギ様」

「いや、自分で飲めるんだけど……」

「稀少なポーションを万が一落とすようなことがあってはいけませんから」

確かに満足に一人で蓋を開けることができない奴が言っても説得力がないのかもしれない。

俺は素直に口を開けて、メルシアにポーションを飲ませてもらった。

　すると、俺の身体が青い光に包まれる。

　魔力大砲による攻撃で負ってしまった火傷《やけど》、切り傷、打撲といった外傷は綺麗さっぱりと治ってしまい、空になっていた魔力が満たされていく。

　魔力回復ポーションを摂取した時のような、急激な魔力生成による魔力器官への負担や、気持ち悪さといったものは一切ない。

「わっ！　イサギの傷が治った！」

「それだけじゃなく、魔力も全部回復したよ。さすがは大樹の素材を使ったポーションだ」

「すごい効果ね！」

「興味本位で使っちゃダメだよ？　ここぞという時に使ってね？」

「わかってるわよ」

　俺だけじゃなくレギナにもこのポーションは持たせてある。

　作成できたのが二本しかないので、もう一本はケルシーかメルシアに持たせようとしたが、全力で反対されたので二本目は俺が持っていたのである。

　結果的に死にかけたのは自分だったので持っていてよかったと思う。

33話　錬金術師は再び掘削する

「イサギ、あそこにいる生き物たちは、あたしたちの味方っていう認識でいいのよね？」

谷底に見える錬金生物を見下ろしながらレギナが強張った顔で尋ねてくる。

渓谷では、帝国兵が魔法や魔道具を使った岩の撤去作業をしており、その作業員に錬金生物が襲いかかる形で妨害をしていた。

「うん。そうだよ」

姿が姿だけに誤解してしまうのも仕方がない。

味方であることがわかると、レギナは一安心している様子だった。

「でも、あの錬金生物は暴れ馬だから、あくまで時間を稼ぐための戦力としてカウントしてほしい」

「……そう。こうして無事に撤退して時間を稼ぐことができたのだから、それだけで十分だわ」

ゴーレムのような運用はできないと告げると、レギナは少し残念そうにしたものの気持ちを切り替えるように呟いた。

「さて、こうしてイサギのお陰で態勢を立て直すことができているけど、帝国の引っ張り出してきた、あの魔道具が問題ね」

レギナが厳しい表情を浮かべながら帝国の陣地へと視線を向ける。

「イサギ、あの魔道具が何かわかる？」

「俺がいた時には無かった軍用魔道具だから、細かいことはわからない。だけど、さっきの一撃を受けてどんなものかはわかったよ」

「推測でもいいから教えてくれるかしら？」

「あれは膨大な魔力を圧縮し、それを放つことで敵を殲滅する軍用魔道具だ。単純だけど、帝国の潤沢な物資と魔力が合わされば、とんでもない威力になる。仮定して名付けるとしたら魔力大砲かな？」

「で、その魔力大砲とやらだけど、イサギの作った砦に直撃したとすれば保つかしら？」

「間違いなく木っ端微塵《みじん》だね」

実際に攻撃を防いでみた俺だからわかる。

あれは個人の力量ではどうすることもできない類の攻撃だ。

さっきは大量のゴーレムとアダマンタイトの障壁で逸らすことができたが、もうそれらは手元にはないし、短時間で作り直すことは不可能だ。

「あれって連発できる？」

「無理だと思う。できれば、すぐにやっているだろうし、あれだけの魔力を収束させて放つんだ。構造上、砲身に大きな負担がかかっているはずだよ」

砲身を冷却するか砲身を取り換えるかしないと撃つことはできないはずだ。そこからさらに魔力を収束させる時間を考えると、すぐに撃てるものではない。

「それを聞いて安心したわ」

だけど、どれくらいの時間かは不明だ。

半日ほどかかるかもしれないし、数時間もしないうちに放つことができる可能性もある。

「ですが、次の発射までに対抗策を考えなければいけません」

「その通りね」

帝国が前に進めば、魔力大砲も前に進むことになり、この砦が射程範囲に入ってしまう。そうなってしまえば、お終《しま》いだ。

「魔力大砲を近づかせないように帝国兵を食い止める、あるいは魔力大砲そのものを無効化する必要があるね」

「前者については難しいと言わざるを得ないわね」

先ほどの攻勢はゴーレムがいてこそのものだ。魔力大砲によってそれらがすべて破壊されてしまった以上は、砦に残っている戦力だけで食い止めることになる。

それでもいくらか持ちこたえることはできるが、戦力や物資に限界がある以上、そう長くはもたない。仮に持ちこたえたとしても、魔力大砲の再充填がされれば、前に出た俺たちの軍勢は殲滅されることになるだろう。対処のしようがない。

「だったらやるべきことは魔力大砲の無効化だね」

「しかし、あれは帝国の陣地の真っただ中にありますが……」

「厳しい道のりだけど、あたしもそっちの方が希望があると判断するわ」

当然、帝国も切り札である魔力大砲を壊されないように警備を厳重にしているだろう。

陣地の真っただ中に設置されており、あそこまでたどり着くのは困難だ。

しかし、あれをどうにかしないことには俺たちに希望はない。

それは誰もがわかっていることだ。

「魔力大砲を無効化するとして、問題は誰がどうやってやるかよね……」

　レギナが腕を組みながら呟く。

　周囲にはたくさんの獣人がいるが、誰も妙案を思いつくことがないのか難しい顔をしている。

「俺が引き受けるよ」

「どうにかする算段があるのかしら？　正面には大勢の帝国兵がいて、他に迂回することもできないわよ？」

「道がなければ作ってしまえばいいんだよ」

「なるほど。ラオス砂漠で水を引いた時のように道を掘るのね？」

「そういうこと」

　ラオス砂漠で彩鳥族の集落に水を引いた時に、俺は錬金術を駆使して土を掘削して水道を作成した。その時と同じ要領で崖をくり抜いて迂回すればいい。

「それなら帝国兵に気づかれずに魔力大砲の近くに出ることができるかもしれないわ！」

「ですが、またイサギ様にそのような危険を負わすなんて」

「悪いけど時間はないんだ。帝国が砦に近づく前に、魔力大砲が動き出す前に仕掛けないといけない」

　こうして考えている時間すら惜しい。俺たちには時間がない。

「誰かが一番危険だとかそんなことは関係ないよ。これは俺にしかできないことであって、俺が皆を守るためにやりたいんだ」

「ズルいです。そんな風に言われてしまっては反対できません」

メルシアが俺を案じてくれる気持ちはわかる。

だけど、ここで仕掛けないと俺たちに勝ち目はないんだ。

「私が同行します。今度こそイサギ様をお守りいたします。もう無茶はさせません」

「ありがとう。メルシアも来てくれると心強いよ」

「ならオレも付いて行ってやるぜ、イサギさんよ！」

「微力ながら力になります」

「リカルド、ラグムントもありがとう！」

まさか、農園の従業員二人が志願してくれるとは驚きだった。

「掘削できる範囲と隠密性を考えると四人が妥当かしら？」

「うん。俺たち四人で魔力大砲を無効化してくるよ」

俺たちは真正面から魔力大砲を破壊しようというわけじゃない。

壊すことができなくとも俺が触れて錬金術を発動すれば、こっそりと無効化することができる。

求められるのは戦力よりも隠密性と連携力だ。

「わかった。なら、あたしたちは帝国を食い止めることに専念するわ！」

「魔力大砲の方は任せてくれ」

やるべきことが決まれば、早速行動あるのみだ。

俺、メルシア、リカルド、ラグムントは速やかに砦を出ると、崖の目の前へと移動。

そこに手をついて錬金術を発動して掘削。

「おお、硬い岩なのにあっさりと穴が空くんだな」

崖にぽっかりとできた横穴を見て、リカルドが驚きの声をあげた。

「こんな感じでドンドン掘削して進んでいくよ」

声をかけると、俺は錬金術を発動してドンドン掘削していく。

「灯りは私がお持ちします」

「ありがとう」

奥に進んでいくと暗くなったので視界を確保のために、メルシアが魔道ランプで前を照らしてくれる。撤退することも考えてか等間隔で光源となる光石も設置してくれていた。

ラオス砂漠で経験しているからか、メルシアのフォローがとてもスムーズだ。

「俺たちに何か手伝えることはありますか？」

ラグムントがおずおずと声をかけてくる。

俺とメルシアだけ作業をし、自分たちだけが何もしないのが心苦しいのだろう。

「掘削して地面に転がった土砂なんかを除けてほしい。あとは周囲の音を拾って異常がないか確認してくれると助かるよ」

「わかりました」

錬金術で地中の情報は拾えるが、外の情報を拾うことはできない。

彼らにはそういった情報収集や雑用を任せたい。

「耳にそこまでの自信はねえし、索敵はラグムントに任せるぜ」

「なら、お前は土砂除けを頼む」

「ああ」

それぞれの役割分担ができたところで俺は再び掘削を進める。

掘り進めると同時に天井や壁なんかを魔力で補強し、崩落しないように気を付ける。

「思ったより速いんだな」

「ラオス砂漠に行った時に穴掘りは随分とやったからね」

あの時は山にある水源から集落まで水道を引くものだった。

その時の苦労もあってか掘削作業がかなり上達した。

進行速度は前回の二倍ほどと言っていいだろう。

今回の方が距離は短い上に傾斜もないので実にやりやすい。

「左から何かが飛来してきます！」

「え？」

掘削していると、ラグムントが耳をピンと立てて声をあげた。

次の瞬間、壁をぶち破って大きな鉄球が飛来した。

メルシアはすぐに反応すると、鉄球を殴りつけて食い止めた。

「イサギ様、壁の補強を！」

「あ、ああ！」

周囲を見ると、あちこちで亀裂が入ってミシミシと音を立てている。

このままだと崩落する可能性が高い。

俺は慌てて錬金術を発動し、周囲の亀裂を修復した。

「ふう、何とかなったみたい。ありがとう、メルシア」

「いえ、皆様がご無事で何よりです」

「にしても何だ今のは⁉　帝国共はオレたちがここにいるってわかってやがるのか⁉」

「……いや、追撃の様子もないし、そのような声もあがっていない。恐らく戦場の流れ弾だろう」

俺も一瞬、敵に居場所がバレたのかと思ったが、そうでもないみたいだ。

「レギナたちも戦ってくれているってことだね。作業を再開するよ」

今回は時間との勝負だ。魔力大砲が次の準備を始める前に何としてもたどり着かなければ。

俺は黙々と掘削を続ける。

周囲の警戒はラグムントが行ってくれているので、本当に俺は掘削に集中するだけでいい。

「イサギ様、もうそろそろ帝国の陣地にたどり着く頃かと思います」

掘削しているとメルシアが地図を広げながら言ってくれた。

俺は錬金術を使いながら何となく進んでいたが、メルシアは進行速度を計算し、おおよその居場所を把握できているようだ。

「ええ、大勢の気配がします」

「じゃあ、ここからは静かに進んでいくよ」

壁をぶち抜いてすぐに帝国兵がいるわけではないだろうが、派手に掘削をすれば存在を感知される可能性がある。ここからはできるだけ物音を立てずに進む必要があるだろう。

掘削速度は少し落とし、消音を意識してゆっくり穴を掘り進める。

「もう五メートルも掘れば、外に出るんだけど問題なさそう？」

「はい。問題ないかと」

壁に耳を当てたメルシアがそう言ってくれたので、俺は最後の掘削をして壁をぶち抜いた。

ガランゴロンと岩が転がってしまって慌てる。

穴から出ずにしばらく様子を窺ってみるも、その音で誰かがやってくる気配はない。

そのことに安堵しつつ、俺はおそるおそる外に出て様子を窺う。

久しぶりの明るい光に目がチカチカとする。それをグッと堪えて視線を巡らせる。

周囲は岩礁地帯になっていたので俺たちはすぐに身を隠し、落ち着いて周囲を確認。

あちこちにテントのようなものが立っていた。周囲には小さな柵が立てられており警戒する兵士が立っているが、こちらには気づいていない。

「あれは帝国の陣地か？」

「大きな仮設テントなどを見る限り、そうだと思う」

ここだけは戦場の血生臭い空気が漂っておらず、まったりとした空気が流れている。

恐らく、ここには軍を率いる王族や、その家臣などが待機しているのだろう。

「魔力大砲はどこなんだ？」

「あそこだ」

ラグムントの指さしてくれた方角を見ると、テントから離れたところに魔力大砲が鎮座していた。

その周囲には護衛の兵士が立っており、警備を固めている。

「どうする？　一気に四人で突っ込んで壊すか？」

「いや、私が囮《おとり》になろう。その隙に三人が近づいて壊すのはどうだ？」

リカルドとラグムントが小さな声で魔力大砲を無効化する方法を話し合う。

しかし、それらはどれも危険であり、確実性に欠けると言わざるを得ないだろう。

俺も掘削しながらぼんやりと考えてはいたが、どれも確実性があるとは言いづらい。

「イサギ様、提案があります」

そんな中、メルシアが覚悟のこもった眼差しを向けながら言う。

長年付き合っているだけに彼女が何を考えているか俺にはわかった。

「メルシアが一人で皇族を暗殺するっていうのはなしだよ？」

「ッ⁉　な、なぜですか？」

「仮に暗殺が成功したとしてもメルシアが犠牲になるからだよ」

「構いません。私一人の犠牲でこの戦いが終わるのであれば安いものです」

「全然、安くないよ。少なくとも俺はそうは思わない」

「俺も同感だ。いくらオレたちより強いって言っても、女だけを犠牲にして助かりたいとは思わねえよ」

「今回ばかりは私も同感です。メルシアさん」

「それに皇族を暗殺したところで帝国の侵略が止まる保証もないしね」

皇子を暗殺しても、次なる指揮権を持った皇族が控えている可能性もある。

それくらい帝国には大勢の皇族がいるんだ。

皇子の一人を暗殺しても終わるとはいえないし、また次の大きな火種になる可能性がある。

「わかりました。ならば、暗殺はやめておきます」

そういった理由も指摘すると、メルシアは納得したのか頷いてくれた。

メルシアだけ犠牲にして、俺たちは助かりましたなんてケルシーに言えないしね。

魔力大砲を無効化しつつ、全員で帰還する方法を俺たちは考える。

「四人で魔石爆弾を投げ込むってのはどうだ？」

「それはアリかもしれない」

「いや、あれほどの巨大な大砲だ。装甲を見る限り、多少の魔法なんかが撃ち込まれることは想定しているだろうから難しいと思う」

チャンスは一度しかない以上、確実性が低いものは採用できない。

「じゃあ、どうしろってんだ？」

「俺が近づいて錬金術で内部から破壊するよ。それが確実だ」

外部からの攻撃が安全性に欠ける以上、内部からの破壊が一番確実だ。

そして、それが実行できるのは魔道具にもっとも精通している俺だけだ。

「周囲には大勢の兵士がいますが……」

「そこはこのローブを使って紛れ込むよ」

魔力大砲の周りには俺と同じローブを羽織った錬金術師たちがいる。

ザッと見たところその中に顔見知りらしきものはいない。

俺が羽織っているのも帝国の宮廷錬金術師のものだ。それとなく入っていけば、警戒されることなく近づくことができる。

「ですが、イサギ様は開戦時や撤退時の活躍で容姿が知れ渡り、警戒されているかと……」

メルシアの言うことはもっともだ。俺の容姿は既に帝国内に共有されている可能性がある。

「ならその容姿を変えればいいんだよ」

俺はマジックバッグから一つのピアスを取り出して、耳につけた。

「うお！　イサギさんの髪色が真っ黒になったぜ！」

「それに目の色も黄色から青に……」

これは錬金術で作成したマジックアイテム。カラーピアスだ。

装備した者の髪色と目の色を自由に変えることができる。

「これならぱっと見で俺とはわからないでしょ？」

「ええ、別人ですね」

「……黒髪のイサギ様もアリです」

何だかメルシアのコメントだけがズレている気がするが、お墨付きがもらえたのならそれでいいだろう。

「オレたちからすれば、匂いで一発だけどな」

「人間族にそこまでの嗅覚は備わってないし、俺の匂いなんてわからないから」

人間族にそのような見分け方はできないので、そこは気にしなくていいだろう。

段取りとしては俺がバレないように近づいて、魔力大砲を内部から破壊する。

メルシアとラグムントには俺がバレた時のために近くに控えてもらう。

場合によってメルシアが敵兵を蹴散らし、ラグムントが魔石爆弾などで牽制することも視野に入れている。

そして、リカルドは洞窟で待機してもらい、確実に退路を確保してもらう。

敵に追いかけられるようなことがあれば、魔石爆弾などを投げてリカルドに誘導をしてもらうという感じ。

「これでどう？」

「異論はないです」

大まかな作戦の流れを説明すると、特に反対の意見が挙がることはなかった。

「決まりだね。じゃあ、行ってくるよ」

「イサギ様、どうかお気を付けて」

メルシアたちに見送られると、俺はこっそりと岩陰から出た。

そのまま帝国兵たちに合流すると、何気ない姿で魔力大砲の方へ向かう。

俺の視界を何人もの帝国兵が闊歩している。

俺がイサギだとバレたら、腰に佩いている剣で斬り捨てられてしまうだろう。

緊張で心臓がバクバクと鳴る。だけど、そんなことはおくびにも出さずに堂々と歩く。

魔力大砲の傍にやってくると、護衛の兵士がこちらを睨《にら》みつける。

その鋭い眼力にビビることなく入っていくと、兵士は軽く頭を下げて通してくれた。

宮廷錬金術師はほとんどが貴族だから。貴族を相手に強く出られる兵士はいない。

そんなわけで俺はあっさりと魔力大砲の傍にやってくることができた。

周囲には俺以外の宮廷錬金術師がいる。幸いにして顔見知りはいなかった。

いたとしてもカラーピアスで変装している俺に気づく者はいないだろう。

気づくほど仲のよかった同僚なんていなかったからね。

俺はシレッと魔力大砲へ近づく。さも軍用魔道具を調整する宮廷錬金術師のように。

魔力大砲に触れた俺は、魔力を流して内部構造を読み取っていく。

ベースはアダマンタイトを使っており、そこに魔鉄、魔鋼といった魔法防御力の高い素材を使っている。もちろん、それらは宮廷錬金術師が加工しており、並の攻撃では傷一つつけることができない硬度に高められている。

上質な素材を用意することはもちろん、これほどの大きさに加工するのも大変だっただろうな。

これを作るのに一体どれほどの金額を注ぎ込んだのか呆れる思いだ。

その資金があれば、大勢の民たちを笑顔にできただろうに。

そんなことを考えてしまうが、今の俺は帝国の宮廷錬金術師ではない。

プルメニア村に住む錬金術師イサギだ。今の俺がどうこうできるわけもないし、もはや関係のないこと。

余計な考えは捨てて、魔力大砲の構造を把握するべく魔力を浸透させた。

34話　錬金術師は魔力大砲を破壊する

魔道具を破壊するには魔石ではなく、魔力回路を破壊する方がいい。

あれだけの出力を誇る魔石を用意するのは、それはそれで大変であるが、逆に言えば取り換えるだけで済む。しかし、魔力回路はそうはいかない。

魔力回路はもっとも少ない力で最高率の魔力を供給できる方法を錬金術師が練りに練り、多大な魔力と時間をかけて作り上げるものだ。この規模の魔力回路となると、かなり緻密に回路が組まれていることだろう。

そのようにして作り上げられたものが壊れたとして、すぐに修理することは不可能だ。

恐らく、宮廷錬金術師が束になっても一週間はかかるだろう。

だから魔石を破壊するより、魔力回路を壊される方が錬金術師にとっては致命的なのである。

故に錬金術師は魔力回路の破壊を一番に警戒している。いくつもの魔力回路を重ね、つなげ合わせて、どこかに異常をきたしても機能を発揮するように。

しかし、どのような魔道具であっても完全なものを作るのは不可能だ。

どこかに中枢部分となる魔力回路があるはずだ。確実に破壊するにはそれを見つけて破壊する必要がある。

中枢部分はどこだ？　闇雲に探っては時間がかかる。製作者の意図を考えろ。

これだけの規模の軍用魔道具を作るのが得意だったのは錬金術師長。

用心に用心を重ねる彼の性格からして表面にあるものは、すべてダミーだろう。

一見して繋ぎにしか見えない小さな魔力回路が本命という可能性が、彼の性格からすると高い。

「――あった」

試しに範囲を絞って探ってみると、予想通り何の変哲もない小さな魔力回路が中枢を担うものであった。

他のものは替えが効くが、これだけは壊されてしまえば替えが効かない。

「そこのお前、何をしている？」

壊すべき回路を見つけた瞬間、後ろから声がかかった。

ゆっくりと振り向くと、錬金術師課を統括していた元上司のガリウスがいた。

げっ！　という言葉が喉まで出そうになったが何とか堪えた。

やや疲れの見える表情をしているが高圧的な態度は変わっていないな。

「先ほどの発射で魔力回路に負担がかかっていないか確認をしておりました」

「確認作業なら先ほど終わったと聞いたはずだが？」

「ええ、終わっています。あとは砲身の自然冷却を待つだけで何の問題もないので勝手に触らないでください」

ガリウスの傍には錬金術師長もいる。

とはいっても、平民である俺はほとんど会話をしたことがない。

向こうも俺に興味はなかったようなので覚えていないはず。

「出すぎた真似をいたしました」

ここは一旦引き下がって、彼らがいなくなったタイミングで魔力回路を壊そう。

「……待て」

「何でしょう？」

下がろうとしたタイミングでガリウスが声をかけてきた。

「貴様、どこか見覚えのある顔をしているな？」

今度は何を言われるのかと思ったタイミングでそんな言葉を投げられたものだからドキッとしてしまう。

マズい。ここでバレてしまえばハチの巣だ。

焦りを出さないように意識して表情を繕う。

「そうでしょうか？」

「その顔つき、髪型、背丈、少し前に解雇してやったイサギにそっくりだ」

「というか、カラーピアスをつけてるので髪色や目の色は偽装です。多分、こいつはイサギですよ」

「ッ!?」

ガリウスが確証を持てない中で傍に控える錬金術師長が呑気に言った。

見た目は誤魔化すことはできても、装備しているアイテムまでは誤魔化すことができない。

「貴様！　イサギか!?」

ガリウスの誰何《すいか》の声には答えず、俺は魔力大砲の核となる魔力回路へ強引に魔力を流し込んだ。

起動していない状態で行き場のない魔力をねじ込まれたせいか、回路内で魔力が暴発。

魔力回路が砕けてショートする。

「あああああああああああああああああああああ！」

そんな光景を見て、錬金術師長が悲鳴をあげる。

彼は慌てて魔力大砲へ近づくと、内部の魔力回路を確認し始める。

周囲にいる宮廷錬金術師や兵士は何が起こったのか理解できず、付いていけていない。

「よりによって中枢を担う魔力回路を壊したな⁉　人間のやることじゃない！」

「こっちも錬金術師だからね。錬金術師が何をされたら嫌がるのかはわかってるさ！」

俺はそんな捨て台詞を吐くと、背中を向けて一目散にメルシアたちのいる方へ。

「何をしている兵士共！　そいつは賊だ！　取り囲んで殺せ！」

状況に気づいているガリウスが指示を出すと、動揺していた兵士たちが慌てて追いかけてくる。

仮にも部下だった者を躊躇《ちゅうちょ》なく殺そうとするとはドン引きだよ。

まあ、こっちも間接的ではあるが大勢の帝国兵を殺《あや》めているし、今さら手加減してもらえるわけもないか。

リカルドの待機している穴目がけて走ると、騒ぎを聞きつけたのかテントから帝国兵が出てくる。

「ふふふ、油断したな！　我が剣の錆に――ごはっ⁉」

真正面から突然やってきた帝国兵に驚いていると、横からメルシアがやってきて殴り飛ばしてくれた。

「メルシア！」

「魔力大砲は？」

「破壊した！」

「では、撤退を！」

「ああ！」

目的を達成したのであれば、これ以上ここに留まる必要はない。

あとは全員が無事に砦へと戻るだけだ。余計な言葉は無用だ。

「その錬金術師と獣人の娘を捕まえろ！　帝国の裏切り者だ！」

ガリウスの大声に反応し、あちこちのテントから帝国兵がやってくる。

後方に控えていた兵士はかなり多い。

メルシアが必死に殿を務めてくれるが、怒涛《どとう》の勢いに取り囲まれそうになる。

と、その時、どこからともなく投げ込まれた魔石爆弾が帝国兵たちを襲った。

「二人とも早くこっちに！」

「ありがとう！」

作戦通りにラグムントが魔石爆弾で援護してくれたようだ。

魔石爆弾は敵が密集していると多大な被害を与えることのできる魔道具だ。

帝国兵が慌てて散っていく。

俺もそれに合わせて、魔法を使って火球をばら撒いた。

「何の騒ぎだ！」

陣地の後方で爆発が巻き起こったせいかテントから高貴な身分であろう人物が出てくる。

派手な銀色の鎧を纏っているのは、第一皇子であるウェイスだった。

「ウェイス皇子」

「もしや、イサギか⁉」

平民にもかかわらず、俺にたった一度の評価の声をかけてくれた人。

しかし、それ以降声をかけてくることはなかったし、俺が解雇された時も声を挟んでくることはなかった。

「捕らえろ！　いや、そいつは帝国の害になる！　殺せ！」

現に俺だと気づいたウェイスの口から出た言葉はそんなものだった。

これだけ被害を与えてしまっているので当然だろう。

「イサギ様、また囲まれる前に脱出を！」

「ああ！」

これ以上立ち止まってしまっては皆の力で突破した意味がない。

俺はすぐに足を回転させる。それと同時に火球を作り上げると、空へと打ち上げる。

打ち上がった火球は上空で派手に爆発させた。

これはレギナたちへの作戦成功の合図だ。これで彼女たちが無理に前に出る必要はなくなる。

すかさず俺とメルシアはラグムントのいるところに飛び込んで掘削した横穴へと向かう。

「こっちだ！　早くずらかるぜ！」

穴の前ではリカルドがしっかりと退路を確保して待ってくれていた。

「イサギ様、後ろから魔法が！」

「問題ないよ！」

帝国兵が魔法を飛ばしてくるが錬金術を発動し、岩壁を作成。

敵の魔法を防ぐと同時に俺たちを直接追いかけられないようにしてやる。

「うわっ！　壁が！」

「待て！　押すんじゃない！　俺たちが潰れる！」

「何をやっている！　賊はたかが数人だぞ⁉」

突如隆起した土壁に帝国兵たちのたじろぐ声と悲鳴があがり、遠くからガリウスの怒声が聞こえていた。

振り返ることなく穴に逃げ込むと、俺は錬金術を発動して出入口を塞ぐ。

それだけだと宮廷錬金術師に侵入経路を捜索され、逆に利用されることもあり得るので前へ進みながら穴を崩落させた。

仮に通れたとしても穴に入れるのは二人ずつ。武装している帝国兵だと一人ずつが限界だろう。通ってきたところでこちらのカモになるだけだ。

追跡できないように細工をしながら走り続けると、自分たちの砦の傍に繋がる穴が見えた。

リカルド、ラグムント、メルシア、俺の順番に出る。

すると、砦の入り口からはちょうど退却したらしいレギナをはじめとする獣人たちがいた。

「イサギ！　やったのね⁉」

「ああ、全員無事さ。魔力大砲も壊したよ」

合図のお陰で結果はわかっているが、それでもしっかりと報告をすると、レギナや砦にいる獣人たちから歓声があがった。

35話　錬金術師のいない帝国9

イサギたちを見失った帝国陣では混乱が起こっていた。

突如として後方にある本陣に敵戦力が出現し、かき乱されたのだ。

帝国兵たちが取り乱すのも無理はない。

そんな中、ウェイスは状況を確かめるべく声を張りあげる。

「侵入してきたイサギと獣人共はどうなった!?」

「見失ってしまいました！」

「この私のいる本陣にみすみす侵入を許すだけでなく、取り逃すとは一体何をやっているのだ！」

兵士の報告を耳にして、ウェイスは激昂《げきこう》する。

「申し訳ございません。ただちに侵入経路を洗い出し、追跡いたします」

兵士たちが慌てて捜索作業に戻ると、ウェイスは自身のテントに戻った。

「まったく無能共め」

「ウェイス様、ご報告があります」

一人で毒を吐くウェイスの元にガリウスと錬金術師長が重苦しい表情を浮かべながら入ってきた。

「何だ？」

「対獣人用に開発した魔力大砲ですが、先ほどの襲撃で破壊されてしまいました」

「破壊!?　あれはそう簡単に壊されないように加工をしていると耳にしたが？」

「内部の魔力回路を破壊されました」

「それがどうした？　ここには宮廷錬金術師もいる。何とか修理しろ」

ガリウスは重苦しい表情で原因を告げるが、ウェイスはまるで理解した様子がない。

それも当然だ。彼はあくまで皇子であって錬金術師ではない。

その辺の者よりも錬金術に対する知識や理解はあるものの専門職でないのだから。

ウェイスが状況を理解していないと察したのか、ガリウスは視線を送って錬金術師長に説明を求める。

すると、彼は気だるそうな表情で口を開いた。

「僭越《せんえつ》ながら申し上げますが、それは不可能といいますか多大な時間を必要とします」

「なぜだ？」

「魔力大砲を動かすための中枢機関となる魔力回路を破壊されたからです。こちらの魔力回路は壊れたからといってすぐに作り直せるわけではありません。宮廷錬金術師が総出で取りかかり、多くの時間と魔力を込めて作成するものでして、このような戦場では到底修復することはできません」

「あの軍用魔道具の中枢が破壊されただと!?　貴様、あれにどれほどの資金をかけたと思っている!?　あの魔道具はそれほどまでに脆弱なのか!?」

「そんなわけはありません。こちらも最大限警戒して偽装を施しましたが、今回は敵の錬金術師であるイサギに一歩上を行かれました」

見た目では淡々と語っているように見える錬金術師長だが、その内心には屈辱感が満ちており、イサギに対する激しい怒りと嫉妬を抱いていた。

　魔力大砲がなくとも自身の提案する戦術でイサギを上回り、獣人共を追い詰めてやろうという気持ちでいたのだが、彼は大きな誤算をしていた。

「ですが、魔力大砲がなくとも十分にイサギや獣人共を追い詰める方法は——あっ⁉」

　ウェイスは淡々と報告する錬金術師長に接近すると、腰に佩いてある剣を抜き、そのまま胸を突き刺した。

「えっ……？」

「解雇された錬金術師よりも無能な宮廷錬金術師など必要ない。死ね」

　ウェイスはそう冷酷に告げると、軽やかな動作で剣を引き抜いて血糊を払った。

　そんなまさか、なぜ、どうして……そんな言葉すら呟くこともなく、心臓を貫かれた錬金術師長は死んだ。

　すぐ傍で部下が処分されたことに、ガリウスは顔を真っ青にした。

　テントで待機していた兵士たちも時が凍り付いたかのように呆然と見ている。

「さっさと処分しろ」

　ウェイスが指示をすると、兵士たちは弾かれたように動き出し、血だまりを広げる錬金術師長の死体を外へと運び出した。

「ガリウス、貴様もああなりたくなければ、宮廷錬金術師共を動かして帝国に貢献をしろ」

「はっ！」

　ただの宮廷錬金術師ではなく、それを束ねる錬金術師長をウェイスはあっさりと殺した。次にその刃が向くのがガリウスであってもおかしくはない。

もはや、自分が安全圏であるとは到底思えなかった。

戦場で錬金術師たちを戦わせるなんて今までしたことはないが、首を横に振ることはできない。

そのようなことをしようものならガリウスの首は飛ぶ。

今のウェイスにはそれをやるくらいの迫力があった。

「我が軍の被害は甚大だが、獣を相手に栄えある帝国が撤退などしない！　どれだけ被害が出てもいい！　明朝に全軍前進だ！　戦力の差を生かし、徹底的に獣人共を叩き潰せ！」

戦力が多いということは、それだけ消費する物資も多いということだ。

ウェイスの宣言に反対意見など上がることもなく、帝国は短期決戦を行うことになった。

36話　錬金術師は籠城する

帝国の本陣に侵入し、魔力大砲を破壊したこともあってか帝国は軍勢を引き上げ、その日は攻勢を仕掛けてくることはなかった。日が沈み、夜になっても帝国は動くことはない。

しかし、その翌朝。

「帝国が動いた！」

見張りの獣人の張りあげた声により、俺たちはすぐに集結をする。

遠見の魔道具で帝国陣の方を見ると、数多の帝国兵がこちらに向かって進軍してきていた。

しかし、その数が尋常ではないくらいに多い。

「……数が多すぎる」

帝国兵だけでレディア渓谷を埋め尽くさんとする勢いだ。しかも後方にはさらにドンドン帝国兵が続いており、途切れる様子がない。

昨日、様々な策を練り、多大な被害を与えたが、帝国はまったく怯んだ様子を見せていない。むしろ、それがどうしたと言わんばかりだ。

「どうやら帝国はなりふり構わず、圧倒的な物量で私たちを押しつぶすつもりみたいですね」

「最悪だ」

こちらがどれだけ策を弄しても、戦力に十倍もの差があることに変わりはないのだ。

俺たちにとって単純な数によるぶつかり合いはもっとも避けるべきものであり、やって欲しくない戦術だった。

「こうなっては前に出ることはできないわね」

「いいのか、それで⁉　昨日みたいにもっと前に出て、色々と何かをした方がいいんじゃねぇか？」

レギナの苦しげな決断にリカルドをはじめとした血の気の多い獣人たちが、そんな声をあげる。

「そうしたい気持ちはあるけど、敵がなりふり構わなくなった以上は難しいわ。数で押しつぶされて犬死にするだけよ」

一騎当千の活躍をするレギナやメルシアを投入しても、何千、何万と続けて相手をすることはできない。強化作物を食べた獣人たちなら、協力すれば多大な被害を与えられるだろうが千人も倒すことはできないだろう。

「だったら、イサギの錬金術はどうなんだ？　今日も色々とできねえのか？　森を作って足止めをしたり、錬金術で作った生物をばら撒くとかよお！」

「すみません。あれもそう何度もできるものじゃないので」

最初に森を作った品種改良をした種は、地面に絶大な負担を与えてしまう。

事前に広範囲に肥料を撒いた上での一回きりだ。もう一度種を植えたところで負荷のかかった地面に栄養はなく、昨日のような大規模な森を作り上げることはできない。

小規模な森を作ったところであっさりと粉砕されるだけだ。

錬金生物も獣人たちを撤退させるためにほとんど消費してしまった。

砦の建築や武具、ゴーレムの作成、魔道具の作成、敵の魔力大砲を防ぐために大量のアダマンタイトを使用してしまったために物資も心許ない。

昨日のような大きな動きはできないだろう。

「あたしたちの役目は時間を稼ぐこと。持ち堪えていれば、獣王軍が必ずくるわ」

「本当に獣王様はきてくれるのか？」

「早く情報を知った割にいつまでたってもこないじゃないか？」

「こっちは丸一日帝国を足止めしてるってのによ」

獣人たちから口々に不安の声があがる。

俺たちと同時にライオネルも侵攻の情報を知っていた。

軍の編成に時間がかかり、獣王都からプルメニア村まで距離があるのは知っているが、そろそろ到着してもいいころだ。

それなのに獣王軍の音沙汰はまるでない。たった一日と思えるかもしれないが、十倍もの戦力差のある帝国を相手に一日も堪えるのは大変で時間が無限のように感じられる。

獣人たちが不安に駆られてしまうのもわからなくもない。

「必ず来る！」

そんな獣人たちの不安をかき消すような声音でレギナが言った。

力強い彼女の声に皆には静寂が流れる。

「今のあたしにはそうとしか言えない。だけど、信じて一緒に戦ってほしいの！」

「王女様にそう言われては男として応えるしかないでしょう」

「そうだな！　たとえ死んだとしても王女に請われ、村を守ったと思えば悪くない」

レギナの第一声に俺が反応し、ケルシーが乗っかるように言う。

「そうだな。何を弱気になってるんだ俺たちは」

「ライオネル様は俺たちの力になると言ってくれた。あの方は嘘をつくような人じゃないしな！」

「俺は籠城だろうが何だろうがやってやるぞ！」

そんな俺たちの声に反応し、次々と獣人たちが協力する姿勢を見せる。

これまで培ってきたレギナの信頼もあるが、前回プルメニア村に訪れた際のライオネルと村人との交流が功を奏したようだ。

俺たちの農園の視察だけじゃなく、村人との交流もしっかりしていたしね。

「皆、ありがとう！　ここからは籠城戦になるわ！　苦しいこともあるかもしれないけど、皆で乗り切りましょう！」

レギナの声に砦にいる獣人たちが力強い声で応える。

打って出ることに大きなリスクがあるのであれば、前に出る必要はない。

皆の輪から離れると、レギナがこちらにやってくる。

「ありがとうね、二人とも」

「レギナとライオネル様の人徳があったからこそだよ」

「その通りです」

二人を慕っているからこそ皆は付いていきたいと思うんだ。

俺とケルシーのお陰などではない。

当初の予定通り、俺たちは地の利を生かした籠城戦へ移行することになった。

籠城をすることに決まったとはいえ、錬金術師の俺には他の皆とは違った足止めの方法がある。

錬金術を使って谷底に沼を作ったり、ストーンゴーレムなどを潜ませてみたり、崖の至るところに魔石爆弾を仕掛けてみたりと。これらの罠は昨日の大がかりな仕掛けとは違って所詮は一時的な足止めにすぎない。

しかし、一分、一秒でも時間が欲しい俺たちからすれば、十分となる時間稼ぎだ。

手早く罠の設置を終えると、俺はすぐに砦に引き返す。

砦でも俺のやれることは多い。

砦の前に大きな堀を作って、そこに杭を設置したり、防壁の強度を上げたり、防壁の上から射かけるための弓矢を増産したり、熱した油や薬品などを用意したり。隙間時間にはゴーレムを作ったりと錬金術師としてやれることを必死に行った。

そうこうしていると、あっという間に時間は過ぎ去って帝国兵が再びレディア渓谷の中腹にまで迫ってきた。

最初にかかった仕掛けは俺の作り上げた沼だ。

ぬかるみに足を取られ、注意が向いている隙に魔石爆弾を発動させて、崩落を起こす。

足元が悪い中での攻撃に何人もの帝国兵が押しつぶされていくが、すぐに魔道具や魔法が飛んできて落石が破壊される。

さらに魔法使いたちは進軍する前に崖に魔法を放ち、魔石爆弾を誘爆させた。

俺が絶好のタイミングで崩落を起こさせるよりも前に、自発的に爆発させて被害を食い止める作戦のようだ。

確かに兵士たちに当たるよりも前に作動させれば、誰にも被害は出ない。

「妙に魔石爆弾の位置が当てられるな」

一発の爆発の傾向から予測して放っているのかと思いきや、妙に的確に魔石爆弾だけを破壊している。まるでわかっているかのようだ。

「イサギ様、軍勢の中に宮廷錬金術師がいます！」

メルシアに言われて魔道具で覗いてみると、軍勢の中に俺と同じローブを纏う数人の宮廷錬金術師がいた。

「宮廷錬金術師が戦場に出てくるなんて、これは本当になりふり構っていないようだね」

宮廷錬金術師は貴族の豪商の子息ばかりだ。

鉱山採掘といった泥仕事や命の危険が大きい仕事は嫌がって出てこない。

そんな彼らが前線に出ている状況は異常だ。

恐らく、彼らよりも権力が強い、第一皇子であるウェイスがよっぽどの圧力をかけたのだろう。

錬金術師がいれば、地中を探って罠があるか探るのも可能だ。

錬金術によって沼と杭は土に戻され、魔石爆弾や潜ませていたストーンゴーレムが次々と発見されていく。

「これは、罠の類はほとんど時間稼ぎにならないね」

敵に錬金術師がいるってだけで、こうも厄介とは思わなかった。

昨日の俺の活躍を目にして、帝国もそんなことを思っていたのかもしれない。

俺の仕掛けた罠をことごとく無効化して、帝国兵たちが砦へと徐々に近づいてくる。

三百メートルほど近づいてくると、帝国兵の足が止まった。

代わりに至るところで魔法の光が輝いた。

「レギナ！」

「総員遮蔽のある場所に隠れて！　敵の魔法が飛んでくるわ！」

状況を察したのかレギナが声を張りあげた。

外にいた獣人たちが慌てて砦の中に避難する。

俺もレギナもメルシアも慌てて砦の中へ入り込んだ。

防壁の上に立っていた獣人は、壁にぴったりと身をくっつけて大盾を空へ構えることで備える。

ほどなくして帝国兵の光が強く輝き始める。次の瞬間、光が弾けて大量の魔法が砦へと降り注いだ。

火球が防壁を焼き、雷が奔り、氷槍が突き刺さる。あらゆる属性の魔法の多くは防壁へと直撃する。

「イサギ様、この砦は耐えられるでしょうか？」

「大丈夫なように作ったつもりだけどね」

かなりの魔力と素材をつぎ込んで作ったが、なんて会話をしている間にも地響きは続いており、継続して魔法が直撃する音がする。

息を潜ませてジッと待っていると、ようやく振動が止み、魔力が霧散していくのを感じた。

「……収まったかしら？」

三十秒ほど経過したが、それ以上の魔法が飛んでくることはない。

魔力を浸透させてすぐに砦の内部を把握。

各連絡通路や廊下、農園エリア、武器庫などの重要なエリアから調査してみる。

「今、調べたけど砦は崩壊していないよ。防壁の一部が欠けたけど、すぐに補修できる範囲だ」

安全性が確保されたことで俺たちは砦の外に移動。

レギナが村人たちの無事を確認するために声をかけていく。

獣人の大半は砦に引きこもることができたお陰で一切の怪我を負っていない。

ただ防壁の遮蔽に隠れることしかできなかった者は、すべての魔法から身を守ることはできなかったらしく炎で身を焼かれたり、爆風で防壁から落下して亡くなった者もいたそうだ。

とても悲しいが死者を悼む暇はない。何せ帝国軍が近くまでやってきているのだから。

「レギナ！　帝国兵が進軍を開始している！」

「総員配置について！」

おそるおそる砦の上部に移動して俯瞰してみると、帝国兵がこちらの砦へと進軍してくるのが見えた。

遠くから魔法を撃ち続ければ、砦を崩せる可能性もあるだろうに、数の優位性をもって攻めてきた。

徹底的なまでの物量戦。帝国はよほど早く俺たちを倒したいようだ。

物量戦は俺たちがもっとも恐れていること。それに対する仕掛けがないわけではない。

「開門！　それから大岩用意！」

レギナが声を張りあげると、獣人たちが防壁を開門して二メートルほどの大きな岩を並べ始める。

レディア渓谷から俺たちの砦までは緩い傾斜になっている。つまり、俺たちが位置する場所から岩を押してやれば、帝国兵に向かって転がっていってくれるのだ。

「転がせー！」

レギナが号令の声をあげると、獣人たちが大岩を転がす。

コロコロと進んだ大岩は傾斜のよって徐々に速度を上げ、帝国兵へと迫る頃には加速して驚異的な速度となって襲いかかった。

坂上から転がってくる大岩に多くの帝国兵が押しつぶされていく。その勢いは前列だけで留まらず、二列目、三列目と勢いのままに転がっていって帝国兵を押し潰していく。

遠目に見ただけでもえげつない被害だ。かなりグロテスクではあるが、こちらも命がかかっている以上は容赦しない。

俺たちは次々と大岩を転がしていく。

帝国兵も転がってくる大岩を魔法で破壊しようとしてくるが、変則的に転がってくる大岩のすべてを破壊することは難しいのか、かなりの打ち漏らしが出て被害が出ている。

「せいっ」

メルシアの転がした大岩がとんでもない速度で押し出されて転がっていく。

中列にいる大きな盾を手にした重騎士が五人がかりで受け止めようとするが、あまりの威力に弾くことも減衰させることもできずに仲良く潰れることになった。

彼女の押し出した大岩はとんでもない威力だ。

「次をお願いします」

「あ、はい」

俺はマジックバッグから大岩を取り出していく作業に従事する。

とはいえ、大岩を置いていくだけというのも物足りないので、メルシアの転がす大岩にだけ棘を生やしてみたりと威力の向上に努めた。

「うん？　なんか大岩が転がらねえぞ？」

そんな風にサポートを行っていると、獣人たちから訝しげな声があがるようになった。

防壁を登って確認してみると、俺たちの押し出した大岩が最初のように転がらなくなってしまい途中で止まったり、引っかかることが多くなった。

というか、よく見ると傾斜の角度が穏やかになっている気がする。

不思議に思ってあちこちを確認してみると、坂下に手をついている宮廷錬金術師の姿が見えた。

「錬金術で傾斜をなだらかにしたんだ！　レギナ、これ以上の大岩は効果がない！」

「そういうことね！　だったら防御陣よ！　ここからはひたすらに防御に徹するわ！」

レギナの指示ですぐに門が閉じられて、獣人たちは砦にこもって防御体勢に入る。

帝国兵がなだらかになった傾斜を駆け上がってこちらに近づいてくる。

それに対してこちらは防壁の上にズラリと弓兵隊を並ばせる。

「よーく狙って……放て！」

レギナの指示の下、狩人などの弓の扱いに慣れている村人たちが一斉に弓を発射。

山なりに飛んでいった矢が前列にいる帝国兵を打ち抜いていく。

傾斜がなだらかになったとはいえ、俺たちの砦は遥かに高いところに位置している。

駆け上がってくる帝国兵たちを打ち下ろすことのできる構図となっているので防御は堅い。

弓兵隊以外にも魔石爆弾を手にした投擲部隊や、俺の作った軍用魔道具などを運用している獣人たちが防壁から打ち下ろす形で帝国に被害を与えていく。

しかし、それでも帝国兵は前進することはやめない。

理不尽に殺されようとも、前へ前へと進んでくる姿は異様だった。

「こいつら一体いつになったら退くんだよ」

「仲間の死体を盾にしてやがる」

どれだけ被害が出ようとも着実に近づいてくる姿は狂気的だった。

帝国兵の得体の知れない迫力に、どれだけ数を減らしても群がってくる光景に、獣人たちは呑まれていく。

ゴリ押し戦法によって帝国兵が堀へと近づいてくる。

堀がある以上は楽に進むことはできないのだが、敵には宮廷錬金術師がいる。

俺が錬金術で堀を作ったように錬金術でそれを埋めることも簡単だ。

「あそこにいる宮廷錬金術師たちを近づけないでください！　堀を埋められてしまいます！」

こっそりと重騎士たちに護衛されて近づいてくる宮廷錬金術師のローブを羽織った一団。

そいつらは錬金術で堀を埋めようとしているので絶対に近づけてはいけない。

俺の指示を耳にして弓兵たちが一斉に矢を射かける。

重騎士たちは盾をかざして宮廷錬金術師たちへの攻撃を守ろうとするが、大量の矢の雨を防ぎきることができずに倒れ伏す。

「ざまあみろ！　オレたちの堀は埋めさせねえぜ！」

なんてリカルドが威勢のいい声をあげた時だった。

俺たちの足元にあった堀が突如として隆起し、溝が埋まってしまった。

「ああっ⁉　何で堀が埋まってやがるんだ！」

宮廷錬金術師はリカルドをはじめとする弓兵たちが仕留めてくれた。

熟練の土魔法使いでもあれだけの規模の堀を埋めるには時間がかかる。

この現象は錬金術以外にありえない。一体どこに錬金術師がいたというのか。

「イサギ様！　あそこです！　兵士の姿をした宮廷錬金術師が！」

メルシアの指さした地点を見ると、ただの歩兵の格好をした男たちが掘に手を当てていた。

「しまった！　やられた！」

宮廷錬金術師のローブを羽織っていた男たちは囮で、こっちが本物だったのか。

兵士に扮装《ふんそう》した錬金術師たちは堀を埋めると踵を返して去っていく。

俺ならすぐに堀を作ることができるが、帝国軍が目の前にいる状況で外に出るのは無理だ。

掘の再生はできない。

「こうなったら帝国兵が少しでも近づけないように俺たちも応戦するしかないね」

「お供します」

ここからは純粋な防衛戦。どれだけ帝国兵の勢いを削いで、足止めをできるかだ。

レギナやケルシーは全体の指揮を執るのに忙しい以上、自由に動ける俺とメルシアが積極的に攻撃を仕掛けるしかない。

帝国兵が数十人がかりで巨大な槌を運んでくる。

破城槌と呼ばれる城門を破壊し、突破することを目的とした攻城兵器だ。

弓兵たちも破城槌を運ぶ兵士を優先的に狙うが、人員が倒れるとまたすぐに別の人員が入れ替わる。

門に破城槌の部隊が槌を打ちつけようとするところで俺は錬金術を発動。砦の防壁から杭が隆起、破城槌の部隊が吹き飛んでいく。

「堀がなくなっても近づけるとは思わないことだね」

この防壁も砦も俺が錬金術で一から作り上げたものだ。すべてに俺の魔力が浸透しているのでそれを操作するのは造作もない。

「イサギ様、今度は矢の雨が！」

今度は帝国陣地から矢の雨が飛んでくる。

防壁の上で攻撃を仕掛ける俺たちを排除したいようだ。

「屋根を作るから問題ないよ」

俺は錬金術を発動し、防壁についている壁をさらに高くし曲線上の屋根をつけた。

俺たちの頭上に降り注いだ矢が屋根に吸い込まれた。

風魔法で散らすこともできるが、何度も飛んでくることを考えると屋根を作った方が魔力の消耗は少ない。

「お返しに射《う》ち返してやろう」

「そうしたいところですが、弓兵隊の矢が尽きそうです」

弓兵隊の矢筒を見ると、中に入っている矢がかなり少なくなっている。

さっきから何度も矢を運んでいる者がいるが、それでも補給が追いついていないようだ。

弓兵隊は帝国兵を砦に近づけないための要だ。ここで攻撃の手を緩めることはしたくない。

「問題ないよ。ここにたくさんあるから」

俺はマジックバッグを解放すると、そこからたくさんの矢を取り出した。

この日のために錬金術で矢は大量に生産していたからね。

「おっしゃ！　これなら帝国兵共に思う存分に食らわせてやることができるぜ！」

弓兵たちは素早く矢を補充すると、すぐにポジションに戻って矢を射かけ始める。

地の利はこちらにある。それを崩すことなく徹底的に防戦するんだ。

そうすれば、きっとライオネルをはじめとする獣王軍が駆けつけてくれる。

そう信じて俺たちは遅滞戦闘に努めた。

●

太陽が中天を過ぎた頃になっても激しい攻防は続いていた。

未だに帝国の攻撃は止むことがなく、俺たちは消耗を抑えながら遅滞戦闘に努めている。

それでもこちら側には限界が近づき始めていた。

帝国には万を越える軍勢がいるのに対し、こちらは千人にも満たない戦力。

あちらは休憩を挟み、交代をしながら攻めることができるが、こちらは常に全員がフル稼働だ。

誰かを休ませようものならば、どこかで綻びが出る可能性が高いほどにギリギリだ。休みや交代を挟むような余地はない。

幸いにして砦内にある農園によって食料などは供給されるお陰で、長期戦になっても飢える心配はない。強化作物もあるお陰で身体もよく動く。

しかし、どれだけ物資があっても精神まで回復することは難しい。時間が経過するにつれて獣人たちの動きが悪くなっているのを感じた。

はじめての戦争ということもあってか獣人たちも酷く疲弊しているようだ。

獣人たちだけじゃなく、もはや俺の限界も近い。

何せずっと錬金術を使い続けては、防壁から敵を迎撃している。

魔力には自信のある俺だったが、さすがに長時間使い続けると限界だ。

魔力が減ったことにより、頭痛、めまいといった魔力欠乏症の症状が出始めている。

魔力回復ポーションを飲めば少しは回復するだろうが、度重なる服用のせいで動悸《どうき》がする。これ以上の服用は間違いなく身体に影響が出るだろうな。

防壁に火炎弾がぶち当たる。

「イサギ様！　防壁に亀裂が！」

「わかった。すぐに補修をするよ」

度重なる帝国からの魔法、魔道具による攻撃により、俺が作成した防壁にはボロが出ていた。

こうやって敵の攻撃でヒビが入るのも何度目だろう。その度に錬金術を使って、補強をしながら騙し騙しでやっているが、そろそろ限界だ。

もう一度防壁を補修しようと思ってマジックバッグに手を入れるが、欲しい魔力鉱、魔力鋼、魔鉄といった素材が出てこない。つまり、補修のための物資が底を尽きた。

「イサギ！　防壁の補修をお願い！」

「ごめん、レギナ。もう素材がないからできない」

「ええ？　じゃあ、その辺にある土や石を代用するのはダメなの？」

「それじゃすぐに壊される。焼け石に水だ」

魔法耐性のない素材を使用して作っても、帝国の魔法や魔道具によってすぐに破壊される。

たった一回や二回しか機能しない防壁を作っても何の意味もない。

防壁は今も帝国からの攻撃に晒されながら耐えてくれているが、いつ壊れたとしてもおかしくはない。

「防壁が壊れちまったらどうなるんだ!?」

俺たちの会話が聞こえたのか、リカルドが取り乱した声をあげる。

周囲にいる獣人たちも不安になりながら聞き耳を立てているのがわかる。

「あとに残されているのは砦だけね。そこに帝国兵がなだれ込んできてしまえば、あたしたちは囲まれて集中砲火で終わりね」

そうなってしまえば、逃げることもできない完全な敗北だ。

「イサギ様！　危ない！」

次の瞬間、俺たちのいた防壁に火炎弾が着弾。その一撃は防壁に入っていた亀裂に着弾したようで、傍にある壁が見事に破砕した。

「いてて……」

急にメルシアに押し倒されることになったので腰やお尻が痛い。

レギナとリカルドも俺と同じく無事だったようで、呻き声をあげながら起き上がる。

俺も起き上がろうとするが覆いかぶさったメルシアが退いてくれない。

「メルシア？」

「…………」

返事がないことを不審に思って、そのままの状態で上体をむくりと起き上がらせる。

メルシアの顔を見ると、額から一筋の血を流して気絶していた。

後ろを見ると背中の服は破れ、爆破による熱と衝撃によって火傷を負ってしまっている。

どうしてそうなってしまったのかを俺は瞬時に理解した。

「メルシア！」

彼女は俺を庇《かば》って負傷してしまったのだ。

必死に声をかけてみるが、彼女が返事をすることはなかった。

37話　錬金術師は呆気にとられる

「イサギ！　どうしたの⁉」

「メルシアが俺を庇って負傷したんだ」

「――そんな！」

「と、とにかく、治癒ポーションで治療を――」

俺は急いでマジックバッグを漁ってポーションを取り出そうとするが、帝国からの魔法攻撃が続けて防壁に直撃した。

今度は直撃こそしなかったものの近くで激しい爆風が起こり、俺たちを襲う。

それと同時にまた大きな破砕音が響いた。

「マズい！　防壁にまた大きな亀裂が！」

防壁には内側から見てもわかるほどに大きな亀裂が入っていた。

帝国も防壁を破壊するべく、亀裂部分を集中砲火しているらしい。

激しい魔法の雨が亀裂目がけて降り注ぐ。

これ以上ここを守ることはできない。撤退という二文字が浮かび上がる。

しかし、その決断をするには遅かった。

真正面にある防壁の一角が崩れ落ちた。

どうやら帝国の破城槌によって派手に穴を開けられてしまったらしい。

しかも一か所だけじゃなく、何か所も同時に穴を開けられてしまった。

「て、帝国兵が入ってきやがった⁉」

防壁が破られてしまえば、俺たちは砦に籠るしかない。

「総員撤退！　砦に逃げ込んで！」

レギナが必死に声をあげて、獣人たちに指揮を飛ばす。

しかし、砦に籠ってしまえば、周囲を大勢の帝国兵に包囲されて逃げ場がなくなってしまう。四方八方から魔法を撃ち込まれて外から砦を壊されるか、圧倒的な兵力差によって蹂躙される未来しかない。

それでも獣王軍がやってくるという希望を信じるしかない。それ以外に道はないのだから。

「イサギ！　早く下がって！」

俺は負傷しているメルシアを抱きかかえると必死に砦に向かう。

ただ疲労していることもあってか、今の俺の体力では人を運ぶことすらままならない。

女の子一人さえ満足に運ぶことができないんだから情けない。

俺がメルシアを担いでのろのろと撤退している間に後方からは帝国兵が迫ってくる。

「イサギさん！　何やってんだ⁉　早くしろ！」

リカルドの言いたいことはわかる。

俺の下がる速度が遅すぎてこのままじゃ帝国兵に追いつかれるってこと。

レピテーションは人体に作用しない以上、メルシアを運ぶことはできない。

このままじゃ共倒れになってしまう。

だからといって俺の中にメルシアを置いていくなんて選択肢はあり得ない。

メルシアは俺を助けるために傷ついたんだ。そんな彼女を置いて一人だけ逃げるなんて男としてできるはずがない。

たとえ俺だけが死ぬことになっても、メルシアだけは助ける。

「ウインド！」

俺はなけなしの魔力を振り絞って風魔法を発動。

目の前に発生した風はメルシアの身体をふわりと持ち上げて前方へと飛ばした。

落下先にはこちらを心配そうに見るレギナがおり、彼女の腕の中にすっぽりと収まった。

怪我人を運ぶのに大変乱暴なやり方ではあるが、非常事態なので許してほしい。

「受け取ったわ！　早くイサギも！」

「ごめん。それは無理かも」

なけなしの魔力を使い切ったからか足からガクッと力が抜ける。

俺の身体が前のめりに倒れる。

自分の命の危機が迫っているというのに身体が言うことを聞いてくれない。

帝国兵がゆっくりと迫ってくる。どうやら俺はここまでのようだ。

でも、悔いはない。やるべきことはやったんだ。

漫然と迫りくる帝国兵を見つめていると、視界が急に曇った。

「王を差し置いてこんなところで昼寝とはいい身分ではないか、イサギ」

見上げると、そこには緑のマントを羽織った大柄な獣人が立っていた。

「ライオネル様？」

「お父さん⁉」

「ああ、ようやく追いついたぞ！」

「遅い！」

「どれだけ時間かけてるのよ！　ホントに遅い！」

「なんか当たりが強くないか？」

俺とレギナの抗議を受けて、ライオネルが若干凹んだ様子を見せる。

それくらいこちらとしては大変だったのだ。俺もレギナも何度も死にかけたし、多少の文句には目を瞑ってもらいたい。

「これでも様々な工程をすっ飛ばして急いでやってきたつもりなんだがなぁ」

獣王都からプルメニア村まで二週間はかかる道のりだ。

ライオネルが軍を編成して、ここまでやってくるのに時間がかかるのも仕方がないだろう。

「イサギ、ポーションを飲め」

「すみません。これ以上の服用は身体がもたないので」

「……そうか。無理をさせてしまってすまない」

ライオネルが治癒ポーションを渡してくれるが、俺はゆっくりと顔を横に振った。

「とりあえず、目の前にいる奴等が帝国兵ということで間違いないな？」

「はい」

「ここよりも前に味方は？」

「いません」

「で、あれば派手に暴れてもいいということだな」

レギナと俺の報告にライオネルは不敵な笑みを浮かべる。

突如として目の前に現れた獣人を前にして帝国兵は警戒感を露わにしている。

相手は目の前にいるのが獣王とは気づいていないだろうが、その佇まいや雰囲気からして只者《ただもの》じゃないことはわかっているのだろう。

帝国兵は顔を見合わせると一斉に魔法剣を構えた。

数多の魔法剣が煌《きら》めく中、ライオネルは両腕を組んでジッと立っているだけだった。

真正面から迫ってくる各属性魔法の嵐に対して、ライオネルはフッと息を吐いた。

それだけで魔法がかき消された。

「「はっ？」」

俺だけじゃなく魔法剣の力を放った帝国兵からも間の抜けた声があがる。

あれだけの魔道具による攻撃の束が、ただの息だけでかき消された？　意味がわからない。

「ハハハ！　今度はこっちの攻撃の番だな！」

ライオネルは豪快に笑うと、深く息を吸い込んでお腹を膨らませた。

「ウオオオオオオオオオオオオオオッ！」

次の瞬間、ライオネルから咆哮《ほうこう》が放たれた。

それはただ大気を震わせるだけでは留まらず、音の奔流となって帝国兵たちを吹き飛ばした。後ろにある防壁が余波で倒壊し、巻き込まれた帝国兵たちに被害をもたらしていく。

「どうやったらただの咆哮でそうなるんです？」

「闘気《とうき》と魔力を体内で練り上げて放つだけだ」

そもそも闘気って何だ。そんな力は初めて聞いたんですけど。

「なんか色々と生物としての格が違いすぎる気がする」

「そりゃそうよ。お父さんは獣王国で最強の戦士だもの」

レギナが胸を張ってどこか誇らしそうに言う。

そうこう話をしているうちにライオネルは地面に片手を差し入れると、直径十メートルほどの大岩を引っ張り出し、そのまま帝国兵たちに投げつけた。

軽い攻撃がそこらの軍用魔道具を遥かに凌駕する一撃となる。

恐らく、獣王国にとっての獣王という存在は、たった一人で大きな戦を左右できるほどの戦術的な活躍ができる英雄であることを指すのだろうな。

「レギナ！　今のうちにメルシアに大樹ポーションを！」

冷静に分析をしている場合じゃなかった。ライオネルが帝国兵を止めている間に、メルシアの治療をするべきだ。

「そ、そうね！　え、えっと、この場合は飲ませればいいのかしら？　それとも傷口にかけた方が？」

「ごめん。ちょっと借りるね」

あまりこういった怪我人にポーションを使ったことがないのだろう。

慌てた様子のレギナからポーションを拝借すると、俺はメルシアに錬金術を発動。

彼女の腕、肩、背中などに刺さった石材の破片を錬金術で抽出して抜き出す。

メルシアが痛みで呻き声をあげるが、体内に残留したまま治療することはできないので我慢してもらう。

すべての破片を体内から除去すると、俺はメルシアの背中を中心とした傷口に大樹ポーションをかけてやる。

すると、ポーションは効力を発揮し、痛々しいまでの背中の火傷や切り傷が綺麗に治った。

「……イサギ様？」

ほどなくすると、メルシアの瞼がゆっくりと持ち上がって綺麗な青い瞳が露わになる。

「よかった、メルシア。意識が戻ってくれて」

メルシアが目を覚ますと、俺はその嬉しさから思わず抱きついてしまう。

「あ、あの！　イサギ様⁉」

「ごめん。メルシアが無事だったのが嬉しくて。俺を守ってくれてありがとう」

「い、いえ。助手として当然のことをしたまでなので！　あ、あの、それよりも状況を教えていただけますか？」

メルシアが顔を真っ赤にしてあわわとするので、とりあえず俺は身体を離して落ち着いてもらうことにした。

「ライオネル様がやってきたんだ！」

「ということは獣王軍はやってきたのですね⁉」

メルシアがホッとしながら言うが、俺たちの目の前にライオネルはいるものの、他の獣王軍らしき存在をまだ目にしてはいない。

「お父さん！　ところで獣王軍は？」

「遅いから置いてきた！」

「え？　王なのに軍勢を置いて一人で来ちゃったんですか⁉」

「そのお陰でイサギたちが助かったのだからいいではないか」

思わず突っ込むと、ライオネルがややムスッとした顔で言う。

いや、そう言われるとこちらは何も言えないのだが、王が軍勢を置いてきていいんだろうか？

なんて思っていると、不意に地面が激しく揺れた。

「こ、この揺れは？」

「二人とも後ろを見て！　獣王軍よ！」

レギナに言われて振り返ると、砦の遥か後方に激しく砂煙が上がっている。

そこには鎧を纏った大勢の獣人が整然と並んでおり、大きなカバのような動物に跨って疾走していた。

「ライオネル様ー！」

整然と並ぶ兵士たちの中央には小柄な初老の獣人――ケビン宰相がいた。

「ケビン！　遅いぞ！」

「遅いじゃありませんよ！　まったく我々を置いてお一人で先行されるなんて！」

ライオネルの独断専行に案の定、宰相であるケビンはお怒りのようだ。

そりゃそうだよ。軍勢を率いる王が先に前に出ちゃっているんだもん。無茶苦茶だよね。

「獣王軍だ！」

「獣王軍だけじゃねえぜ！」

獣王軍の到着に喜んでいると、不意に空から降下してきた。

その人物の頭には巨大な牛角が生えており、纏っている革鎧には一族の象徴色である赤いラインが入っていた。

「キーガスさん!?」

「おうよ！」

不敵な笑みを浮かべて自身の身長ほどある戦斧を肩に担ぐキーガス。

彼はラオス砂漠に住む赤牛族の族長だ。

ここよりも遥か遠いところに住んでいるキーガスの登場に驚いていると、今度は頭上でバサリと羽ばたく音がした。

「私たちもいますよ」

見上げると、鮮やかな翼を動かしてこちらにやってくるティーゼがいた。

「ティーゼさん！」

「どうしてここに？」

そうだ。二人と会えたのは嬉しいが、どうしてこんなところにいるのか。

「獣王に礼を伝えるために獣王都に向かったら、イサギたちの故郷が大変なことになってるって聞いてよ。集落の戦士を率いてやってきたぜ」

「ええ!?　ラオス砂漠からプルメニア村までかなり遠いのに!?」

「遠いとか関係ねえよ。お前たちは命の恩人だからな」

「今度は私たちがイサギさんたちをお助けする番です」

キーガスの後ろには大勢の赤牛族がやってきており、上空にはティーゼ率いる彩鳥族たちが空を飛んでいた。二人だけでなく、集落にいる戦士たちも駆けつけてくれたようだ。

二人の温かな言葉と戦士たちの雄叫びに目頭が熱くなる。

「……皆、本当にありがとう」

「おいおい、もう泣いてるのかよ⁉　泣くのは戦いが終わってからだぜ」

「キーガスの言う通りですよ。涙は戦いに勝利したそのあとまで取っておきましょう」

「うん。そうだね」

援軍が来てくれたとはいえ、まだ戦争の最中だ。喜び泣くのはあとにしておこう。

「獣王軍たちよ！　こうして今まさに卑劣な帝国が我らが領地を侵略している！　王国民としてこれが許せるものか⁉」

「否！」

「そうだ！　ここは獣王国！　我らが国の領土だ！　帝国になどくれてやるつもりはない！　獣王軍よ、今こそ日頃の訓練の成果を見せる時！　我らの民を、領土を守るために戦え！　総員突撃！」

「「ウオオオオオオオオオオオオオオオオオッ！」」

ライオネルの号令によって獣王軍たちが雄叫びをあげて前に進んでいく。

その戦力は帝国に勝るとも劣らない。そんな数の獣人たちが雪崩れ込んでいく。

帝国兵士が獣人の操る騎獣に踏み潰されていく。

少数の相手を追い詰めたと思いきや、自分たちと同等の、あるいはそれ以上の戦力が現れたのだ。混乱するのも無理はない。

「……すごい戦意だ」

「獣王軍の戦士には、イサギに恩のある人も多いからね」

「恩？」

レギナによると、どうやらうちの農園の作物や救荒作物によって戦士たちの故郷や家族が救われたようだ。そのため戦士たちは俺やプルメニア村に多大な恩を感じており、恩を返すべく奮闘してくれているようだ。

まさか、自分の行いがこのように巡り巡ってくるとは思わなかった。

「イサギはどうするんだ？」

「見たところ疲弊されているようですし、後ろに下がっていても構いませんよ？」

「いや、俺も戦うよ。俺にだってまだできることがあるからね」

全快にはほど遠いけど、それなりに魔力は回復した。

「あたしもよ！　後ろでジッとなんてしていられないものね！」

「私もお供します！」

レギナだけでなく、メルシアもすっかり戦う気は満々のようだ。

戦力も十分にあるし、頼りになる仲間も大勢いる。

ここからは耐えるための戦いじゃない。帝国に勝つための戦いをするんだ。

38話　錬金術師はかつての仲間と攻勢に出る

「獣王軍だと⁉　そんなのが来るなんて聞いてないぞ？」

獣王軍の加勢によって帝国は明らかに浮足立っており、みるみるうちに兵を後退させる。

砦から追い出すことができれば、帝国はまたしても傾斜での戦闘を強いられることになりこちらの追い風となっていた。

騎獣に乗った獣人たちが坂を下りながら、一気に帝国兵を渓谷へと押しやっていく。

「獣王軍に続き、私たちも前に出ましょう」

「待って。ティーゼたちにはこれを使ってほしいんだ」

「これは？」

「魔石爆弾さ。衝撃を与えれば、内包されている属性魔石が爆発する」

「なるほど。上空からこれを落とすのですね？」

「そういうこと」

空を自由に飛べるティーゼたちなら、空を飛んで一方的に攻撃ができるはず。

正面からは獣王軍、上空からはティーゼをはじめとする彩鳥族で挟撃し、相手を混乱させてやるのだ。

「爆弾を落とす時に狙われると思うから障壁の魔道具も渡しておくよ」

「ありがとうございます」

魔石爆弾を落としやすいように一つ一つ分離したポーチに入れてあげ、首輪型の魔道具をかけてあげた。

他の彩鳥族にも魔石爆弾などを渡すと、装備の完了したものから空へと飛び立つ。

ティーゼたちは翼をはためかせると、素早く帝国兵たちの頭上へ移動。

ポーチの蓋を開けると、上空から魔石爆弾を落としていく。

帝国軍の各地で巻き起こる爆発に悲鳴があがる。

「爆弾⁉　どこからだ？」

「上です！　上！　空を飛ぶ獣人が爆弾を落としてきます！」

「魔道具で撃ち落とせ！」

死角となる真上からの攻撃を驚異に感じた帝国兵たちが、魔法剣、火炎砲などの各々の魔道具を使って反撃をする。

数々の魔法の雨をティーゼたちは急上昇、急加速することで回避。

「そんな攻撃では私たちを捉えることはできませんよ？」

念のために障壁の魔道具を渡してはいるが、誰一人として展開している様子はない。

もしかしたらいらないものだったかもしれないな。

とはいえ、上空に魔法の弾幕を張られてしまうと降下しにくくなるのだろう。

魔石爆弾が直撃する頻度が下がってしまう。

そんな時、彩鳥族とは別の黒い体毛に翼を広げた獣人たちが前に飛んでいく。

翼を広げると、つんざくような声をあげ始めた。

「不愉快な音だ！　あの蝙蝠《こうもり》たちを落とせ！」

「魔法と魔道具の発動ができません！」

「何だと⁉」

帝国兵たちは宙に浮く蝙蝠の獣人を仕留めようと奮起するが、どれもが空回りになっている模様。

帝国が魔法を発動できない間に、ティーゼたちは再び降下しながら魔石爆弾を落としていく。

「魔法が発動しないみたいだけど、どうなってるんだろう？」

「あれは黒蝙蝠族の特殊能力よ。魔力をかき乱すことのできる音波を放つことができるわ」

首を傾げていると、レギナが教えてくれる。

「すごい！　そんな能力があるんだ！」

「発声器官を酷使するようだからずっと発動はできないけどね」

それでもここぞという時に相手の魔法を無効化できるというのは大きい。

「わははは！　俺の名はライオネル！　六十二代獣王だ！　総大将の首が欲しければかかってくるがいい！」

「獣王がどうしてこんな前線に出てきてるんだよ⁉　国王だろ⁉」

前線ではライオネルが帝国兵を千切っては投げてを繰り返している。

遠くから魔法を撃ち込むが咆哮であっけなくかき消され、火炎弾も拳で弾かれる。

あまりにも圧倒的だ。

「くたばれ！　獣王！」

「させん！」

ライオネルを何とかするべく帝国兵は徐々に包囲網を形成。彼の背後から攻撃を仕掛けるが、それを二人の獣人が阻んだ。

あの二人は大樹の入り口を守っていた猿の獣人と犬の獣人の門番だ。

全身鎧に身を包んでおり、巨大な槍と剣を装備している。

「ゴングにソルドムか」

「ライオネル様、前に出すぎです」

「後ろにお下がりを」

「それはできない相談だ。何せ俺は獣王。誰よりも先頭に立って戦うのが戦士としての義務だ」

「であれば、私たちがライオネル様の前に進みましょう」

「ほほう？　そう簡単に行くとでも？」

「大樹を守ることに比べれば、ライオネル様お一人を守ることの方が簡単です」

「わはは！　それは違いない！」

ライオネルが呑気に笑う中、ゴングとソルドムが前に出る。

ゴングは密集している帝国兵のど真ん中に飛び込むと、大きな槍を振り回して帝国兵を蹴散らす。

猿特有の長い腕から繰り出される鋭い槍は、まさに変幻自在で間合いを計ることすら困難だ。

帝国兵が魔法剣を突き出すも、その巨躯《きょく》に見合わない軽やかな動きで回避し、槍を振り回す。

一方でソルドムは帝国の魔法部隊へと突き進む。

帝国の魔法使いたちが詠唱を開始し、ソルドムへと魔法を放つ。

それに対してソルドムは回避運動を取ることもせず、その巨大な鎧で受け止め、そのまま斬り込んだ。

俺たちが大樹に入ろうとした時はお堅い残念な門番といったイメージだったが、戦士としての実力はかなりの一級品らしい。

「門番の二人だけじゃなく、獣王軍は戦士の一人一人が圧倒的に強いね」

帝国の兵士とぶつかり合っている様子を見ると、勝つのはほとんど獣王軍の戦士だ。

「日頃からお父さんが厳しく稽古をつけているからね」

統率の取れた動き、種族の特性に合わせた部隊の編制と戦術。どこからどう見ても獣王軍の方がレベルが高いと言わざるを得ない。

「逆に思うんだが、帝国の兵士が弱すぎねえか？　こんな奴等、集落の戦士見習いでも余裕で勝てるぜ」

キーガスが戦斧で何十人と薙ぎ払いながら言う。

君たちが強すぎるっていうのもあるんだけど、彼の言うことにも一理あると俺は思う。

「帝国兵は悪く言えば装備頼りなところがあるからね」

宮廷錬金術師の作り出す軍用魔道具がなまじ強力なせいか、帝国の戦術はそれに合わせたものになっている。

個人の力量というよりかは、いかに上手く魔道具を使いこなせるかといった面に焦点が当てられており、個人の実力よりも集団行動の方が重視されているからだ。

そのせいかライオネル、メルシア、レギナ、キーガス、ティーゼのような一騎当千の戦士はいない。いや、育つ環境にないと言うべきか。

「ふーん、いくら強い武具があっても個人としての基礎能力が低ければ、発揮できる力は低いと思うけどね」

「そういった主張をした人は上に疎まれて飛ばされるから」

俺のように解雇されるだけならいい方で、殉職と見せかけた暗殺まがいのこともあったと噂《うわさ》で聞いた。

「本当に帝国ってロクでもないわね」

「イサギ様と一緒に国を出て正解です」

前をゴング、ソルドムがこじ開けて、その後ろからやってくるライオネルがさらに大きな穴へと広げる。大きくできたスペースには騎獣に乗った獣王軍をはじめ、俺やメルシア、レギナ、キーガスといった面々がサポートしながら全体を押し上げる。

「た、退却だ！」

「こんなの勝てるわけがない！」

圧倒的に不利な地形や俺たちとの攻城戦によって消耗をしていたこともあり、帝国兵たちは瓦解をはじめた。

「今だ！　帝国兵を逃がすな！　一気に攻め落とせ！」

背中を見せて陣地まで退却をはじめる帝国兵に獣王軍は追撃をする。

獣王軍全体のラインが上がり、遂には帝国の陣地が見えるところまできた。

砦まで一気に押し込まれていたが、ライオネルをはじめとする獣王軍のお陰で一気に形勢逆転といったところだろう。

しかし、そんなタイミングで帝国の陣地から魔力大砲が顔を覗かせた。

「魔力大砲⁉　あれはイサギたちが壊したはずじゃ⁉」

その絶大な攻撃力を知っているレギナをはじめとする村人が一気に顔を青くする。

「正確に言うと、魔力大砲にある魔力回路を壊した。本来ならとてもじゃないけど、使用できるはずがない。ただの脅しという可能性もあるけど、魔力大砲としての用途を変えて、別の軍用魔道具に作りかえることができた可能性もある！」

何せ帝国陣には宮廷錬金術師長もいた。

錬金術で魔力大砲を改良し、別の軍用魔道具に仕立て上げた可能性も無視はできない。

「ライオネル様、あの軍用魔道具は危険です！　もし、発射されれば獣王軍に甚大な被害が！」

「ならば、単純だ。あれを発動する前に壊せばいい！」

俺が忠告の声をあげると、ライオネルはそのような返事をして魔力大砲目がけて大跳躍をした。

魔力大砲の斜線上へと一人躍り出るライオネル。

帝国側も獣王が斜線上に入ったことを確認したのか、砲身を上に向けてここぞとばかりに魔力砲を放った。

俺たちに向かって放ったものよりもかなり威力は落ちるが、それでも魔力大砲は軍用魔道具に相応しい威力を誇っていた。

しかし、それよりもライオネルの方が上だった。

「『獅子王の重撃』！」

彼は獅子王に相応しい金色のオーラを身体に纏わせると、そのまま魔力の奔流に突っ込んで魔力大砲を殴りつけた。

アダマンタイトをはじめとする頑強な鉱石で加工されていた装甲が、あっけなくへし折れた。

魔力大砲の装甲の厚さをよく知っているからこそ驚かざるを得ない。

魔力大砲を完全に破壊されたことで精神的な支えを失ったのか、帝国兵が今度こそ瓦解する。

ライオネルと共に帝国の陣に踏み入ると、そこには第一皇子であるウェイスがいた。

「あいつは？」

「第一皇子であるウェイスです。恐らく、今回の軍勢を率いている総大将でしょう」

「そうか。ならば、こいつを倒せば終わりだな」

「貴様、何者だ⁉」

つかつかとライオネルが近づくと、ウェイスが剣を抜きながら誰何の声をあげた。

「獣王ライオネルだ」

「獣王だと⁉　貴様、王ともあろうものが前線に出てくるとは何を考えているのだ⁉」

「お前こそ皇族なのだろう？　兵士ばかりを前に立たせて、自分はこんな安全圏にいるとは恥ずかしくないのか？」

「貴様は何を言っているのだ？　尊き一族に生まれたのであれば、それが当然であろう？　民は我らに仕えるために存在しているのだからな！」

ライオネルの問いかけに対し、ウェイスは心底理解できないものを見るかのような目で言う。

きっと彼ら皇族にはライオネルの信念は理解できないに違いない。

獣王国では民は獣王のために力を貸す代わりに、有事の際に獣王は民を守るために全力で戦う。

互いに助け合うという信頼で成り立っている。

そして、帝国の皇族たちは自分の利権ばかりを考えており、民のことをいくらでも生まれてくる資源のようにしか思っていないのだから。

「それがお前たちの国の考え方か。相容れぬわけだ」

「のこのこと獣王が敵陣にやってくるとは愚か者め！　貴様さえ倒せば、この戦いは我らが帝国の勝利となる！　私が帝位につくための礎となれ！」

ウェイスが声をあげると、テント内に隠れていた帝国兵たちが一気に斬りかかってくる。

が、ライオネルを相手にたった数人の兵士が不意打ちしたところで敵うわけがない。

俺が手を出す必要もなく、ライオネルは一瞬で兵士たちを殴り倒した。

「ま、待て！　話せばわかる！　落ち着いて話し合おうではないか！」

ライオネルのあまりの戦闘力の高さに怖気《おじけ》づいたのか、ウェイスが情けない台詞を言う。

帝城にいた時はもっと威厳に溢れていたような気がしたんだけどな。

「話し合いをすることなく、いきなり攻めてきたのはそちらではないか」

「ふべっ!?」

ウェイスの話し合いに応じることもなく、ライオネルは無造作に近づくと彼の顔面に拳を叩き込んだ。

39話　錬金術師は元上司と決闘をする

これで終わりかと思ってテントの外に出ると、そこにはガリウスがいた。

「イサギ！」

「……知り合いか？」

「ぶん殴ってやりたいと思っていた帝国の元上司です」

「なるほど。ならば、手を出さないでおこう」

「ありがとうございます。過去の確執なので俺一人でケリをつけさせてください」

「いいえ、殴ってやりたいと思っていたのは私もです。私も戦います」

前に出ると、メルシアも隣に立ってくる。

そうだ。あいつに酷い目に遭わされたのは俺だけじゃない。

ガリウスの無茶な仕事をこなすためにメルシアだって何度も徹夜をしたことがあるし、俺の助手をしていたことで圧力がかかったり、メイドから嫌がらせを受けたこともあると聞く。メルシアにだってガリウスをぶん殴る権利はあるだろう。

ライオネルは俺たちの様子を見ると、ニヤリと笑って傍の岩に腰をおろした。

優雅に見学するらしい。いい趣味をしている。

既に戦いは終わっているが、ここで決着をつけないとスッキリしない。

申し訳ないが少しだけ皆の時間をもらうことにした。

「イサギ、メルシア……薄汚い孤児と獣の血を引く獣人でありながら帝国で働かせてやったというのにその恩を忘れ、帝国にたてつくとは恥ずかしくないのか？」

「ええ？　働いてあげていたのはこっちで働かせてもらっている気持ちなんて一度も抱いたことないんですけど」

俺とメルシアの口から一言一句違わぬ言葉が出た。

そんな素の言葉を聞いてライオネルが後ろで爆笑し、ガリウスが羞恥で顔を真っ赤に染める。

大体、俺たちを雇用したのはガリウスではなく先進的な考えを持っていた前任者だ。その人に感謝することはあってもガリウスに感謝するような謂《いわ》れはない。

「その生意気な言葉と態度……貴様は本当に変わらないのだな。貴様たちのせいで私がどれだけ苦労したことか！」

「一方的に解雇しておきながらそんなこと言われても知りませんよ」

俺としては引継ぎくらいはしたいと思っていたが、すぐに出て行けと言ったのはガリウスの方だ。

俺がいなくなって業務に支障が出たとか言われてもどうしようもない。

「もしかして、この方はイサギ様がどれだけ帝国に貢献していたか知らずに解雇されたのでしょうか？　生活魔道具の作成、マジックバッグの作成、魔道具の修繕、素材加工とイサギ様がお一人で行っていた作業はかなり膨大です。宮廷錬金術師の方が道楽で軍用魔道具を作っていられたのが誰のお陰か知らなかったのですか？」

「そんな報告は受けてないぞ！」

「でしょうね。貴族たちはご自分たちの都合のいい報告しかいたしませんから」

あー、ガリウスからの評価がやけに低いと思ったが、そんな背景もあったんだな。

とはいえ、ここで誤解が解けたところで何もかもが遅い。

俺とメルシアは既に帝国と縁を切ったのだから。

「もう決着も着いたところですし、大人しくお縄についてくれませんか？　かつての部下のよしみで殴るのは一発だけにしておきますよ」

「うるさい！　薄汚い孤児が私に哀れみの視線を向けるな！　跪《ひざまず》くのはお前たちの方だ！」

ガリウスはマジックバッグから長細い銀の棒を取り出して、こちらへと振るってきた。

明らかに届かない間合いであるが、銀の棒は途中で形状を変化させて鞭のようにしなってくる。

慌ててその場を飛び退《の》くと、俺たちのいた場所を鋭い鞭が穿った。

「気を付けてメルシア。ミスリルに魔力を流して形状変化ができるようになっている」

「あの人は錬金術師じゃなかったですよね？」

素材を瞬時に形状変化させて戦うのは錬金術師の得意分野だ。メルシアが驚くのも無理はない。

「うん、錬金術師じゃないよ。多分、形状変化を記憶させて魔道具化しているんだと思う」

「その通りだ」

ガリウスは錬金術課を統括する貴族であるが、錬金術師ではない。

大体、錬金術師であれば、他の錬金術師に対して敬意があるはずだからね。

「私が前に出ます。イサギ様はサポートをお願いします」

「わかったよ」

俺は頷くと同時に地面に手をついて錬金術を発動。

ガリウスの足元にある地面を形状変化させて、杭として打ち出す。

「そんな見え透いた技に当たるか」

一応、錬金術師がどのような攻撃を繰り出してくるかは知っているらしい。

ガリウスはその場から素早く跳躍することで躱す。

その隙にメルシアが地面を蹴ってガリウスに接近する。

ガリウスは素早く魔道具を起動させると、鞭として振るう。

メルシアは接近するのを中断すると、身を屈ませて鞭を回避。

同じく俺も身を低くして伸びてきた鞭を避けた。

ガリウスが広範囲に鞭を振るってくる。

いくら素早いメルシアでもあれだけの広範囲をカバーされては近づくことができない。

一度は回避した鞭であるが、軌道を変えてメルシアの後方へと回り込む。

「くっ……！」

予想外の攻撃に反応が遅れたのか、メルシアの脇腹をミスリルが掠める。

恐らく魔道具の力でミスリルの硬度を変えて、軌道を自在に操っているのだろう。

器用な男だ。

またしても軌道を変えて振るわれるガリウスの鞭。

死角から回り込もうとする鞭の軌道を読み切った俺は、彼女の背後に移動して剣で弾く。

「イサギ様！」

「援護は任せて！」

俺は錬金術師。戦士であるメルシアが前に進むようにサポートするのが役目だ。

このまま俺が死角からの攻撃を弾いて、メルシアを前に進ませればいい。

「そうはさせるか」

そうやってメルシアを襲う鞭を弾いていると、突如として俺の剣に鞭が絡まってきた。

そのまま手まで絡め取られそうになったので慌てて剣を手放した。

「ははは、戦場で剣を手放していいのか？」

「俺は錬金術師。素材さえあれば、剣なんていくらでも作り出せます」

俺は即座に錬金術を発動させると、先ほどと同じサイズの剣を土で構成した。

先ほどの剣に比べると切れ味は劣るが、魔力圧縮によって作り上げた剣なので強度はこちらの方が上だ。鞭を弾くにはこちらの方がいいだろう。

すぐに錬金術で武器を補強すると、ガリウスは忌々しそうな表情を浮かべて鞭を振るってくる。

広範囲の攻撃にメルシアと俺は近づくことができない。

「イサギ様、どういたしましょう？」

「ガリウスの鞭を何とかするよ」

「わかりました」

それをどのようにやるのかメルシアは尋ねてこない。

どのような方法であれ、俺が攻撃を止めてくれると信じてくれているからだ。

彼女の信頼に応えないとね。

「火炎球」

ガリウスが鞭を振るいながら火魔法で牽制してくる。

戦闘能力の高いメルシアを最大限に警戒しているらしく、彼女は回避に専念せざるを得ない。

貴族なので一応は魔法を使ってくると想定していたが、鞭を振るいながら発動するとは器用な奴だ。

俺は錬金術を発動し、再びガリウスの足元の地面を操作する。

杭を打ち出そうとしたが、それはガリウスが強く地面を踏み、魔力を流しているため発動することはできなかった。

「フン、小手先の技を食らうか」

一応は錬金術師を統括しているだけあって、どうやって対処すれば無効化できるか知っているようだ。

しかし、それはこちらも織り込み済みだ。俺の狙いは彼の意識をこちらに向けること。

「先に貴様から処分してくれる！」

火炎弾をメルシアに連発しながら、ガリウスがミスリルの鞭を振るってくる。

俺は伸びてきた鞭に手を差し出すと、自ら鞭を握り込んだ。

「私の鞭を掴んだところで武器を奪えるとでも――うがッ⁉」

ガリウスが力任せに引っ張ろうとしたタイミングで俺は錬金術を発動。

彼が握っているミスリルの柄から鋭い刺が生え、手の平の皮膚を貫いた。

その痛みにガリウスは思わず魔道具を手放す。

その隙をメルシアが逃すはずがなく、彼女は地面を強く蹴って前に出るとガリウスの腹に拳を突き刺した。

「おっ⁉　おおっ……」

メルシアの重い一撃にガリウスが身体をくの字に折り曲げる。

「イサギ様」

「どうもお世話になりましたっと！」

悶絶しているガリウスに近づくと、解雇された時に敢えて言わなかったお別れの台詞を添えて顔面に拳を叩き込んだ。

軟弱な俺の拳だが弱っていたガリウスには致命傷だったらしく、彼は地面を転がると白目を浮かべた。

「最後にいいものを見せてもらった！　これにて戦争は終結だ！　我らが獣王軍の勝利である！」

既に総大将であるウェイスが捕らえられ、軍勢のほとんどが敗走、捕虜となっている帝国側に抵抗する気力はない。

ライオネルが正式に戦争の終結を宣言すると、獣王軍から勝鬨《かちどき》の声があがった。

40話　錬金術師は辺境で日常を享受する

レムルス帝国を退けることに成功した俺たちは、プルメニア村へと帰還した。

獣王軍を伴っての帰還にプルメニア村に残っていた人は驚いていたが、ケルシーやメルシア、ラグムント、リカルドといったお馴染みの面子を見ると安心したのか続々と家から出てきた。

帝国を撃退したことを聞くと、村人たちは大いに勝利を喜び、抱き合った。

相手はこちらの何十倍もの戦力を誇る大国。獣王軍が途中から駆けつけてくれたとはいえ、たった一つの村がそれを跳ね除けたというのだからこれは歴史的快挙と言えるだろう。

俺も今でも生き残っているのが信じられないくらいだ。

しかし、村人の中には純粋に勝利を喜べない者もいた。

それは今回の戦で亡くなってしまった戦士の家族だ。

レディア渓谷で有利になるように防衛拠点を築き、できる限りリスクを犯さないように戦っていたが、時には前進して帝国兵の戦力を削ったり、魔力大砲を撃たせないように敵の注意を引きつける必要性があったりして、俺たちは何度か帝国兵と接敵した。

その時に犠牲になってしまった者が二桁ほど。

数万もの戦力を誇る帝国を相手にしたとは思えないほどの少ない数であるが、死傷者が少なくてよかった、とはならない。大切な人を失った人からすれば、引き裂かれるような痛みだろう。

だが、それでもプルメニア村の人たちは強く前に進むことを選択した。

死傷者を速やかに回収すると、丁重に墓を作って弔った。

死者の埋葬が済むと、プルメニア村の人たちは避難している人たちを呼び戻した。

戦が終わった以上は避難生活を続ける必要もない。

そんな感じでプルメニア村には少しずつ避難していた人が戻ってきて、いつもの日常が戻りつつあった。


しかし、まだやることがある。

現在捕らえられたウェイスの処遇をどうするかだ。

そのことについて考えるべく、ライオネル、レギナ、俺、ケルシー、メルシアといった村の中心人物が集会所で話し合うことに。

「ライオネル様、このあとの動きはどうなるのでしょう？」

ケルシーが尋ねると、ライオネルが難しい顔をして腕を組む。

「むうう、帝国の第一皇子を捕らえていることだ。今回の戦について帝国に確認し、交渉をする必要があるだろう」

「皇族が捕らえられたことで奪い返しにくる可能性もあります」

「そうなるとまたすぐに戦争になる可能性があるというわけですか？」

「あくまで可能性の話だ。皇子が捕虜としている以上、帝国も迂闊な報復行動には出ないだろう」

ウェイスは第一皇子であり、皇位継承権も一位とかなりの地位にいる男だ。

いくら帝国でも捨て駒にするには惜しいはずだし、外聞も悪すぎるだろうか。

「とはいえ、今後攻め込まれることを想定して備える必要があるわ」

「ああ、当分の間は俺もここを離れるつもりはない。それに獣王軍の戦力の半分はここに駐留させておきたい」

「それは大変心強いのですが、獣王軍の方々に泊まっていただく場所が……」

プルメニア村は小さな辺境の村だ。数万もの獣王軍の戦士を養えるだけの建物がない。

「それなら今回の戦争でイサギが作った砦を修繕して使うのはどう？」

どうするか唸っていると、レギナがそんな提案をする。

なるほど。戦争の時に使った砦を改良すれば、そこが戦士の詰め所となるだろう。

「名案だな。イサギよ、できるか？」

「可能です。できる限り、多くの獣王軍が駐留できるように改良もいたします」

「助かる」

「砦に収まらない人員はミレーヌをはじめとする周囲の街や村に分散させることにしましょう」

「そうだな。そのように進めよう」

「それとイサギさんにもう一つお願いがあるのです。駐留する戦士たちの食料を大農園から援助してもらえないでしょうか？」

ライオネルの傍らに座っているケビンが尋ねてくる。

確かにこのような辺境で獣王軍の食料を賄おうとするとかなり大変だ。

「もちろんです。獣王軍の方には村を救っていただいた恩があるので農園の食材は無料で提供いたします」

「いや、すべて無料というのはだなぁ」

などとライオネルは渋ってみせるが、戦士たちの食費を考えると頭が痛いのか複雑そうな顔をする。

恩があるのですべて無料にしてあげたいのだが、ライオネルにも面子というものがあるのだろう。

「では、イサギ様に支援していただいた素材の金額分は無料というのはいかがでしょう？」

「なるほど。それなら貸してもらった分を返す形になるから自然だね」

メルシアの名案に俺は同意するように頷いた。

俺が急いでプルメニア村に帰還する前に、ライオネルは錬金術に使えそうな素材を片っ端から用意して渡してくれた。それらを無料でもらった恩があるので、今回の食料の費用に充ててしまえばいい。そうすれば、ライオネルの面子も立つだろうし、互いに大きな負担を負うこともない。

「そうだな。そうしてもらえるとこちらとしては非常に助かる」

「では、そういうことにいたしましょう。正式に書面としてしたためますね」

互いの状況を考えた上で上手い落としどころを見つけてくれた。さすがはメルシアだ。

そんな風に慌ただしく過ごしているうちに避難していた村人たちが戻ってきて、プルメニア村には以前と変わらない生活が戻ってきた。

俺もレディア渓谷の砦の修繕と改良が終わると、いつも通りに大農園で野菜を作りながらのんびりと作りたい魔道具を作る日々だ。

「うおおお！　これがイサギの作った大農園か！」

「ここにあるすべてが農作物だなんて素晴らしいです！」

直近で変わったことと言えば、キーガスやティーゼをはじめとする赤牛族と彩鳥族の人たちが、農園の仕事を手伝ってくれているところだ。

元々、こちらにやってきて農業を学びたいと言っていた彼らは、戦が終わっても帰ることはなくそのまま村に泊まって農業を学ぶことになった。

今日は記念すべき大農園の見学会。

ネーアやラグムント、リカルドをはじめとする従業員たちが、赤牛族や彩鳥族の人たちを案内してくれている。

獣王軍が駐留することになって農園の生産量を増やす必要があったので、彼らが手伝ってくれるのはこちらとしても嬉しい話だった。

こちらは労働力を確保でき、彼らはお金を稼ぎながら技術を学ぶことができる。互いにｗｉｎ－ｗｉｎな関係と言えるだろう。

それにしてもこうやって皆で農園に集まることができると、改めていつもの日常が戻ってきたんだと実感できる。

「イサギ様、どうかされましたか？」

トマトを収穫しながら農園の景色を眺めていると、メルシアが横にやってくる。

手を止めてボーッとしていたので気になったのだろう。

「こうやっていつもの日常を見ることができてよかったなって」

「そうですね。色々とありましたが、無事にイサギ様とこの村に戻ってくることができてよかったです」

「……身体の方は大丈夫？」

「はい。イサギ様に適切な処置をしていただけましたから」

「ポーションで治癒したとはいえ、疲労は残っているんだよ？」

「理解しております。ですが、ほどほどに動いておかないと落ち着かないのです」

「無理はしないようにね」

「もちろんです」

まあ、ずっと大人しくしているのも身体に悪いし、ほどよく動かすくらいであれば問題ないか。

「どうしたの？」

「傷が綺麗さっぱりと治ってしまったのが残念だなと思いまして。これでは傷物になったのでイサギ様に責任を取ってくださいなんて言えませんね」

肩や腕の辺りを擦りながら恥ずかしそうに呟くメルシア。

異性との恋愛経験は乏しい俺だが、さすがに彼女がどのようなことを意図して言ったのか何となく理解できた。

「あ、えっと……そんなことがなくても責任を取るつもりというか……」

「え？」

そんな返答をすると、メルシアがきょとんとした顔になる。

素直に気持ちを伝えるなら今だ。

「メルシアが俺を庇って傷ついた時に気づいたんだ。俺にとってメルシアの存在がどれだけ大事だったかってことに」

メルシアは俺が帝国にいた時からずっと傍にいてくれた。

錬金術で人々の生活を豊かにしたいという思いに賛同してくれ、メイドとして身の回りの雑用をやってくれただけでなく、助手としても錬金術の補佐をしてくれた。

ガリウスをはじめとする貴族に嫌がらせをされても、メルシアが傍にいてくれたから平気だった。孤独じゃなかったから、同じ想いを抱いている人がいたから堪えられた。

過酷な仕事を振られてもメルシアが手伝ってくれたから何とかやり遂げることができた。

宮廷錬金術師を解雇されても離れることなく、プルメニア村に移住しようと誘ってくれた。

プルメニア村に住むことになってもメルシアはメイド兼助手をやめることなく、ずっと傍にいて支えてくれた。

今、こうして俺がここにいられるのは紛れもなく彼女のお陰だ。

「辛い時も悲しい時も楽しい時も一緒に乗り越えてきたメルシアだからこそ、この先も一緒に過ごしたい。だから……その、これからは恋人になってくれませんか？」

「…………」

「え？　まさかの無言⁉」

俺としては一世一代の告白だったのだが、まさかの返事なし。

「イサギ様、今のお言葉も大変素敵なのですが、私としてはもう少し直接的な言葉を聞きたいです」

「え⁉」

直接的な言葉って何だ？　前半の言葉が堅苦しいからもっと短く纏めろってことかな？

「違います。イサギ様のシンプルな気持ちが聞きたいのです」

グルグルと思考していると、メルシアが不満そうな顔で頬を突いてきた。

……俺のシンプルな気持ち？

「メルシアが好きです。だから、付き合ってください」

なんて言ってみると、メルシアが嬉しそうに笑って抱きついてくる。

「はい！　喜んで！」

俺は何とか身体を受け止めるが、メルシアの勢いが強くて尻もちをついてしまう。

理由もへったくれもないシンプルな言葉だが、メルシアが求めていた言葉だったらしい。

確かにさっきの言葉は堅苦しいし、好きっていう言葉が抜けていた気がする。

「本当にいいの？　俺はメルシアよりも弱いけど……」

「強さなど関係ありません！　イサギ様は私が守るので関係ないです！」

獣人の男は強い者が好まれると聞いたが、メルシアにとって異性に求めるものは強さではないらしい。

女性なのに、むしろ男を守る宣言。うちのメルシアは実に頼もしい。

そうか。初めからそういう嗜好をしていなければ、彼女が俺の傍にいてくれるわけがないか。

「ありがとう。単純な強さではメルシアを守ることができないかもだけど、俺にしかできないことでメルシアに幸せにしてみせるよ」

俺には錬金術がある。単純な戦闘で役に立つことは難しいが、これからも美味しい作物を作ったり、生活に便利な魔道具などを作ったりして彼女を支えよう。

そんな決意を表明すると、こちらを見つめていたメルシアが顔を近づけてそっと唇を重ねてきた。

驚きつつも俺は彼女の唇を受け入れる。

ほどなくして唇を離すと、二人して顔を真っ赤にする。

生まれて初めてキスをしてしまった。

大好きな人とキスをすることがこんなにも心地いいとは思わなかった。

もう一度してみたい。

メルシアも気持ちは同じだったのか、ゆっくりと顔を近づけてくる。

が、不意に誰かがこちらを覗いている気配を感じた。

二人して顔を上げると、そこには満面の笑みを浮かべているネーアがいた。

「にゃー！　メルシアとイサギがこんなところでラブラブしてる！」

「ちょっと、ネーア⁉」

「皆、聞いて聞いて！　メルシアとイサギがついにくっ付いた！」

「ネーア！　言い触らすのはやめてください！」

走りながら大声で叫ぶネーアをメルシアが顔を真っ赤にしながら追いかけていく。

色々と空気が台無しだが皆のいるところでキスをしてしまった俺たちも悪いか。

今後、帝国と全面戦争になるのか、それとも講和の余地があるのか。

ライオネルとしては賠償金をもらい、停戦協定を結びたいと考えているようだが、すべては帝国の動き方次第となるだろう。

国同士のことは偉い人同士が何とかするだろうし、ただのしがない錬金術師でしかない俺が何かをやれるわけじゃない。

俺は解雇された宮廷錬金術師であり、今はプルメニア村のしがない錬金術師。

皆と一緒に大農園を運営しながら、これからも人々を豊かにするために錬金術を使おう。

自分のやりたいことや、やれることを大切な人たちとやるだけだ。

それが俺の理想の生活。錬金術師のスローライフだ。

三巻END

あとがき

本書をお手にとっていただき、ありがとうございます。錬金王です。

『解雇された宮廷錬金術師は辺境で大農園を作り上げる』の三巻はいかがだったでしょう？

内容的には二巻から続いていたラオス砂漠で農園を作り上げるお話から始まり、因縁の帝国との対決とかなり幅広い内容になりました。

ラオス砂漠編の話は二巻ですべて収まる予定だったのですが、文字数を計算すると二十二万文字を超えていたので三巻に挿入する運びとなりました。

それでも約十七万文字となっており、かなり多いですね。

ページ数が膨大になってしまいました。

前巻のあとがきでも次こそはもっとコンパクトに……などと書いていた気がしますが、どうもこの作品はキャラが勝手に動いてしまって膨れ上がってしまうようです。

まったく書けないより何倍もいいのですが、あまり多すぎると読者様への負担や、印刷費用的な面でも出版社様に負担をかけてしまうので気を付けないといけないです。

報告ですが本作品のコミックは電子だけの発売だったのですが、売り上げが好調につき紙でも出していただけることになりました。ありがとうございます。

私も本来は紙派なのですが、限られた部屋のスペースを考慮して泣く泣く電子に移行しました。

使ってみると電子はかなり便利で違和感なく受け入れているのですが、やっぱり実物として手元にある方が嬉しいですね！


さてさて、私の語りはこの辺にして謝辞に入らせていただきます。

今回もページ数が膨大になったことや私自身の体調により編集、校正、デザインをはじめとする皆様には大変な苦労をかけることになってしまいました。

申し訳ありません。そして、忙しい中ご対応してくださりありがとうございます。

また今回は帝国との対決もあり、どうしてもスローライフ成分が減ってしまいました。

いつものスローライフを期待してくださった読者様には申し訳ないです。

今回の大きな癒し成分はゆーにっと先生が描いてくれた、素晴らしいカバーイラストなどで吸収してもらえればと思います。

もし、次の四巻を出すことができましたらスローライフ成分マシマシな内容で執筆したいなと考えております。

イサギやメルシアたちのスローライフを描くため、ぜひ本作品の書籍とコミックを応援してくださると嬉しいです！

では、また書籍の四巻やコミックでお会いできることを楽しみにしています。

錬金王《れんきんおう》

解雇された宮廷錬金術師は辺境で大農園を作り上げる3
～祖国を追い出されたけど、最強領地でスローライフを謳歌する～

2023年7月28日　初版第1刷発行

著　者　錬金王

発行人　菊地修一

編集協力　若狭泉

編　集　増田紗菜

発行所　スターツ出版株式会社

〒104-0031　東京都中央区京橋1-3-1　八重洲口大栄ビル7F

☎出版マーケティンググループ　03-6202-0386
（ご注文等に関するお問い合わせ）

https://starts-pub.jp/

印刷所　大日本印刷株式会社

ISBN　978-4-8137-9253-6　C0093　Printed in Japan

［錬金王先生へのファンレター宛先］
〒104-0031　東京都中央区京橋1-3-1　八重洲口大栄ビル7F
スターツ出版（株）　書籍編集部気付　錬金王先生

ともに新たな世界へ

好評発売中!!

毎月第4金曜日発売

著・マライヤ・ムー　今井三太郎　蒼乃白兎　　イラスト・福きつね

定価:1320円（本体1200円+税10%）　ISBN 978-4-8137-9147-8